아름다운 밀회
2권

제3의 그림자·················· 7
두 개의 얼굴················· 88
쓸쓸한 사나이················ 137
악마들의 대화················ 182
어둠 속의 얼굴들·············· 240
마지막 카드················· 311

제3의 그림자

다음 날 아침 10시,

서 형사는 임채문 교수와 만나기로 한 다방에 들어섰다. 집으로 찾아가겠다고 하자 임 교수가 집 가까운 곳에 있는 다방에서 만나자고 했던 것이다.

임 교수는 5분쯤 늦게 의젓한 모습으로 나타났는데 옥자한테서 들은 대로 뚱뚱하게 살찐 모습에다 안경을 끼고 있었다. 안경 너머로 조그만 눈이 마치 생쥐의 눈처럼 반짝이고 있었다. 수인사를 나눈 후 서 형사는 첫 질문을 던졌다.

"임 박사님은 그 날 어떻게 최 교수를 만나시게 되었습니까?"

"관광단지 안에 있는 상가 지역을…… 우리 집사람하고 지나가다가 우연히 만나게 됐지요. 그 때 나는 무슨 모임이 있어서 설악산에 갔더랬지요. 최 교수는 신혼여행 왔던 걸로 알고 있습니다만…… 그런데 최 교수한테 무슨 일이 있습니까?"

"아무것도 아닙니다."

서 형사는 최기봉에게 불리한 말은 한 마디도 꺼내지 않고 자신이 알고 싶은 것만 물어 보았다.

"두 분이 거리에서 만났을 때 무슨 일이 있었던 걸로 아는데, 그걸 좀 자세히 말씀해 주시겠습니까? 뭐 조그만 소란이라고나 할까 그런 거 말입니다."

순간 임 교수의 눈이 적절한 기회를 포착한 듯 반짝하고 빛났다. 그는 잔기침을 하고 나서 입을 열었다.

"네, 그런 일이 있었습니다만 좀 창피한 일이라 말씀드리기가 곤란하군요. 남의 험담을 늘어놓는 것 같기도 하고."

임 교수는 그렇게 말을 하면서도 사실은 말하고 싶어 하는 눈치였다.

"이건 매우 중요한 일이니까 사실대로 말씀해 주십시오. 부탁합니다."

"정 그렇다면 말씀드리지요. 그 날 밤 그러니까 초저녁으로 생각되는데, 두 남녀가 길에서 실랑이를 벌이고 있는 것을 보게 되었지요. 자세히 보니까 남자는 최 교수였습니다. 여자는 물론 모르는 사람이었어요. 그런데 짐을 가운데 놓고 가겠거니 못 가겠거니 하면서 그것을 서로 잡아당기고 있었습니다. 그냥 모른 체하고 갔으면 됐을 것을 나는 반가운 김에 그만 주책없이 최 교수를 불렀지요. 나는 식장에는 못 가 봤지만 최 교수가 그 전날, 그러니까 26일에 결혼식을 올린 것을 알고 있었기 때문에 설악산으로 신혼여행 온 줄 알았습니다. 신혼여행 왔느냐고 했더니 그렇다고 하기에 나는 실랑이를 벌이고 있는 여자가 신부인 줄 알았지요. 그래서 그 여자한테 내 소개를 하면서 결혼식에 못 가 봐서 미안하다고 인사를 했지요. 그랬더니 그 아가씨가 놀라면서 자기는 신부가 아니라는 거예요. 어찌나 무안하던지 그만 도망치다시피 빠져나왔지요."

그 이야기를 듣고 있는 서 형사의 입가에 쓴웃음이 피어올랐다. 그러나 그것은 잠깐이었다. 그는 이내 정색을 하고 임 교수의 입을 바라보았다. 그의 입술은 선이 분명하지 않은 것이 지저분해 보였다.

"나중에 생각하니까 차림새나 말하는 것이 술집 여자 같은 생각이 들었습니다만, 확인해 보지 않은 이상 그것은 알 수 없는 일이지요. 그런데 생각할수록 이상한 것이…… 어째서 신혼여행 간 사람이 신부는 어디다 떼어놓고 길거리에서 다른 여자와 가겠거니 못 가겠거니 하고 실랑이를 벌이고 있었느냐 이겁니다. 더구나 대학 교수라는 사람이 말입니다. 그런 비도덕적이고 창피한 일이 어디 있습니까. 우리 집사람은 자기하고는 상관없는 일인데도 화가 나서 부들부들 떨더라구요. 나 역시 모욕을 느꼈습니다. 경찰이라니까 소문날 염려는 없으니까 말씀드리는 건데…… 정말 창피한 일 아닙니까?"

"그렇죠. 창피한 일이죠. 대학 교수가 거리에서 술집 아가씨와 실랑이를 벌이다니 정말 창피한 일이죠."

서 형사가 맞장구를 치자 임 교수는 기세 좋게 최기봉 교수를 매도하기 시작했다.

"솔직히 말씀드려서 나는 그 장면을 보고 얼굴이 화끈했습니다. 아는 사람이라도 있어 그 장면을 볼까 봐 태산 같이 걱정했습니다. 만일 소문이라도 퍼지면 그게 무슨 망신입니까. 개인도 개인이지만 학교의 명예가 어떻게 되겠습니까?"

임 교수가 혀를 끌끌 차면서 머리를 내흔들었다.

"임 박사님을 중요한 증인으로 부를지도 모르겠습니다."

"증인이라니요?!"

그는 펄쩍 뛰었다. 서 형사는 자세한 말은 피한 채 몸을 일으켰다.

"중요한 증인이라니, 그게 무슨 말입니까? 나는 그런 짓 못 합니다."

"그래도 요청이 있으면 증인이 돼 주셔야 합니다."

그들은 밖으로 나왔다.

"어떻게 그런 짓을 합니까?"

"지금 말씀하신 그대로 증언하셔야 합니다."

"나는 누구와 원수지는 일은 딱 질색입니다."

"그렇다 해도 해 주셔야 합니다. 부인해도 소용없습니다. 지금까지 말씀하신 것은 모두 여기에 녹음이 돼 있으니까요."

서 형사는 윗주머니에서 소형 녹음기를 꺼내 보였다가 도로 집어넣었다. 임 교수의 안색이 굳어졌다. 의젓하던 그의 모습이 보기 딱하게 일그러졌다. 그는 어쩔 줄 모르며 서 형사의 얼굴을 바라보다가

"그것만은 제발 사양하겠습니다. 봐 주십시오."
라고 애걸조로 말했다.

임 교수와 헤어진 서 형사는 고속버스 터미널로 향했다. 택시 속에 앉아서 이런 생각을 했다. 이 사건을 단순하게 생각하다가는 생사람 잡을지도 모른다. 정말 조심하지 않으면 안 된다고.

터미널에 도착한 그는 버스표를 먼저 구입한 다음 시간이 좀 남아 있었기 때문에 대합실 한쪽에 앉아 있었다. 그 때 신문팔이 소년 하나가

"특보요? 특보? 설악산 호텔 살인 사건 범인 체포!"
하면서 대합실을 가로질러 갔다.

귀가 번쩍 뜨인 서 형사는 소년을 불러 신문을 한 장 샀다. 그리고 사회면부터 펼쳐 보았다. 과연 소년의 말대로

〈설악산 H호텔 살인 사건 범인 체포〉
라는 제호가 사회면 톱으로 나와 있었다.

〈범인은 M대학 철학 교수〉
라는 부제도 보였다.

그와 함께 3장의 사진이 실려 있었는데 손바닥만 하게 실린 제일 큰 사진은 범인 최기봉이 손목에 수갑을 찬 채 고개를 떨어

뜨리고 있는 모습을 찍은 것이었다. 그리고 그 옆에 피살된 손창시의 사진과 오묘화의 사진이 나란히 게재되어 있었다.

　서 형사는 눈앞이 캄캄해져 왔다. 마치 뒤통수를 한 대 심하게 얻어맞은 기분이었다. 아니, 오물을 뒤집어쓴 기분이었다. 그는 신문을 내려놓고 호흡을 가다듬은 다음 다시 신문을 집어 들고 기사를 읽기 시작했다.

　△ 속보=설악산 H호텔 살인 사건의 범인이 사건 발생 8일 만에 붙잡혔다. 강원도 K경찰서는 지난 12월 27일 설악산 H호텔에서 발생한 손창시(孫昌詩) 군(23세·S대 4년) 피살 사건의 범인으로 현재 M대학 철학 교수로 재직 중인 최기봉(崔基鳳) 씨(37·철학 박사)를 검거하고 범행 일체를 자백 받았다고 발표했다. 이와 함께 경찰은 시체를 쌌던 담요와 나일론 줄을 물증으로 확보하는 한편 행방불명된 崔씨의 부인 오묘화(吳妙花) 씨(27·디자이너)도 남편에 의해 살해되었을 것으로 보고 시체 수색에 전력을 기울이고 있다. 조사 결과 담요와 나일론 줄은 범인 崔가 설악산 관광 단지 내에 있는 잡화점에서 구입했음이 밝혀졌다.

　1. 살해= 崔 교수는 지난 12월 26일 吳묘화 씨와 결혼식을 올린 후 吳씨의 승용차 편으로 서울을 떠나 설악산 H호텔 615호실에 투숙했다. 그 날 밤 성 불능으로 부인과 관계를 이루지

못한 崔 교수는 혼자 밖으로 나와 호텔 지하에 있는 나이트클럽에서 자정까지 술을 마신 다음 방으로 들어갔다. 그 때 방에서는 부인 吳씨가 그 곳까지 따라온 정부 孫창시 군과 동침하고 있었다. 이에 격분한 최 교수는 孫 군을 욕실로 끌고 들어가 목 졸라 실신시킨 다음 욕조 속에 머리를 처박아 숨지게 했다.

2. 시체 유기 = 날이 새기를 기다린 崔 교수는 범행을 은폐하기 위해 시체를 갖다 버리기로 결심, 낮 동안에는 시체 유기가 어려울 것으로 판단, 날이 저물기를 기다려 관광단지 내에 있는 상가 지역으로 내려가 담요와 나일론 줄을 구입한 다음 호텔로 돌아와 밤이 깊어지기를 기다렸다. 28일 새벽 마침내 崔 교수는 孫 군의 시체를 담요에 싸서 나일론 줄로 묶어 앞 베란다를 통해 밑으로 내려 보낸 다음 밖으로 나가 부근에 주차해 있는 박화선(朴和善) 씨(35·주부)의 자가용 승용차 트렁크 속에 집어넣었다. 崔 교수가 朴씨의 차 속에 시체를 집어넣은 것은 마침 그 차의 트렁크가 잠겨 있지 않았기 때문이었다.

3. 검거 경위 = 원래 이번 사건은 두 개의 별개 사건으로 취급되어 서울과 지방 경찰서에서 수사가 전개되었던 것인데, 수사 결과 하나의 사건으로 드러나면서 결국 서울 S경찰서 수사 팀과 강원도 K경찰서 수사 팀의 합동 수사 끝에 해결을 보게 되었던 것이다.

처음 孫 군의 시체가 발견된 것은 지난 12월 28일 오후 1시경 朴화선 씨의 차가 대관령 휴게소에 주차해 있을 때였다. 朴씨는 이때 남편 김재범(金在範) 씨(32·K상사 상무)와 함께 집으로 돌아가던 중 폭설로 발이 묶여 그 곳에 한동안 차를 주차시켜 두었던 것인데, 비품을 꺼내기 위해 트렁크를 열었다가 뒤늦게 시체를 발견했던 것이다. 그 곳에 마침 주차해 있던 경찰 순찰차에 시체 발견을 신고한 朴씨 부부는 가장 유력한 용의자로 몰려 K경찰서 수사 팀에 의해 한때 큰 곤욕을 치러야만 했다. 경찰은 朴씨의 차가 H호텔에 일주일 동안 주차해 있었던 사실을 알고 H호텔을 중심으로 수사를 편 결과 孫 군이 26일 저녁 H호텔 528호실에 투숙했던 사실을 밝혀냈다.

한편 서울 S경찰서에 崔기봉 교수의 부인인 吳묘화 씨의 실종 신고가 들어온 것은 지난 12월 30일 오전이었다. 신혼여행 갔던 딸이 돌아오지 않고 신랑 崔 교수만 혼자 돌아온 것을 이상히 여긴 吳씨의 부모가 딸의 행방을 추궁하자 崔 교수는 계속 횡설수설, 결국 경찰에 사건 수사를 의뢰하게 되었던 것이다.

S경찰서 수사 팀이 崔 교수 부부가 투숙했던 H호텔을 중심으로 吳씨의 행방을 찾던 중 112신고를 통해 결정적인 제보가 들어왔다. 제보자는 서울 中區 D동에 있는 경양식집 '물레방아' 종업원인 朴모 양. 朴모 양은 신문에 실린 孫 군의 사진을 보고 孫 군이 생전에 물레방아에 吳묘화 씨와 함께 자주 출입했었다는 사실을 신고해 왔다. 경찰은 孫 군과 함께 물레방아에 자주 출입한 吳묘화 씨와 실종된 吳씨가 동일 인물임을 밝혀내고 두 사람이 오랫동안 애인 관계였음을 알아냈다.

이때부터 양쪽 경찰서 수사 팀의 합동 수사가 시작되었고, 수사 끝에 孫 군은 자기 방이 아닌 615호실, 즉 崔 교수 부부가 투숙했던 방에서 살해되었음을 밝혀냈다. 경찰은 시체를 쌌던 담요와 시체를 묶는 데 사용했던 나일론 줄의 출처를 조사하던 중 孫 군이 피살된 지 훨씬 후인 지난 27일 저녁 설악산 관광단지 내에 있는 상가 지역에서 팔린 것임을 알아내고 그것을 판매한 '동해 잡화점' 주인 朴을순 씨(35·여)와 崔기봉 씨를 대질시킨 끝에 崔 교수가 담요와 나일론 줄을 구입했음을 밝혀내기에 이르렀다. 崔 교수의 자백에 따라 경찰은 관광단지 진입로에 있는 다리 밑에서 崔 교수가 갖다 버린 孫 군의 옷가지 등을 찾아냈으며, 증거 확보에 따라 崔 교수를 孫창시 군 살해범으로 전격 구속하는 한편 부인 吳묘화 씨도 최씨에 의해 살해되었을 것으로 보고 시체를 찾는 데 전력을 기울이고 있다. 崔씨는 시체 유기 부분에 있어서는 시인하고 있으나 살인 부분에 대해서는 완강히 부인하고 있는 것으로 알려졌다. 그러나 경찰은 이미 확보한 증거물과 여러 가지 정황으로 미루어 崔씨가 범인임을 의심할 여지가 없다고 말하고 있다.

4. 崔씨의 주장 = 崔씨는 신혼 첫날인 26일 밤 부인과의 관계가 원만하게 이루어지지 못하자 10시 경 혼자 밖으로 나와 호텔 지하에 있는 나이트클럽에서 술을 마신 다음 자정 전후해서 방으로 돌아갔다고 한다. 崔씨가 문을 따고 방 안으로 들어갔을 때, 부인 吳씨의 모습은 보이지 않았고, 욕실에는 손 군의 시체

가 있었다는 것. 崔씨는 孫 군과 부인과의 불륜의 관계도 모르고 있었으며, 따라서 孫 군이 누구인지도 몰랐다고 주장하고 있다. 孫 군의 시체를 경찰에 신고하지 않고 그것을 유기한 데 대해 崔씨는 자신과 부인이 살인 혐의를 받는 것이 두려웠기 때문이라고 해명하고 있다.

5. 제3의 인물＝ 崔씨의 주장이 사실이라면 범인은 吳묘화 씨이든가 제3의 인물이라는 가정이 나온다. 그러나 여자 혼자 힘으로 청년을 살해할 수 있을까 하는 점, 그리고 연약한 힘으로 과연 시체를 운반할 수 있을까 하는 점 등을 생각할 때 吳씨가 범인일 가능성은 매우 희박한 것으로 생각된다. 결국 제3의 인물이 범인일 가능성이 있는데 경찰은 그 가능성을 거의 인정하지 않고 있다. 제3의 인물이 범인으로 등장해야 할 하등의 이유가 발견되지 않기 때문이다.

6. 吳씨의 행방＝ 경찰은 현재 吳묘화 씨도 崔씨에 의해 살해되었을 것으로 보고 시체 수색에 전력을 기울이고 있다. 吳씨의 실종과 함께 없어진 吳씨의 자가용 승용차가 발견된 것은 지난 12월 31일 오후 3시 경이었다. 吳씨의 차는 사람의 발길이 거의 닿지 않는 강릉 — 묵호간 해변 솔밭 속에 버려져 있었다. 경찰은 그 일대와 H호텔 주변을 수색하고 있지만 吳씨의 시체는 아직 발견되지 않고 있다. 또한 孫 군의 경우와 같이 남의 차에 유기되었을 가능성도 있다고 보고 다방면으로 수사를 벌이고 있다.

7. 崔씨의 주변＝ 崔씨는 현재 M대학 조 교수이나 이번 사건으로 학교에 사표를 제출한 것으로 알려지고 있다. 학교 당국자는 비상 교무 회의가 열리는 대로 崔씨의 사표가 수리될 것이라고 말했다. 崔씨는 서양 철학에서, 특히 헤겔 철학 연구의 권위자로 알려져 있으며 일찍이 서독 K대학에서 박사 학위를 취득했다. 崔씨는 6남매의 맏이로 홀어머니를 모시고 있는데, 그의 동생들은 한결같이 崔씨의 범행을 부인하고 있었다. 특히 崔씨의 막내 동생인 崔모 양(22·여대생)은 오빠가 어떤 알 수 없는 음모의 희생자가 된 것 같다며 울음을 터뜨렸다.

8. 吳씨와 孫 군과의 관계＝ 실종된 吳씨와 피살된 孫 군과는 오래 전부터 애인 관계였음이 밝혀졌다. 孫 군은 吳씨의 남동생인 유치수(吳治洙) 군(미국 유학 중)과 친구 사이였는데 吳치수 군이 도미한 뒤 吳씨와 눈이 맞아 애인 관계로 발전했던 것. 이번 사건은 이들의 관계가 혼전의 관계로 끝나지 않고 결혼 후까지 계속되었기 때문에 일어난 것으로 풀이하는 사람들이 많다. 신혼 여행지까지 따라온 孫 군의 무모한 행동과 그것을 받아들인 吳씨의 비도덕적 행위가 결국 살인을 몰고 온 것이라는 것이 경찰의 일방적인 견해이다.

9. 吳씨 주변＝ 吳씨의 집안은 매우 부유한 것으로 알려져 있다. 이름을 말하면 알 수 있는 모 재벌 기업의 閔모 회장이 바로 그녀의 어머니인 것으로 밝혀졌다. 吳씨의 부친은 오래 전에 세상을 떠났고, 그 뒤를 이어 閔여사가 회장에 취임하여 기업의 운

영을 맡아 왔는데 남편 사후에 죽은 남편과 먼 일가뻘 되는 현재의 남편인 吳모 씨와 재혼했다. 재혼 당시 閔회장에게는 무남독녀 외딸인 吳묘화 씨가 있었고 지금의 남편에게는 전처소생의 아들 두 명이 있었던 것으로 알려졌다. 吳묘화 씨의 계부는 현재 같은 기업의 사장직을 맡고 있다. 吳묘화 씨는 S여대에서 응용미술을 전공한 후 파리로 건너가 3년 동안 의상 디자인을 공부했으며 현재 서울 명동에서 의상실을 경영하고 있는 것으로 밝혀졌다.

　10. 손 군 주변 = 피살된 손 군은 S대 물리학과 졸업반 학생으로 졸업을 불과 두 달 앞두고 살해되었기 때문에 그의 부모는 물론 그를 아끼는 많은 사람들은 그의 죽음을 애통해하고 있었다. 별로 유복하지 못한 가정에서 3남매의 맏이로 자란 손 군은 초, 중, 고를 거쳐 줄곧 수석을 차지했고 대학 입시에도 전체 석차 6위에 들었을 만큼 수재로 알려져 장래가 촉망되던 청년이었다. 손 군의 아버지는 현재 구청에 근무하는 공무원이다.

　서 형사는 신문으로 접어들고 출구를 빠져나가 고속버스 앞에 섰다. 버스 앞에는 사람들이 줄을 서서 차례대로 버스에 오르고 있었다. 서 형사는 맨 마지막으로 버스에 올랐다.
　그는 너무 화가 났기 때문에 얼굴이 창백해 있었다. 뭔가 잘못되어도 단단히 잘못 되어 가고 있다고 그는 생각하고 있었다. 이럴 수는 없다고 그는 창밖을 바라보면서 고개를 가만히 내흔들었다.

하갑석 반장은 창가에 서 있다가 서 형사가 택시에서 내리는 것을 보았다. 서 형사의 표정이 굳어 있는 것을 보고 그는 기분이 언짢았다. 서 형사가 안으로 들어오기 전에 그가 먼저 밖으로 나갔다.
"이제 오나?"
"신문에 난 기사 읽었습니다. 어떻게 된 겁니까?"
좀처럼 흥분하지 않는 서 형사가 흥분해서 물었다. 하 반장은 그를 데리고 길 건너 다방으로 갔다.
"서울 팀에서 흘린 정보를 기자들이 엮어 낸 거야. 그것 때문에 대판 싸웠지."
"이건 큰 실수입니다. 아직 우리의 수사도 끝나지 않은 마당에 신문이 이럴 수가 없습니다. 이걸 읽고 나서 저는 눈앞이 캄캄했습니다."
서 형사는 주머니에서 신문을 꺼내 탁자 위에 올려놓았다.
"어쩌나. 이미 엎질러진 물인데. 사실 틀린 이야기도 아니지 않나. 먼저 터트렸다는 것뿐."
"그래서 최 교수를 구속시켰습니까?"
"더 이상 발표를 지체할 수 없었어. 지체해야 할 이유가 없었으니까."
"그를 범인으로 믿습니까?"

하 반장은 괴로운 듯 미간을 찌푸린 채 가만 있다가 고개를 끄덕였다.

"거의 그렇게 믿어. 최 교수의 주장은 증거가 없어."

하 반장은 말을 그렇게 하면서도 자신의 말에 대해 자신이 없는지 서 형사의 눈치를 살폈다. 서 형사가 고개를 가로젓자 그는

"서울 가서 새로운 정보라도 입수했나?"

라고 물었다.

"옥자라는 호스티스를 만나고 왔습니다."

"그래? 뭐 새로운 거라도 있었나?"

"그 아가씨가 최 교수의 알리바이를 증언해 주었습니다. 의심할 나위도 없는 증언이었습니다."

"그래?"

하 반장은 소스라치게 놀라는 표정을 지었다. 이윽고 그 표정은 점점 낭패한 빛으로 변해 갔다.

"손창시 군의 정확한 사망 시간을 다시 알아봐야겠습니다만…… 26일 밤 최 교수는 호텔 밖에서 호스티스와 함께 잠을 잤습니다. 용궁의 호스티스였던 김옥자가 자신이 최 교수와 동침했다고 증언해 주었습니다."

"그게 정말이야?"

"네, 정말입니다. 믿을 수 없는 일이지만 그래도 사실은 사실입니다."

말하는 사람도 듣는 사람도 똑같이 흥분하고 있었다. 그것은

확실히 흥분할 수밖에 없는 사실이었다.

"신부를 호텔 방에 놔두고 밖에서 술집 아가씨하고 동침했단 말이지?"

하 반장은 믿을 수 없다는 표정으로 다시 확인하듯 서 형사에게 물었다.

"네, 그렇습니다. 용궁 앞에 있는 P여관에서 잤답니다. 최 교수가 용궁에 나타난 것은 26일 밤 10시 경이었습니다. 본인은 그 시간에 혼자서 호텔 지하에 있는 나이트클럽에 갔다고 했습니다만 그건 거짓말이고 용궁에 갔습니다. 거기서 처음으로 옥자를 알게 된 겁니다. 옥자와 함께 새벽 1시까지 술을 마시다가 함께 여관으로 갔다고 합니다. 그리고 육체관계도 가졌다고 합니다. 최씨는 신부하고는 관계를 맺는데 실패했지만 술집 아가씨하고는 훌륭히 그 일을 치른 모양입니다."

"알다가도 모르겠군. 그런 일이 있을 수 있다니 도저히 믿어지지가 않아. 최는 왜 거짓말을 했지? 알리바이가 성립되는데도 말이야."

"창피해서 그랬겠죠. 신혼여행 가서 신부를 호텔방에 놔두고 술집 아가씨하고 밤을 보냈다는 말을 어떻게 창피해서 말할 수 있겠습니까."

"하긴 그렇겠군. 야, 이건 정말 쇼킹한 뉴스인데……. 하루 만에 지금까지 수사한 사실이 뒤집혀지게 됐으니 당황하는 사람들도 많겠는데. 우선 기자들이 당황하겠는데. 나는 징계를 받을 테고 말이야."

하 반장은 착잡한 표정으로 말끝을 흐렸다.

서 형사는 반장의 기분을 알 수 있었다. 범인으로 지목되어 언론에 대서특필된 사람이 하루 만에 알리바이가 성립되어 풀려나게 됐으니 반장이 곤경에 처하게 된 것은 당연한 일이었다. 경솔했다. 신중하지 못했다는 식의 인책이 있을 것은 충분히 짐작하고도 남았다.

"도대체 최 교수는 왜 그런 상식 이하의 짓을 했지? 적지 않은 나이에 말이야. 거기다 그는 지성인 아닌가?"

"상식적으로는 이해할 수 없는 어떤 문제가 있었던 게 아닌가 생각됩니다만……."

"최 교수를 만나 그 이유를 집중적으로 캐물어야겠군."

"네, 그의 알리바이에 구멍이 없나 신중히 알아봐야겠습니다. 손 군의 정확한 사망 시간도 다시 알아봐야겠고 P여관에도 들러 숙박부를 뒤져 봐야겠습니다."

"이번에는 정말 신중히 하라구. 마지막이니까. 내 걱정은 말고 말이야."

"네, 알겠습니다."

"옥자라는 여자는 아주 중요한 증인인 셈인데 데려오지 않아도 되겠나?"

"연락이 가면 즉시 오기로 약속해 놨습니다. 떠돌이 아가씨라 마음이 좀 안 놓입니다만……."

"데려올 걸 잘못했어."

"그 아가씨 증언을 녹음해 왔습니다만……."

서 형사는 주머니 속에서 소형 녹음기를 꺼내 탁자 위에 올려놓았다.

"녹음테이프만 가지고는 안 돼. 본인이 직접 와 줘야 해."

"한번 들어 보십시오. 클럽 안에서 딴 것이라 소음이 많을 겁니다."

반장은 서 형사가 내 주는 이어폰을 귀에 꽂고 녹음기 버튼을 눌렀다.

그 동안 서 형사는 다방을 나와 경찰서로 향했다.

경찰서로 들어선 그는 손창시에 대한 경찰 공의의 부검 기록을 한 부 복사한 다음 그 부근에 있는 병원으로 달려갔다. 그 병원의 원장이 경찰 공의로서 시체를 부검했기 때문이다.

대머리에 안경을 낀 50대의 원장은 막 응급 환자의 수술을 끝내고 나오던 참이었다. 그는 손을 씻고 나서 원장실로 서 형사를 안내했다.

"여기 기록을 보면 손 군의 사망 시간 폭이 너무 긴 것 같아서 보다 자세한 시간을 알고 싶어서 왔습니다만……."

부검 기록에는 손창시의 사망 시간이 12월 26일 22:00~12월 27일 02:00로 되어 있었다. 그러니까 사망 시간에는 4시간의 시차가 있는 셈이다. 만일 손창시가 12월 26일 오후 10시 경에 죽었다면, 최기봉의 알리바이는 신빙성이 없어지고 만다. 최기봉이 그 날 밤 용궁에 나타난 것은 10시가 지나서였다고 옥자가 증언했다.

그렇다면 기봉은 손 군을 살해한 뒤에 용궁에 나타났을 수도 있다는 결론이 나오는 것이다. 따라서 그의 알리바이가 성립되려면 손 군의 사망 시간이 더욱 늦어져야 한다. 서 형사는 원장의 두툼한 입술을 주시했다.

원장은 가느다란 눈으로 젊은 형사를 바라보더니 자신이 작성한 부검 기록을 들여다보았다. 그리고 매우 껄끄러운 기색으로 입을 열었다.

"사망 시간을 보다 확실을 기하기 위해서 그런 겁니다. 4시간의 간격은 큰 게 아닙니다."

"알고 있습니다. 하지만······."

"아무리 의학이 발달했다고 해도 사망 시간을 정확히 포착해 낸다는 것은 불가능한 일입니다. 다만 몇 시부터 몇 시 사이에 죽었을 거라는 가정은 있을 수가 있지요."

의사는 불쾌한 표정이었다. 그러나 서 형사는 상대방의 그런 기분을 생각해 주고 있을 처지가 아니었다.

"말씀 안 하셔도 잘 알고 있습니다. 사망 추정 시간의 폭이 어느 정도 되느냐에 따라 범인의 여부가 결정 나기 때문에 그럽니다. 이해해 주십시오."

"이 사건은 끝나지 않았습니까? 범인은 이미 체포된 걸로 알고 있는데?"

"신문에는 그렇게 났지만 아직 끝나지 않았습니다."

"그럼 그 최 교수라는 사람이 범인이 아닌가요?"

"그 사람이 범인이냐 아니냐 하는 것은 선생님의 부검 결과에 전적으로 달려 있다고 해도 과언이 아닙니다. 정확한 사망 시간이 문젭니다."

"그래요?"

원장은 비로소 심각한 표정을 지으며 부검 기록을 손으로 만지작거렸다.

"4시간의 폭을 최대한으로 줄여 볼 수 없을까요?"

"글쎄요……."

의사는 대머리를 손바닥으로 문질렀다.

"그게 쉬운 일이 아닙니다. 시체는 욕조 속의 따뜻한 물속에 오랫동안 들어 있었기 때문에 꽤 부패해 있었습니다. 그래서 정확한 사망 시간을 추정해 내기가 쉽지 않았습니다."

서 형사는 기대했던 것이 허물어지는 것을 느꼈다. 그는 자신이 쌓아올린 탑이 마치 모래탑 같다는 생각이 들었다. 그것이 허물어지는 것을 그는 잠자코 두고 볼 수가 없었다.

"네, 잘 알겠습니다. 하지만 무리한 주문인 줄 알면서도 이렇게 부탁드리는 겁니다."

"이건 부탁으로 되는 일이 아니지요."

"네, 그렇지요. 하지만 정확을 기하기 위하여 어떻게 시간을 좁혀 볼 수 없을까요?"

의사는 턱을 쓰다듬으며 한동안 생각에 잠기는 얼굴을 하고 있다가 말했다.

"그게 아주 막연합니다. 양쪽에서 한 시간씩 좁혀서 11시부터 이튿날 1시 사이에 죽었다고 할 수도 없습니다. 적당하게 좁힐 수는 없는 거니까요. 좁혀 달라고 요구한다면 할 수도 있습니다만……."

서 형사는 손을 흔들었다.

"적당하게 해달라고 요구하는 건 아닙니다. 정확한 시간을 산출해 달라는 거지요."

"정확한 사망 시간대를 좁힌다는 것은 이 이상 안 됩니다. 시체를 다시 본다 해도 어려울 뿐입니다. 벌써 1주일이 넘지 않았습니까."

손창시의 시신은 이미 그의 부모가 와서 인수해 갔다. 시체를 인수해 갈 때 손 군의 어머니가 몸부림치던 모습을 서 형사는 좀처럼 잊을 수 있을 것 같지 않았다. 그의 시체는 이미 화장된 걸로 그는 알고 있었다.

하 반장은 녹음을 다 듣고 나서 서 형사가 돌아오기를 기다리고 있었다. 이윽고 서 형사가 굳은 표정으로 나타났다.

"옥자 다음에 녹음한 사람은 누구지?"

"최 교수와 같은 대학에 근무하고 있는 임채문 교수라는 사람입니다."

서 형사는 임채문 교수를 만나게 된 이유를 설명한 다음 손 군의 부검 기록을 펴 보였다.

"좀 어려울 것 같습니다. 방금 공의를 만나고 왔는데 사망 시간을 이 이상 정확하게 추정해 내기는 불가능하답니다."

"문제가 있나?"

하 반장은 부검 기록을 한참 동안 들여다보고 나서 서 형사에게 눈을 돌렸다.

"10시라는 게 문제군?"

"네, 그렇습니다. 최 교수가 용궁에 나타난 시간이 10시경이었습니다. 호텔에서 용궁까지는 불과 10분밖에 걸리지 않습니다. 뛰어가면 5분도 안 걸립니다. 손 군이 10시에 죽었다면…… 최 교수는 그 시간에 손 군을 살해하고 나서 곧바로 용궁에 달려갔다는 계산이 나옵니다. 충분히 가능한 일입니다. 여기서 그의 알리바이는 깨지고 맙니다."

"옥자의 증언을 좀 더 확실히 받아 낼 수 없을까? 막연히 10시 경이라고 하지 말고 정확히 말이야."

"그게 쉽지 않습니다. 최 교수가 용궁에 몇 시에 나타났는지 정확한 시간을 메모해 놓지 않은 이상 그것은 거의 불가능한 일입니다."

"그렇더라도 그 아가씨를 데려다가 다시 한 번 들어 보는 게 낫지 않을까? 좀 와 달라고 해 보지 그래."

"알았습니다. 손 군 시체를 다시 한 번 부검해 보았으면 좋겠는데 화장했다죠?"

"그래, 화장했다고 들었어."

하갑석 반장 팀은 최기봉의 알리바이를 놓고 토의를 거듭했지만 이렇다 할 결말을 얻지 못한 채 우왕좌왕하기만 했다. 그 알리바이를 인정할 수도 안 할 수도 없는 입장에서 최기봉을 풀어 줄 수는 없는 노릇이었다.

경찰서로 돌아온 서문호 형사는 서울의 김옥자에게 전화를 걸었다. 아직 홀에 나갈 시간이 아니었기 때문에 그녀가 세 들어 있는 집으로 전화를 걸었다.

"없습니다."

남자의 퉁명스런 목소리와 함께 전화가 끊겼다. 서 형사는 다시 그 집으로 전화를 걸었다. 그리고 이쪽 신분을 밝힌 다음 옥자가 들어오는 대로 전화를 걸어 줄 것을 부탁했다.

옆에서 그의 통화 내용을 듣고 있던 하 반장이 경비 전화로 서울 Y경찰서를 불렀다. Y경찰서 형사계의 계장은 과거 수년간 함께 근무한 적이 있는 동료였다. 그는 마침 자리에 있었다. 이런저런 이야기를 대강 해 준 다음 하 반장은 김옥자에 대한 이야기를 꺼냈다.

"살인 사건의 중요한 증인인데 곧 신병을 확보해서 이리로 보내 줄 수 없을까?"

"보내 드리고말고, 어디 가면 그 아가씰 만날 수 있지?"

하 반장은 김옥자의 집 주소와 그녀가 나가는 술집 이름을 가르쳐 주었다. 물론 전화번호도 일러 주었다.

"나이아가라에서는 오미자라는 가명으로 통하고 있어."

"나이아가라라면 내가 자주 가는 곳이군. 그 곳 사장도 잘 알고 있지."

"잘 부탁해."

하 반장이 수화기를 내려놓는 것을 보고 서 형사는 안도의 한숨을 내쉬었다.

최기봉은 아직 경찰서 유치장에 들어 있었다. 그가 경찰서 유치장에 유치될 수 있는 기간은 10일 간이었다. 10일이 지나면 그는 사건 조서와 함께 검찰로 송치된다.

조서는 이미 완성되어 있는 것이나 다름없었다. 따라서 날짜를 모두 채우지 않고 그를 지금 당장 검찰로 송치할 수도 있었다. 그러나 하 반장은 그를 검찰로 송치하는 것을 가능한 한 미루기로 했다.

사건이 전국적으로 알려졌을 만큼 비중이 컸기 때문에 서장 역시 이번 사건에 대해 지대한 관심을 보였다. 그는 수시로 보고를 요청했고, 범인이 구속된 마당에 머뭇거리지 말고 즉시 검찰로 송치하라고 지시했다.

하 반장은 진땀을 흘리며 최 교수의 알리바이 문제를 이야기해 주었다. 그리고 검찰에 송치하는 것을 조금만 늦추자고 간청했다.

"유력한 증인인 김옥자 양이 오고 있습니다."

라고 그는 말했다. 서장은

"그럼 그 아가씨가 올 때까지만……."

하고 한계를 그어 주었다.

최기봉은 다른 잡범들 틈에 끼어 얌전히 앉아 있었다. 턱수염이 시커멓게 자란 그의 얼굴은 몹시 초췌했고, 모든 것을 포기한 듯 힘이 없어 보였다.

하 반장과 서 형사는 그를 취조실로 불러냈다. 그는 양처럼 순한 태도로 불려나와 의자에 앉았다.

"신문 봤나요?"

하 반장이 신문을 펼쳐 보이며 묻자 그는 고개를 흔들었다.

"이야기는 들었지만 아직 보지는 못했습니다."

"읽어 보시오."

최 교수는 안경이 없었기 때문에 신문을 눈앞에 바싹 들이대고 읽기 시작했다.

신문을 다 읽고 난 그는 아무런 감정도 느끼지 못한 듯 무표정한 얼굴로 신문을 탁자 위에 올려놓았다. 하 반장과 서 형사는 그의 표정의 변화를 읽어 내려고 했지만, 아무것도 읽어 낼 수가 없었다.

"기분이 어때요?"

하 반장이 담배를 권하면서 물었다. 기봉은 담배를 받아 입술 사이에 꽂으면서 입가에 냉소를 흘렸다.

"당신들은 나를 매장시켜 버렸군요."

"매장시킨 게 아니라 사실대로 보도된 것뿐이오."

"아직 재판도 받지 않았는데 뭐가 사실이란 말입니까?"

"당신은 재판에 기대를 거십니까?"

"뭐 별로 그렇지는 않습니다만……."

그는 더 이상 말하기 귀찮다는 듯 말끝을 흐렸다.

"학교에 사표를 냈다면서요?"

이번에는 서 형사가 물었다.

"네, 어제 동생 편으로 사표를 냈습니다."

"사표를 냈다는 것은 죄를 인정한다는 뜻인가요?"

"아뇨. 도의적인 의미에서, 강단에서 학생들을 가르칠 자격이 없다고 생각되어 사표를 낸 겁니다."

"당신은 왜 자신을 변호할 수 있는 알리바이가 있는 데도 그것을 제시하지 않았죠?"

"알리바이라고요? 그런 게 있으면 말씀해 주십시오."

"26일 밤에 당신은 용궁 호스티스인 김옥자 양과 함께 P여관에서 잠을 잤습니다. 왜 그 사실을 숨겼죠?"

기봉의 표정이 갑자기 얼어붙었다. 그는 입을 멍하니 벌린 채 얼빠진 듯 서 형사를 바라보았다.

"나는 김옥자 양도 만나 보았습니다. 김 양은 중요한 증인으로 참석하게 될 것입니다. 왜 그 사실을 숨겼죠?"

얼어붙어 있던 기봉의 표정이 풀리면서 두 눈에 곤혹스러워하는 빛이 나타났다.

"그런 일을 어떻게 제 입으로 이야기합니까."

그는 자신이 한심스럽다는 듯 말했다.

"생사와 관련된 일인데도 말을 못한다는 겁니까?"

"말할 수 없습니다."

"왜요?"

"부끄럽고…… 창피스러운 일이니까요."

그는 한숨을 내쉬고 나서

"생각하기도 싫습니다."

라고 덧붙였다.

"사실은 사실입니까?"

"사실입니다."

기봉은 순순히 인정했다.

"왜 그런 짓을 했습니까? 상식적으로는 도저히 이해할 수 없는 그런 짓을 왜 했습니까?"

"네, 맞는 말입니다. 상식적으로는 도저히 이해할 수 없는 일이죠."

"그런 짓을 왜 했습니까? 손 군과 오묘화 씨를 살해한 다음 용궁으로 간 겁니까? 거기서 술을 퍼마시고 나서 호스티스를 데리고 여관에 들어간 겁니까? 살인범의 최후 발악처럼 말입니다. 발악치고는 지저분하군요."

서 형사는 날카롭게 상대방을 힐난했다. 기봉은 흡사 가슴을 송곳으로 찔리는 것 같은 통증을 느꼈다. 너무 아파 숨이 막히는 것 같았다.

"당신의 알리바이는 성립되지 않습니다. 나는 거기에 기대를 걸었는데…… 결국 더욱 실망만 하고 말았습니다."

서문호는 냉혹하리만큼 날카롭게 계속 쏘아붙였다.

"알리바이 같은 거야 아무래도 좋습니다. 난 처음부터 그걸 내세우지 않았으니까요. 알리바이 같은 것을 굳이 내세울 필요도 없지요. 나는 손 군도 오묘화도 죽이지 않았으니까요."

"그럼 왜 그런 짓을 했나요? 정상적인 사람이라면 상상도 할 수 없는 짓을 말입니다."

"글쎄올시다. 내가 왜 그런 짓을 했는지…… 나 자신도 잘 모르겠습니다. 아마 귀신에 씌었던 모양입니다."

기봉은 얼빠진 표정으로 중얼거렸다.

"자, 그러지 말고 이야기해 보시지요. 최고의 지성을 자랑하는 사람이 왜 그런 짓을 했는지, 우리는 그 점이 몹시 궁금하거든요."

하 반장은 그렇게 말한 다음 담배를 꼬나물고 기봉의 주위를 빙빙 돌았다. 견디기 어려운 침묵이 한참 동안 무겁게 실내를 지배하고 있었다.

기봉은 실로 난감했다. 그는 그것을 자신의 죽음과 함께 가져가려고 했었다. 영원한 비밀로 가슴에 품은 채 말이다. 그런데 이렇게 속속들이 드러나고 말았으니, 이를 어쩌면 좋으랴. 도대체 묘화는 어디 있단 말인가. 그녀는 어떻게 되었을까.

"이야기가 조금 길어지는군요. 오묘화와 손창시 군과의 관계를 알게 된 경위부터 말씀드리겠습니다. 지난 크리스마스 이브였습니다. 그러니까…… 결혼하기 이틀 전이었지요. 그 날 밤 나는 집에 있었는데 밤늦게 어떤 여자로부터 전화가 걸려 왔었습니다. 그 여자의 말이 묘화가 어떤 남자와 함께 지금 W호텔에 투숙해 있으니 가보라는 거였습니다. 그 여자는 1019호실이라고 방의 호수까지 알려 줬습니다. 그 여자는 자신의 정체를 밝히지 않고 전화를 끊었습니다. 도깨비에 홀린 것 같기도 했지만…… 아무래도 모른 체할 수가 없어 가 보았습니다. 방을 하나 구한 다음 10층으로 올라가 보았습니다. 아무도 모르게 19호실 앞에까지 가서 문에 귀를 대 보았습니다. 남자와 여자의 웃음소리가 들려왔습니다. 여자의 웃음소리는 묘화의 목소리 같았습니다."

기봉은 목이 타서 말을 잇기가 거북했다. 서 형사가 밖으로 뛰어나가 주전자를 가져왔다. 그는 컵에 뜨거운 엽차를 따라 기봉에게 주었다.

기봉은 엽차를 들이키고 난 다음 창밖으로 시선을 한 번 주고 나서 다시 입을 열었다.

"호텔 주차장에는 묘화의 승용차도 있었습니다. 차 지붕 위에는 내리는 눈이 두껍게 쌓여 있었습니다. 나는 밤새 창가에 앉아 묘화의 차를 바라보고 있었지요. 참 인상 깊은 밤이었습니다. 결코 잊을 수 없는 밤이었지요. 나는 도저히 잠을 이룰 수가 없었습니다. 그렇게 내 자신이 못나 보이고 참담해 보일 수가 없었습니다."

"왜 그 방에 뛰어 들어가지 않았나요? 들어가서 작살을 낼 것이지……."

하 반장이 참을 수 없다는 듯 말했다. 기봉은 머리를 세게 흔들었다.

"어떻게 그런 짓을 할 수 있습니까. 두 사람이 사랑을 나누고 있는 방안에 어떻게 들어갈 수 있습니까. 나는 도저히 그런 짓은 못합니다."

"당신은 신사시군요."

"신사라서 그런 게 아니라…… 하여튼 그런 짓을 할 수가 없었습니다."

"당신은 몇 호실에 있었나요?"

"512호실입니다."

기봉은 다시 엽차를 따라 마셨다.

"그렇다고 집으로 돌아간 것도 아닙니다. 밤새 창가에 앉아 묘화의 차만 바라보고 있었거든요. 나라는 인간은 그런 인간입니다. 아침이 되자 마침내 묘화가 호텔에서 나와 주차장으로 걸어가는 것이 보였습니다. 그 뒤를 조그만 청년 하나가 따르고 있었습니다. 그들은 함께 차를 타고 떠났습니다. 나는 콜택시를 타고 그들을 쫓았습니다. 청년은 도중에 차에서 내리고 묘화는 그대로 차를 몰고서 가 버렸습니다. 나는 차에서 내려 청년을 미행했습니다. 그의 집까지 알아뒀죠. 그리고 나서 다음 날 나는 묘화와 결혼식을 올렸습니다."

형사들은 기가 막힌다는 표정으로 그를 바라보았다. 그들은 도저히 기봉의 행위를 이해할 수 없었다. 그 결혼은 당연히 파기되어야 마땅한 것이었다. 그런데 그는 예정대로 결혼을 감행했다지 않은가.

"묘화 씨한테는 아무 말도 하지 않고 결혼했다는 말입니까? 설마 그러지는 않았겠지요?"

"아무 말도 하지 않았습니다. 나는 전혀 모르는 체하고 그 여자와 결혼했습니다."

"아무 일도 없었습니까?"

"아무 일도 없었습니다. 그런데 결혼식장에서 그 청년을 다시 보게 되었습니다. 나는 속으로 우리 결혼을 축복해 주러 왔구나 하고 생각했죠. 멋대로 생각한 거죠."

"잠깐, 상대방의 그런 불륜을 목격하고서도 그 여자와 결혼하고 싶었습니까?"

"네, 결혼하고 싶었습니다. 그걸 알고 나니까 묘화를 더욱 내 아내로 만들어야겠다는 생각이 간절했습니다. 이상한 일이었습니다. 그녀를 미워하거나 혐오하지 않고 오히려 더 감싸 주고 싶은 마음이었습니다."

"역시 당신은 여느 사람하고는 다른 데가 있어요. 상식을 뛰어넘거나 아니면 상식 이하의 짓을 하는 걸 보면······."

"글쎄, 나는 그렇게 생각하지 않습니다만······."

"그래서요? 계속하십시오."

하 반장은 다시 기봉의 주위를 돌기 시작했다.

"다 아시는 대로 우리는 설악산으로 신혼여행을 가서 H호텔에 투숙했지요. 그런데 거기서 손창시를 다시 보게 되었습니다. 물론 나는 그 때에도 모른 체했지만······ 그 때만은 정말 감정을 가누기가 어려웠습니다. 화도 나고 난감하기도 하고······. 그런 기분으로 신부와 관계를 가지려니 마음먹은 대로 되지가 않았습니다. 자꾸만 손 군의 얼굴이 떠오르고······ 해서 결국 관계를 맺는데 실패하고 말았지요. 그러고 나니까 더욱 견딜 수가 없었습니다. 그래서 방에서 뛰쳐나와 용궁으로 가서 술을 마셨던 거지요."

"그 때가 몇 시쯤이었나요?"

"밤 10시에서 11시 사이일 겁니다."

"좀 더 정확히 말할 수 없습니까?"

"정확한 시간은 모릅니다. 시간을 일부러 기억해 두지는 않았으니까요."

"그 시간이 당신한테는 매우 중요한 시간입니다. 하지만 당신이 그것을 기억해 내지 못한다면 할 수 없는 일이지요. 자, 계속하십시오."

서 형사는 실망한 얼굴로 말했다.

"용궁에서 나와 그 앞에 있는 P여관으로 갔지요. 내가 먼저 가 있었고 뒤에 김옥자 양이 왔습니다. 나는 그 날 밤 꽤 취해 있었습니다. 기분도 그렇지 않고 해서 많이 마셨지요. 우스운 것은…… 거기서…… 김옥자 양하고 관계를 맺었다는 사실입니다. 정말 어이없는 일이었습니다. 신부하고는 그게 불가능했는데…… 옥자하고는 그게 가능했습니다. 다음 날 아침에 일어났을 때 옥자는 세상모르고 자고 있었습니다. 요에다 오줌을 질펀하게 싸 놓고, 그것도 모른 채 자고 있었습니다."

"오줌을 쌌다구요?"

하 반장이 멈춰 서면서 큰 소리로 물었다.

"네."

"누가요?"

"옥자가 그랬습니다. 나는 혼자 여관을 나와 호텔로 갔습니다. 우리가 투숙했던 방은 잠겨 있었습니다. 아무리 벨을 눌러도 문은 열리지 않았습니다. 나는 방안에 묘화가 있으면서 안 열어 주는 줄 알았지요. 커피숍으로 가서 구내전화를 걸기도 했습니다. 하지만 전화를 받지 않았습니다. 혹시나 해서 프런트에 가 봤더니 방 열쇠가 거기 있었습니다. 프런트 맨은 묘화가 언제 열쇠를 맡기고 나갔는지 모르고 있었습니다. 열쇠로 문을 열고 방안으로 들어가 보니 묘화는 없었고 욕실에 손 군의 시체가 있었습니다."

그는 다 털어놓아 시원하다는 듯 두 손을 비벼 댔다.

"그 때 열쇠를 내준 프런트맨의 얼굴을 기억합니까?"

"보면 알 겁니다."

한참 동안 침묵이 흘렀다. 형사들은 기봉의 말을 어디까지 믿어야 할지 알 수 없었다. 그의 말이 사실이라면, 수사는 처음부터 다시 시작해야 한다. 모든 것이 원점으로 돌아간다.

그런데 기봉의 말은 다분히 설득력이 있었다. 듣고 보니 그가 신혼 초야에 그런 짓을 했다는 것이 그들로서도 충분히 이해가 가고도 남았다.

"26일 밤의 당신의 행적은 당신을 구할 수 있는 중요한 알리바이가 될 수 있어요. 손 군이 피살된 시간에 당신은 용궁 아니면 P여관에 있었다는 식의 알리바이 말입니다. 그런데 문제가 있어요. 손 군이 피살된 시간은 26일 밤 10시에서 27일 새벽 2시 사이라고 판정이 나왔어요. 문제는 그가 10시에 죽었다면 당신은 손 군을 살해하고 용궁에 갈 수도 있다는 결론이 나와요. 당신 말이 10시에서 11시 사이에 용궁에 갔다고 했으니까요. 그런 점에서 당신의 알리바이에는 커다란 구멍이 있어요. 메우지 않으면 안 될 구멍 말입니다. 왜 하필 10시라는 시간이 겹치느냐 이겁니다. 당신이 10시 이전에 용궁에 갔다면, 그리고 그것을 증명할 수만 있다면 당신의 알리바이는 설득력이 있는데 말입니다."

기봉은 머리를 흔들었다. 마치 어림없다는 듯이 머리를 흔들었다.

"10시 이전에 용궁에 가지는 않았습니다. 우리는 9시 뉴스를 보고 나서 목욕을 했습니다. 그리고 관계를 가지려고 했지요. 뉴스는 대개 30분 정도 봅니다. 두 사람이 목욕하는 시간이 있을 거고…… 또 목욕하고 나서의 행동…… 결국 10시가 지나서 용궁에 갔다는 계산이 나오지요. 그 이전에는 시간이 맞지 않습니다."

"당신은 당신한테 불리한 말만 하는군요."

"사실대로 이야기한 것뿐입니다."

하 반장과 서 형사는 기봉을 데리고 P여관으로 가 보았다.

기봉은 여관 종업원을 알아보았지만 그는 기봉을 알아보지 못했다.

숙박부를 뒤지자 기봉의 이름이 나왔다. 투숙 일시는 27일 새벽 1시로 되어 있었는데 글씨가 제멋대로 춤을 추고 있는 것이 잔뜩 술에 취해서 쓴 것 같았다. 기봉은 그것을 기재한 기억이 도통 나지 않았다. 그러나 그것은 분명히 자신의 글씨였다. 술에 몹시 취해서 정신없이 써 넣은 것 같았다.

"이 손님은 여기 기재되어 있는 대로 지난 27일 새벽에 이 여관에 투숙했어. 용궁에 있는 호스티스를 데리고 말이야. 생각나지 않나?"

"글쎄요. 여기 써 있으면 왔겠지요, 뭐."

종업원은 수갑으로 연결되어 있는 두 사람 중 기봉을 아래위로 훑어보면서 시큰둥하게 대답했다.

　기봉의 오른손과 서 형사의 왼손이 수갑으로 연결되어 있었다. 그렇게 연결되어 있는 두 사람은 어쩐지 친밀해 보였고 비슷해 보이기까지 했다.

　"그 날 여자가 요에다 오줌을 쌌다고 하는데…… 그래도 기억이 안 나나?"

　그 말에 비로소 종업원의 눈이 반짝하고 빛났다.

　"아, 이제 기억이 납니다. 손님이 요에 오줌을 그렇게 싸고 간 것은 처음 있는 일이었습니다. 어떻게나 오줌을 많이 쌌던지 요가 다 젖어서 그것을 뜯어 빠느라고 일하는 아줌마가 혼이 났습니다. 이 손님이 그 때 오줌을 싸고 도망친 사람이군요. 그러고 보니까 기억이 납니다."

　종업원은 괘씸하다는 듯 기봉을 흘겨보았다.

　여관을 나온 그들은 H호텔로 갔다. 프런트로 다가간 기봉은 프런트맨 한 명을 손가락으로 지적했다.

　"바로 이 사람이 그 날 열쇠를 내 줬습니다."

　지적을 받은 프런트 맨은 무슨 말인지 몰라 눈을 끔벅거렸다. 형사가 다그치자 그는 기억이 나지 않는지 머뭇거리기만 했다. 이번에는 기봉이 다시 그 때의 상황을 이야기했다.

　"그 때 내가 615호실 열쇠 있으면 달라고 하니까 당신이 그 방손님 되느냐고 물었지요. 그래서 동행이 있는데 내가 나갔다 온 사이에 외출한 모양이라고 하니까 당신이 내 주민등록증을 보자고 해서 보여 줬지요. 당신은 숙박 카드의 기재 내용과 주민 등록증 내용이 일치한 것을 확인하고 나서야 나한테 열쇠를 내주었지요. 도난 사고가 자주 발생해서 그런다고 사과까지 하지 않았습니까? 나는 분명히 기억이 나는데……."

"아아, 기억이 납니다. 네네, 그랬지요. 이제 기억이 납니다. 네, 제가 열쇠를 내주었습니다."

프런트맨은 쾌활하게 대답했다.

경찰서로 돌아가자 서울 팀 형사들과 함께 오묘화의 부모가 앉아 있다가 기봉을 보고는 악을 쓰며 달려들었다. 한편에는 손창시의 부모도 와 있었다.

"이놈아! 내 딸 내놔라!"

"이놈아! 내 아들 살려내라!"

그들은 벌떼처럼 달려들어 기봉을 잡아 뜯었다.

다음 날 아침 10시 조금 지나 서울 Y경찰서 형사 계장으로부터 하갑석 반장에게 전화가 걸려 왔다.

"어떻게 됐어? 보냈나?"

하 반장은 다급한 목소리로 물었다.

"그게 말이야…… 좀 곤란하게 됐어."

"그게 무슨 소리야?"

"그 아가씨…… 행방불명된 것 같아. 집에도 없고 홀에도 나오지 않아. 그렇다고 이사 간 것도 아니고, 방에는 짐이 그대로 있단 말이야. 수소문해 봤는데 그 아가씨의 행방을 알고 있는 사람이 아무도 없어."

"그래?"

김옥자가 행방을 감춘 것은 1월 3일 밤 전후로 생각된다는 것이었다. 그 날 밤 김옥자는 홀에 나와 손님을 상대했고, 집에 돌아간 것은 새벽 1시쯤이라고 했다. 그러나 그 날 밤 김옥자는 집에 돌아가지 않았다.

"홀에서 나간 다음 행방불명이 된 모양이야. 아무도 간 곳을 모르고 있어."

"마지막 손님하고 같이 나간 게 아닐까? 어디 여행이라도 간 게 아닐까? 돈만 쥐어 주면 어디든지 따라갈 텐데……."

"손님하고 나가지 않았대. 혼자 나갔다는 거야. 좀 더 기다려 봐야겠지만…… 어쩐지 행방불명된 것 같아."

"지금 바로 사람을 보낼 테니까 잘 좀 도와 줘."

"그야 여부 있나."

하 반장은 전화를 끊고 나서 서 형사를 바라보았다.

"김옥자는 아무래도 행방불명된 것 같다는군. 어떡하지?"

그는 통화 내용을 서 형사에게 들려주었다. 잠자코 이야기를 듣고 난 서 형사의 표정이 굳어졌다.

"3일 밤이라면…… 저와 만났던 날 밤입니다. 저는 9시쯤 나왔습니다만……."

"다시 서울에 다녀와야겠는데……."

"네, 갔다 오겠습니다."

서 형사는 당연하다는 듯 말했다. 하루도 쉬지 않고 연거푸 서울에 다녀온다는 것이 쉬운 일은 아니다. 그러나 직업인 이상 때와 장소를 따지고 있을 처지가 아니었다. 그보다도 김옥자를 찾아내는 것이 문제였다. 그녀가 정말 행방불명되었다면 큰일이 아닐 수 없었다.

날씨는 몹시 추웠지만 청명했다. 서 형사는 11시 30분에 출발하는 고속버스에 몸을 실었다. 차창 밖은 눈 덮인 산에 햇빛이 반사되어 눈이 부실 지경이었다.

그는 의자를 뒤로 젖히고 눈을 감았다. 잠을 자 두려고 했지만 한참이 지나도 잠이 오지 않았다. 잠이 오기는커녕 김옥자 양에 대한 생각이 자꾸만 머리를 어지럽혔다. 그런데 그 생각이라는 것이 줄곧 불길한 쪽으로만 기우는 것이었다. 그럴 리가 없다. 그런 여자들이야 하루 이틀 집을 비우는 것은 보통이 아닌가. 아니야. 어쩐지 심상치 않아. 만일 그녀가 행방불명된 것이 사실로 밝혀진다면 그것은 무엇을 의미하는 것일까. 그 행방불명이 외부의 강요에 의한 것이라면 그것은 이번 사건과 어떤 관계가 있을까. 그것은 지금까지 그저 막연히 생각해 왔던 제3의 그림자가 마침내 모습을 드러내고 그녀에게 접근했다는 것을 의미하는 게 아닐까.

서울에 도착했을 때는 이미 해가 기울고 있었다. 서 형사는 먼저 Y경찰서의 형사 계장을 찾아갔다.

"아, 왔군. 그렇지 않아도 기다리고 있었지. 두 사람 인사하지 그래."

노회해 보이는 형사 계장은 자기 부하를 소개했다.

"우리 최 형사가 그 관계 일을 조사했으니까 최 형사한테 이야기를 들어 봐요. 난 일이 있어서 나가 봐야 하니까."

형사 계장은 바쁜 듯이 먼저 밖으로 나갔다. 최 형사는 서 형사 또래였다. 서 형사에 비해 그는 저돌적인 인상이었다. 그들은 경찰서를 나와 나이아가라로 향했다.

"가 봐야 없을 겁니다. 같은 방에 세 들어 사는 아가씨하고 조금 전까지 통화했는데 아직도 소식이 없답니다."

나이아가라 쪽으로 함께 걸어가면서 최 형사가 말했다.

"그 아가씨는 어디 가면 만날 수 있습니까?"

"그 아가씨도 나이아가라에서 일하고 있습니다."

나이아가라는 이미 손님들로 북적거리고 있었다. 최 형사는 지배인과 미스 박이라는 아가씨를 불렀다.

그 동안 서 형사는 실내를 한 바퀴 둘러보았다. 자리로 돌아오자 지배인과 미스 박이라는 아가씨가 최 형사와 이야기를 나누고 있었다. 서 형사는 김옥자의 사진을 내놓았다. 최 형사가 그를 지배인과 미스 박에게 소개했다.

"옥자를 만나려고 강릉에서 여기까지 오셨으니까 묻는 대로 잘 좀 이야기해 드려요."

"수고 많으십니다."

지배인이 장삿속이 드러나 보이는 미소를 지으며 그에게 고개를 숙였다.

"김옥자 양은 여기서 오미자라는 가명을 사용했지요?"

서 형사는 인사를 하는 둥 마는 둥 하면서 질문을 던졌다.

"네, 그렇습니다."

지배인이 대답했다.

"김 양은 3일 밤 9시까지는 나와 함께 여기서 술을 마셨습니다. 나는 9시쯤 해서 그녀와 헤어졌지요. 그런데 그 다음에 김 양은 누구와 술을 마셨나요?"

서 형사는 박 양을 쳐다보았다. 그녀는 유난히 마른 몸매의 아가씨로 옥자와 함께 셋방에서 자취 생활을 하고 있었다.

"가시고 나서 두 번 손님을 받았어요. 처음 손님은 나이 많은 손님이었어요. 그 또래의 손님 세 명이 들어왔기 때문에 저도 옥자와 함께 그 손님들을 받았어요."

"자주 오는 손님들이었나요?"

"처음 보는 사람들이었는데 사업을 하는 점잖은 손님들 같았어요."

"그 다음에는 어떤 손님을 받았지?"

"젊은 남자였어요. 콧수염을 기른 젊은 남자였는데…… 저는 다른 룸에서 다른 손님하고 이야기하고 있다가 나중에야 그 손님이 옥자하고 술 마시고 있는 것을 봤어요. 색깔 있는 안경을 끼고 있었기 때문에 얼굴 모습은 정확히 모르겠어요."

"그 손님은 혼자였나요?"

"아마 그런 것 같아요. 룸에 단 둘이 있는 걸 봤으니까요."

콧수염을 기르고 색깔 있는 안경을 낀 젊은 남자라면 그냥 넘겨 버릴 수 없는 존재이다. 주목할 필요가 있지 않을까. 서 형사는 긴장했다.

"그 다음에는 어떻게 됐나요?"

"나중에…… 그러니까 새벽 1시쯤 돼서 보니까 그 손님은 가고 옥자는 혼자였어요."

그 때 옥자는 술에 취해 룸에 있는 소파에 쓰러져 있었다고 했다. 옥자와 박 양은 끝나면 언제나 함께 집에 돌아가곤 했지만 그 날 밤에는 함께 갈 수가 없게 되었다. 박 양이 손님과 함께 호텔로 가기로 되어 있었기 때문이다. 그녀는 좀처럼 손님을 따라가지 않지만 요즘에는 벌이가 시원치 않아 가끔씩 돈을 받고 손님의 요구를 들어주고 있었다. 흔들어 깨우자 옥자는 비틀거리며 일어났다. 박 양은 그녀에게 함께 갈 수 없는 이유를 설명하고 혼자 집에 갈 수 있겠느냐고 물었다. 그러자

"걱정하지 마. 문제없어. 혼자 갈 수 있으니까 걱정하지 마."

하며 옥자는 손을 휘휘 저으면서 먼저 밖으로 사라졌다.

그것이 마지막이었고, 그 뒤로는 옥자를 보지 못했다고 박 양은 말했다.

"아침에 일찍 집에 돌아가 봤더니 옥자가 없었어요. 자고 간 흔적도 없었어요. 주인 아줌마한테 물어 봤더니 지난밤에 안 들

어왔다는 거예요. 그리고는 지금까지 집에 안 들어오고 있어요. 여기도 물론 안 나오구요."

"전화 연락도 없었나요?"

"없었어요."

"혹시 어디 간다는 말 없었나요? 고향으로 간 게 아닐까요?"

"어디 가면 어디 간다고 말할 텐데 그런 말이 전혀 없었어요. 어디 가더라도 그렇지요. 옷도 갈아입지 않고 어떻게 그런 야한 차림으로 어디를 갈 수 있겠어요. 더구나 그 밤중에 말이에요. 어디 가더라도 집에 들렀다 날이 샌 다음 갔어야 하지요. 아무래도 이상해요."

박 양은 이해가 안 간다는 듯 고개를 갸우뚱하면서 의문에 싸인 표정을 지었다.

"혹시 그 날 밤 옥자가 일을 끝내고 취해서 밖으로 나갈 때 함께 나간 사람 없었나요? 손님이 아니라도 말입니다."

"그 점에 대해서는 제가 알아 봤는데…… 아무도 본 사람이 없습니다."

지배인이 자신 있다는 투로 대답했다.

형사들은 박 양을 앞세우고 그녀들의 자취방으로 가 보았다.

그 곳은 두 사람이 겨우 드러누우면 알맞을 비좁은 방이었지만 여자들만이 있는 방답게 깨끗이 정돈되어 있었다.

옥자의 소지품이라야 비닐로 겉을 입힌 가방 하나가 전부였다. 한참 시간을 두고 하나하나 세심히 살펴보았지만 실종의 단서가 될 만한 물건 같은 것은 보이지 않았다.

"옥자 양에게는 애인이 없나요?"

"없어요."

"옥자 양도 물론 손님들하고 외박하지요?"

박 양은 고개를 끄덕였다.

"옥자 양이 좋아하는 손님들이 있을 텐데?"

"잘 모르겠어요."

같은 방을 쓰고 있다고는 하지만 그녀는 옥자의 사생활에 대해서는 거의 모르고 있었다. 아니 관심을 두고 있는 것 같지가 않았다.

서 형사의 뇌리에 다시 젊은 사나이의 모습이 떠올랐다. 윤곽이 분명하지 않은 얼굴이었다. 콧수염을 기르고 색깔 있는 안경을 낀…….

그 날 밤은 더 이상 수사가 진행되지 않았고 진전시킬 수도 없었다. 다음 날 아침 일찍 서 형사는 다시 옥자의 셋방을 찾아가 보았다.

그녀는 생각했던 대로 돌아와 있지 않았다. 그는 본서의 하 반장에게 전화를 걸어 상황을 보고했다.

"……제 생각에는 전국에 수배를 내리는 게 좋을 것 같습니다. 이미 늦었는지도 모릅니다만……."

"늦다니, 뭐가 늦었다는 거야?"

서 형사는 자신의 불길한 예감을 이야기했다.

"살해되지 않았나 생각합니다."

"그건 너무 비약이야. 자네, 신경과민인 것 같아."

"모르겠습니다. 그러면 다행입니다만……. 전 이 길로 옥자의 고향에 찾아가 보겠습니다. 다시 연락드리겠습니다."

"좋아. 수배를 해 보지. 자네 말대로 특히 여자 변사체에 대해 신경을 써야겠군."

옥자의 고향을 찾아가기 전에 먼저 가 볼 곳이 있었다. 서 형사는 W호텔을 찾아갔다. 만일 작년도의 숙박 카드가 그대로 보존되어 있다면 다행이지만, 없다면 할 수 없는 일이다. 최기봉은 되게 재수 없는 사나이일지도 모른다. 서 형사가 W호텔을 찾아간 것은 최기봉의 진술이 거짓인지 정말인지 알아보기 위해서였다.

"어서 오십시오."

프런트맨이 투숙하러 온 손님인 줄 알고 공손히 인사했다. 서 형사는 신분증을 보인 다음 찾아온 용건을 이야기하고, 매우 중요한 일이니 협조를 바란다는 말을 덧붙였다.

"작년 12월 카드라면 아직 폐기 처분하지 않고 보관하고 있습니다."

"다행이군요. 12월 24일자 숙박 카드만 보면 됩니다."

프런트 맨은 안쪽으로 사라지더니 잠시 후 나타나 서 형사를 안으로 안내했다.

그가 안내되어 들어간 곳은 지배인실이었다. 지배인이 책상 앞에 앉아 있다가 몸을 일으키면서 그를 맞았다. 점잖게 생긴 중년의 사나이였다.

"잠시만 기다려 주십시오."

서 형사는 지배인이 권하는 대로 응접 소파에 앉아서 기다렸다. 먼저 주스가 나오고, 잠시 후에 카드 묶음이 탁자 위에 놓여졌다.

"12월 24일자 카드입니다."

프런트맨의 말이었다.

서 형사는 대강 대강 넘겨보았다. 두 번째는 한 장 한 장 신중히 들여다보았다. 그러나 오묘하나 최기봉이란 이름이 적힌 카드는 보이지 않았다. 손창시란 이름도 찾을 수가 없었다. 아니, 오묘화가 투숙했다는 1019호실 카드와 기봉이 투숙했다는 512호실 카드 자체가 아예 없었다.

"이 호텔에는 객실이 모두 몇 개나 되나요?"

"280개입니다."

"12월 24일 밤의 객실 사정은 어땠습니까?"

"만원이었습니다. 확실한 건 장부를 봐야겠지만…… 뭐 이상이 있습니까?"

"하필 제가 찾고 있는 카드가 없군요. 우연의 일치인지도 모르지만 두 개가 똑같이 빠졌다는 게 이상하군요."

"그럴 리가 없을 텐데요. 어디. 제가 한번 찾아보지요."

지배인이 카드에 손을 댔다.

"1019호실과 512호실입니다."

카드는 방 번호순으로 철해져 있었지만 혹시 가운데 잘못 섞이지 않았나 해서 처음부터 차례대로 점검해 보았다. 그러나 역시 그 두 장은 빠져 있었다. 카드는 모두 278장이었다.

"그거 이상하군요. 잠시 기다려 주십시오."

지배인이 인터폰으로 누군가에게 지시를 내렸다.

잠시 후 여직원이 장부를 들고 나타났다. 지배인은 그것을 받아 뒤적거리며 고개를 갸우뚱하면서 그것을 탁자 위에 내려놓았다.

"분명히 그 날 밤 1019호실과 512호실은 나갔습니다. 그런데 왜 카드가 없어졌지?"

"누가 빼돌린 모양이군."

서 형사는 혼잣말로 중얼거렸다.

"그럴 리가 없을 텐데요."

지배인은 12월 23일자 카드와 25일자 카드를 가져오게 하여 점검했다. 그러나 카드 숫자와 장부에 적혀 있는 숫자는 일치했다. 즉 그것은 분실된 카드가 없다는 의미였다.

"전에도 카드가 분실되는 일이 있었습니까?"

"없었습니다."

"카드를 모두 점검해 보시나요?"

카드를 점검해 보았다면 이제 와서 분실된 것이 드러나지 않았을 것 아니냐 하는 뜻으로 물은 것이었다. 그 말뜻을 알아차리고 지배인은 이렇게 응수했다.

"제가 직접 점검하지는 않고 담당 직원에게 지시한 다음 캐비닛 속에 보관해 둡니다."

별로 중요한 서류도 아니니 금고 같은 곳에 넣어 둘 리도 없을 것이다. 더구나 한 달 치만 모아 두어도 수천 장이나 되는 부피이니 보관에도 애로가 있을 것이다.

"캐비닛 속에 넣어 두면 아무나 열어볼 수 있겠군요."

"아닙니다. 담당자 외에는 함부로 열어보기가 어렵습니다. 다이얼 번호가 있기 때문에 담당자만 열어볼 수가 있습니다. 하지만 열려고 마음만 먹으면 금고 보다야 훨씬 쉽겠지요."

"담당자를 좀 불러 주시겠습니까?"

담당 직원은 과장이라는 직책을 가진 서른 댓 살 된 남자였다. 왜소한 체구에 얼굴빛이 노리끼리한 병색이었다. 지배인은 두 장의 카드가 빈 것에 대해 점잖게 과장을 꾸짖었다.

"이분은 경찰서에서 오셨는데 하필이면 찾고 있는 카드 두 장이 없어졌단 말이야. 난 모르겠으니까 정 과장이 이유를 설명해 드려요."

정 과장은 안색이 창백해지면서 어쩔 줄 모르는 표정이었다.

"그것이 어째서 그렇게 되었는지 정말 이상하군요."

"캐비닛 속에 보관할 때는 이상이 없었나요?"

서 형사는 상대방의 얼굴에서 눈을 떼지 않은 채 물었다.

"네에, 이상이 없었습니다."

"그러면 왜 두 장이 없어졌지요? 그 두 장이 매우 중요한 증거물이 되는 건데 왜 없어졌을까요?"

"글쎄, 모르겠군요."

정 과장은 애써 서 형사의 시선을 피하면서 대답했다.

"모른다 모른다 그러지 말구 이유를 설명해 봐! 담당자가 그걸 모르면 누가 아느냐 말이야!"

지배인은 화가 나서 소리쳤다. 그러나 정 과장이라는 사람은 그 이유를 설명하지 못했다.

이유를 설명하기는 매우 어려울 것이라고 생각하면서 서 형사는 일어섰다.

서 형사는 옥자의 고향에 찾아가는 것을 하루 늦추기로 했다. 한번 그저 확인해 보려고 호텔에 들렀던 것인데 의외의 사실에 접근하고는 그냥 지나칠 수가 없었던 것이다. 거기서도 그는 제3의 그림자가 어른거리고 있는 것을 느꼈던 것이다. 옥자가 사라지고 카드 두 장이 없어졌다. 이상하지 않은가. 누군가가 한 발 앞에서 손을 쓰고 있다고 생각하지 않을 수가 없었다.

서 형사는 W호텔에 방을 하나 빌렸다.

"아무래도 누가 손을 쓰고 있는 것 같습니다."

전화로 하 반장에게 보고하면서 그는 그렇게 말했다.

"철저히 조사해서 밝혀 내!"

"해 보겠습니다."

그는 Y서의 최 형사에게 지원을 요청했다. 최 형사는 두 시간쯤 지나 연락이 되어 달려왔다. 서 형사는 그에게 사정을 이야기한 다음 정 과장을 은밀히 다방으로 불러냈다. 핏기 하나 없는 핼쑥한 얼굴로 들어선 정 과장은 최 형사의 험악한 표정을 보자 벌벌 떨었다.

"이분은 거짓말을 하는 사람의 입을 열게 하는데는 특출한 재능이 있는 분이지. 잘못하다가는 뼈다귀가 부러질지 모르니까 조심하라고."

서 형사는 그런 식으로 최 형사를 정 과장에게 소개했다.

정 과장은 겁이 많으면서도 좀처럼 꺾이지 않았다. 풀처럼 나긋나긋 꺾이는 것 같으면서도 중요한 부분에 가서는 부인하고 나왔다. 보기보다 강하고 질긴 데가 있는 사내였다.

"바른대로 이야기해 주면 아무 문제도 삼지 않을 거야. 지배인한테도 말하지 않을 거고 절도죄로도 처벌하지 않을 거야. 우리가 알고 싶은 것은 그 카드를 누구한테 줬느냐 하는 거야. 그 사람을 만나고 싶어. 자, 그러니까 바른대로 말해 봐."

"카드를 빼돌린 적은 없습니다. 하늘에 맹세코 그런 적이 없습니다. 왜 그게 없어졌는지 정말 전 모릅니다."

한 시간이 지나고 두 시간이 지났다. 형사들은 교대로 신문했다. 지리하고 고통스러운 일이었지만 그대로 물러날 수는 없었다. 서 형사는 믿고 있었다. 정 과장이 무엇인가 숨기고 있다는 것을.

그의 믿음이 다섯 시간 만에 마침내 사실로 나타났다. 정 과장이 더 버티지 못하고 드디어 입을 연 것이다.

"전 그 사람이 누군지 보지 못했습니다. 동생이 달라고 하기에 두 장을 빼 주었을 뿐입니다."

동생이란 그의 이종 사촌 동생을 말하는 것이었다. 그의 사촌 동생은 그의 소개로 호텔에 들어와 호텔 내에 있는 칵테일 코너에서 바텐더로 일하고 있었다.

"그 대가로 얼마를 받았나?"

"10만 원 받았습니다."

이종 사촌 동생으로부터 10만 원을 받고 카드 두 장을 빼내 주었다는 것이다. 그 카드가 최종적으로 누구 손에 들어갔는지는 모른다.

바텐더 장용수는 저녁때가 되어야 출근한다고 했다. 그들은 저녁때까지 기다렸다가 6시에 칵테일 코너를 찾아갔다. 마침 이른 시간이라 안에서는 바텐더 혼자서 카운터를 정리하고 있었다.

형사들이 카운터로 접근해서 의자 위에 엉덩이를 올려놓자 바텐더가 고개를 돌려 그들을 쳐다보면서 아는 체를 했다.

"어서 오십시오."

바텐더는 서른 살쯤 되어 보이는 호리호리한 젊은이였다.

서 형사는 스카치 한 잔을 청했고 최 형사는 마티니 한 잔을 주문했다. 두 사람은 바텐더가 주문한 술을 내놓을 때까지 잠자코 있었다.

이윽고 술 잔이 카운터 위에 놓이자 서 형사가 먼저 입을 열었다.

"한 가지 부탁이 있는데 가능할까요?"

"무슨 일이신가요?"

바텐더는 미소를 지으며 공손히 물었다.

"내가 어제 어떤 여자하고 이 호텔에 투숙했는데…… 아무래도 숙박 카드가 마음에 걸린단 말이오. 내 마누라가 지금 흥신소 직원을 시켜 내 뒤를 계속 캐고 있는 판인데 불안하단 말입니다. 그 카드가 마누라 손에 들어가는 날이면 난 간통죄로 걸려들 거란 말입니다. 그래서 말인데 그 카드를 좀 빼낼 수 없을까요? 그래만 준다면 충분히 사례를 하겠소."

느닷없이 나타나서 묘한 말을 해대는 손님을 바텐더는 복잡한 표정으로 바라보았다. 손님의 말을 어떻게 받아들여야 할지 모르겠다는 표정이었다.

바텐더는 미소를 지었다.

"글쎄요. 그건 좀 어려운 부탁인데요. 그러지 말고 프런트 담당자에게 가서 직접 말씀해 보시는 게 어떻습니까. 웬만하면 들어줄 텐데요."

"나는 당신이 들어줄 줄 알고 찾아왔는데…… 유경험자이니까 말이야."

바텐더는 더 이상 미소 짓지 않았다. 그는 못들은 체하고 저쪽으로 가려고 했다. 서 형사는 술잔으로 카운터를 두드렸다.

"피하지 말고 이쪽으로 와요. 당신을 절도죄로 체포하려고 왔으니까 도망칠 생각일랑 하지 말아요. 당신 형은 이미 체포됐어. 정 과장 말이야."

"무, 무슨 말씀을 하시는 겁니까?"

최 형사가 신분증을 꺼내 흔들었다.

"12월 24일자 숙박 카드 두 장을 정 과장을 통해 꺼내지 않았나? 정 과장은 다 털어놓았는데 설마 장용수 씨가 부인하지는 않겠지?"

컵이 하나 밑으로 굴러 떨어져 깨지는 소리가 났다. 안색이 창백해진 바텐더는 멍청히 그들을 바라보기만 했다. 그 때 정 과장이 안으로 들어왔다.

"부인해 봐야 소용없으니까 사실대로 말씀드려. 사실대로 말하면 문제 삼지 않는다고 했으니까 말씀드리라구."

장 과장의 말에 다소 안심이 되는지 바텐더는 형사들 앞으로 엉거주춤 다가섰다.

"사실은 어떤 사람이 지난 12월 25일에 찾아와서 저한테 카드를 빼내 달라고 부탁했습니다. 두 장을 부탁하면서 30만 원을 주기에 형님한테 부탁했던 겁니다."

바텐더는 고개를 깊이 떨어뜨렸다.

"그래서 두 장을 그 사람한테 전해 줬나?"

"네, 전해 줬습니다."

"그 사람이 누구지?"

"모르는 사람이었습니다."

"그 뒤에 여기 온 적 있나?"

"한 번도 나타나지 않았습니다."

"어떻게 생긴 사람이었어?"

"젊은 남자였는데…… 콧수염을 기르고 있었습니다. 그리고 어두운 안경을 끼고 있었습니다. 머리는 파마를 했는지 곱슬곱슬했습니다. 그리고 여자와 동행이었습니다."

"어떻게 생긴 여자였지?"

서 형사는 숨을 죽인 채 바텐더를 응시했다. 바텐더가 그 여자의 모습을 기억하지 못할까 봐 조마조마한 마음으로 상대방의 표정을 주시했다. 다행히 바텐더는 그의 기대에 부응하는 대답을 해 주었다.

"남자보다는 여자의 나이가 훨씬 많아 보였습니다. 남자는 콧수염을 기르고 어두운 안경을 끼고 있기는 했지만 그렇게 나이 들어 보이는 사람은 아니었습니다. 얼굴에 주름 하나 없는 것이 서른 살도 채 못 돼 보였습니다. 제가 보기에는 나이 들어 보이게 하려고 일부러 콧수염을 기르고 그런 안경을 끼고 있는 것 같았습니다."

"변장한 것 같았다는 말인가?"

"네, 그런 점이 없지 않아 있었습니다. 남자에 비해 여자는 얼굴에 주름이 있었습니다. 화장을 짙게 하고 그 여자 역시 어두운 잠자리 안경을 끼고 있었지만 얼굴에 나타나는 주름살만은 감출 수가 없었던 모양입니다. 자세히 살피지는 않았지만 한 마흔 안팎으로 보였습니다. 미인이었고 몸매도 좋았습니다만…… 그 두 사람은 아무래도 어울리지 않는 한 쌍이었습니다. 하지만 그들은 연인처럼 행동하고 있었습니다."

"여자와 이야기를 해 보았나?"

"못해 봤습니다. 여자는 말을 삼가는 것 같았습니다. 저는 주로 그 남자와 이야기했습니다. 그가 그런 제의를 해 왔고…… 그래서 저는 돈을 받고 들어준 겁니다. 현장에는 그 여자도 있었습니다."

"카드를 받은 다음에는 어떻게 하던가?"

"카드를 자세히 들여다보고 나서 호주머니 속에 구겨 넣고 나갔습니다."

제3의 그림자에 대한 확신이 구체적으로 가슴 속에 자리 잡히기 시작하는 것을 서 형사는 느꼈다. 그것은 한 명이 아닌 두 명일 것이라는 생각이었다. 바텐더는 아주 중요한 증언을 해 준 것이다. 나이 적은 남자와 그 보다 훨씬 나이가 많은 여자의 관계라면 필시 불륜의 관계일 가능성이 많다.

"그들이 여기 찾아온 게 25일 몇 시쯤이었나?"

"초저녁 때였습니다. 그리고 두 시간쯤 있다가 다시 찾아왔습니다. 처음 찾아왔을 때는 카드를 빼내 달라고 부탁했지요. 저는 두 시간 후에 다시 한 번 와 보라고 했습니다. 그리고 그들이 두 시간 후에 다시 나타나자 카드를 내주었지요. 돈은 물건하고 바로 바꿨습니다."

바텐더는 묻지도 않은 말을 했다.

서 형사는 혹시나 해서 오묘화와 손창시의 사진을 그에게 꺼내 보였다.

"이 사람들이 아니었나?"

바텐더는 머리를 흔들었다.

"아닙니다. 이렇게 생긴 사람들이 아니었습니다."

그들은 왜 오묘화와 최기봉의 카드를 빼 갔을까. 그들이 그 카드만을 골라 빼 간 것을 보면 오묘화와 최기봉의 움직임을 낱낱이 알고 있었다는 말이 된다. 오묘화와 손창시가 24일 밤에 W호텔에 투숙한 것을 기봉에게 알려 준 사람은 정체불명의 여인이었다. 그 여인이란 바로 코밑수염을 기른 남자와 동행한 여자가 아닐까. 그렇다면 바로 그들이 이번 수수께끼의 열쇠를 쥐고 있는 장본인일 가능성이 높다. 서 형사는 머리가 어지러웠다. 갑자기 눈앞에 캄캄한 어둠이 밀어닥친 기분이었다.

최 형사의 휴대용 무전기에서 삐익 하고 호출 신호가 울린 것은 그들이 W호텔을 막 빠져나왔을 때였다. 최 형사는 급히 공중전화로 달려가 본서로 전화를 걸었다.

"K서에서 온 서 형사, 지금도 함께 있나?"

형사 계장이 큰 소리로 물어 왔다.

"네네, 함께 있습니다."

"젊은 여자 피살체가 발견되었는데, 서 형사가 찾는 여자 같으니까 지금 빨리 가 봐. 나도 그쪽으로 갈 테니까."

"알겠습니다."

최 형사는 위치를 물어 본 다음 급히 서 형사에게 다가가 통화 내용을 이야기해 주었다.

피살체가 발견된 곳은 안양 천변이었다.

시체는 더러운 물 속에 처박혀 있던 것을 끌어올린 듯 오물을 흠뻑 뒤집어쓰고 있었고, 그것이 얼어붙은 바람에 더욱 추한 몰골을 띠고 있었다.

시체는 둑 위로 끌어올려져 있었는데 그 주위에는 정복 경찰관과 구경꾼들이 몰려서 있었다. 날씨가 몹시 추운데도 불구하고 구경꾼들이 물러날 기미를 보이지 않고 있었다.

시체를 발견하고 신고해 온 사람은 20대의 청년이었다. 애인과 데이트하다가 시체를 발견했다고 했는데 그 때의 상황을 그는 이렇게 설명했다.

"날이 어둑어둑해질 때였어요. 처음 보았을 때는 시체인 줄 몰랐지요. 덤불에 덮여 있었고 또 눈에 덮여 있었기 때문에 얼른 알아보지를 못했지요. 더구나 몸이 반쯤은 얼음 속에 잠겨 있었으니까요. 그런데 갑자기 바람이 휙 불면서 사람의 손이 나타났습니다."

그의 애인이 손목을 먼저 발견하고는 비명을 질렀다고 했다. 나무 막대기로 헤집어 보니 여자 시체였다.

그렇지 않아도 김옥자에 대한 지명 수배가 일선 경찰에 내려져 있던 참이라 신고를 받은 파출소 순경은 자전거를 타고 재빨리 현장에 가 보았다. 그리고 그 다음의 조치는 아주 신속하게 이루어졌던 것이다.

서 형사는 플래시를 켜 들고 피살체의 얼굴을 한참 동안 들여다보았다. 얼굴은 오물이 얼어붙어 있어 제 모습을 갖추고 있지 않았지만 틀림없는 김옥자였다. 식도 왼쪽 목 부분에서부터 날카로운 흉기에 찔린 듯한 깊은 상처가 나 있었다.

"김옥자 맞나?"

어느 새 왔는지 Y서의 형사 계장이 뒤에 서서 퉁명스럽게 물었다.

"네, 맞습니다."

서 형사는 어깨를 펴면서 넋 나간 듯 대답했다.

"제기랄…… 하필 우리 관내에서……."

이제 서 형사로서는 고향으로 김옥자를 찾으러 갈 필요가 없게 되었다. 그는 사건의 한복판에 서서 소용돌이에 휘말린 기분이었다.

"제3의 인물은 한 명이 아니고…… 적어도 두 명 이상인 것 같습니다. 그 중에는 여자도 끼어 있는 것 같습니다. 김옥자가 살해됐다는 것은 그들이 행동을 개시했다는 의미입니다. 모든 상황이 최기봉을 범인으로 몰고 가는 쪽으로 진행되고 있는 느낌입니다."

서 형사는 전화로 하 반장에게 그렇게 보고했다.

"갈수록 태산이군. 일이 끝난 게 아니라 이제부터 시작이야."
"네, 그런 것 같습니다."

사태가 절박하게 돌아가고 있었기 때문에 하 반장은 밤새 차를 달려 서울로 올라왔다.

Y서 형사계의 강 계장은 옛 전우를 만난 듯 하 반장을 얼싸안았다. 하 반장도 그를 보자 기뻐 어쩔 줄을 몰라 했다.

"살다 보니까 또 이렇게 만나게 되는군."

"당분간 함께 일해야 될 것 같아. 그 아가씨가 우리 관내에서 피살되었으니 말이야. 우연치고는 참……."

"그러게 말이야."

하 반장이 비쩍 마른 데 비해 강 계장은 중후한 인상을 풍기고 있었다. 수사관이라기보다는 사업가라고 하면 알맞을 그런 타입이었다.

오랜만에 만난 그들은 재회의 기쁨을 나눌 사이도 없이 곧 눈앞에 벌어진 일에 매달려야 했다. 술은 사건이 해결된 다음에 마시기로 하고 그들은 즉시 수사에 들어갔다.

먼저 사건에 대한 전반적인 검토가 있었다. 손창시의 죽음과 오묘화의 실종, 살인 혐의로 구속된 최기봉의 입장, 그리고 그러한 일련의 사건 속에서 중요한 증인이랄 수 있는 김옥자의 죽음 등이 세밀하게 검토되었다.

"이건 어느 것 하나만을 따로 떼어서 수사할 수 없는 입장이군. 그렇게 해서는 해결도 안 될 테고 말이야."

강 계장이 하 반장의 이야기를 듣고 나서 하는 말이었다.
"이건 따로 떼어서는 수사할 수 없지. 서로 관련이 깊으니까 말이야."

김옥자가 피살된 시간은 1월 3일 자정에서 1월 4일 새벽 사이로 밝혀졌다.

"그 시간이라면…… 김옥자는 1월 4일 새벽에 나이아가라를 나가는 길로 괴한들에게 납치되어 살해되었다는 계산이 나오는군."

"안양 천변까지 김옥자가 들어갔을 리는 없을 테고…… 범인하고 분명히 차를 타고 갔을 텐데…… 그렇다면 일차적으로 목격자를 광범위하게 찾아야겠군. 다음에는 혹시 택시를 타고 갔을지도 모르니까 택시 기사를 상대로 탐문 수사를 벌여야겠어. 분명히 목격자가 있을 거야."

하 반장은 제3의 용의 선상에 떠오른 코밑수염을 기른 남자의 몽타주를 작성해야 한다고 말했다. 단 그 몽타주는 공개하지 않고 수사관들이 전용으로 사용해야 한다고 덧붙였다.

"바로 이 칼이 범행에 사용한 칼이지. 잘 보라구. 매우 잘 들게 생긴 칼이야."

강 계장이 내놓는 칼을 하 반장은 눈을 부릅뜨고 들여다보았다. 그것은 비닐봉지 속에 들어 있었는데. 찌르고 싶은 충동을 불러일으킬 만큼 날카롭게 생긴 칼이었다. 그리고 손잡이 부분까지 피에 젖어 있었다.

"이건 국산 칼이 아닌 것 같은데……."

"미제야. 하지만 요새는 국산도 외국 상표를 달고 나오니까 진짠지 가짠지 구분하기 힘들지."

그것은 접을 수 있도록 된 칼이었다. 손잡이는 하얀 뿔로 되어 있었다.

"아직. 전문가한테는 보이지 않았지만 손잡이가 상아로 된 것 같아."

"그렇다면 진짜가 아닌가?"

"글쎄, 감정을 해 봐야지."

"범인이 이걸 놔두고 갔다는 것은 큰 실수일지도 모르겠는데……."

하 반장은 기대를 걸고 말했다.

"그랬으면 오죽이나 좋겠나."

"지문은 나왔나?"

"나오지 않았어. 그러니까 칼을 챙기지 않고 버린 것 같아."

어느 새 날이 뿌옇게 밝아 오고 있었다.

수사 요원들은 연탄난로를 중심으로 앉아 있거나 서성거리고 있었다.

"또 눈이 내리는데……."

누군가가 그렇게 중얼거리는 바람에 모두가 고개를 돌려 창밖을 바라보았다. 밖에는 어느 새 굵은 눈송이가 하나 둘씩 떨어지고 있었다.

"올 겨울에는 무슨 눈이 이렇게 많이 내리지?"

"눈 내리는 거 구경만 하고 있으면 좋겠다."

하 반장과 서 형사는 부검 결과를 타이핑해 놓은 서류를 끌어당겨 들여다보았다.

"치명상은 이 부분입니다."

서 형사는 식도 왼쪽 목을 가리켰다. 거기에는 인체의 형태가 그려져 있었다.

"아주 잔인하게 죽였어."

라고 강 계장이 말했다.

상처의 깊이는 아주 대단했다. 깊이가 5센티에다 가로 10센티 길이로 오른쪽으로 그어져 있었기 때문에 목을 자른 것이나 다름없었다.

"목이 덜렁덜렁할 정도로 칼질을 했으니…… 범인은 아주 잔인한 놈인 것 같아."

서 형사는 문득 '범인은 여자일 수도 있다'라고 생각이 들었다. 남자보다도 여자가 더 잔인한 경우를 그는 많이 보아 왔기 때문이다.

"김옥자의 죽음과 손창시의 죽음이 관계가 있다고 보는가? 관계가 있다면 그렇게 보는 근거는?"

강 계장이 엽차를 마시며 하 반장과 서 형사를 번갈아 쳐다보았다.

"뚜렷한 근거는 없습니다. 단지 유력한 증인으로서 우리가 찾던 인물이라는 점에서 그 관계를 믿고 있는 겁니다."

서 형사의 말이었다. 하 반장은 잠자코 있었다.

"전혀 다른 이유에서 살해되었다고 볼 수도 있지 않을까? 별개의 사건으로서 말이야. 그러니까 우연히 어떤 미치광이 손님한테 끌려가서 동침을 거절하자 살해당했다고 볼 수 있지 않을까? 다른 사건하고는 전혀 관계가 없이 말이야. 호스티스라면 매일 낯선 손님을 상대해야 하고 그러다 보면 돌발적인 사고를 당하는 경우가 많거든. 어떻게 생각하나?"

"그런 경우도 없지 않아 있겠지. 하지만 안양 천변까지 끌고 가서 굳이 그렇게 죽일 필요까지야."

하 반장이 믿을 수 없다는 듯이 말하자 강 계장은 머리를 흔들었다.

"그건 모르는 소리야. 살인자 중에는 정신 이상자도 있을 수 있고 변태도 있을 수 있거든. 그런 인물들이야 상상을 초월하는 수법으로 사람을 살해하지 않는가."

"그러고 보니까 그렇군. 하지만 나는 어디까지나 별개의 사건으로 보고 싶지 않아."

"하 반장 심정은 내가 잘 알지."

Y서 측으로서는 하 반장과 공조 체제를 유지하는 한편 전혀 별개의 사건으로 수사를 전개한다는데 그다지 무리는 없었다.

강 계장은 그래서 자신의 수사 요원들을 두 팀으로 나누어 한 팀은 하 반장 팀과 공동보조를 맞추도록 하고 나머지 요원들은 독자적인 수사를 벌이게 했다.

 하 반장은 생각 끝에 본서로 전화를 걸어 부하들에게 급히 상경하라고 지시했다. 아무래도 서울을 중심으로 수사를 전개하려면 인력이 부족했기 때문이다.

 날이 완전히 밝았을 때 형사 두 명이 낯선 남자 둘을 데리고 들어왔다. 두 명 다 중년으로 잠이 덜 깬 듯한 표정을 하고 있었다. 그들은 칼을 전문으로 취급하는 장사꾼들이었다.

 "이건 진짜인데요."

 옥자를 살해하는데 사용된 칼을 보고 난 그들은 이구동성으로 말했다.

 "이런 칼은 구하기도 힘들고 상당히 비쌉니다. 국내에 몇 개 없을 겁니다."

 "손잡이는 상아인가요?"

 "네, 상아입니다. 그리고 금박은 진짜 금입니다. 14금이죠."

 "이런 칼이 국내에 있긴 있나요?"

 "네, 어쩌다 눈에 띠지요. 보시면 알겠지만 여기 적혀 있는 것처럼 이건 금년에 만든 칼입니다. 이 상표는 매우 유명한 상표입니다."

 사각형 안에 짐승의 머리 하나가 그려져 있었고 그 밑에 'PUMA'라고 씌어 있었다.

 "이 퓨마표 칼은 일반적으로 사용되는 것이 아니고 주로 수집가들이 사들이고 있지요. 그리고 매년 만들어 내는 게 아닙니다. 제가 알기로는 5년 단위로 그것도 소량만 만들어 내는 것으로 알고 있습니다."

"값은 얼마나 나가나요?"

"이건…… 적어도 3백 달러 이상은 나갈 겁니다."

"국내에서는 얼마에 팔리나요?"

"40내지 50만 원은 줘야 할 겁니다. 하지만 돈은 있어도 구하기가 어렵습니다."

"이런 칼은 어떻게 국내로 유입되나요?"

"일정한 루트가 없습니다. 본인이 직접 가서 사오는 수도 있고 우리 같은 사람이 미국 다녀오는 사람 편에 부탁하는 수도 있고 본사에 직접 주문하는 수도 있고 관광객이 들고 오는 수도 있습니다."

이야기를 듣고 보니 어려울 것도 같고 쉬울 것도 같은 느낌이 들었다. 어렵다는 것은 그것이 미국에서 제조되어 흘러나온 칼이라는 점 때문이고 쉽다는 것은 그것이 그렇게 흔한 칼이 아니라는 점 때문이었다. 그러나 쉽고 어려운 것은 뚜껑을 열어 봐야 알 수 있는 일이다.

아침을 먹고 나자 수사진은 칼을 전문으로 취급하는 장사꾼들을 앞세우고 탐문 수사에 나섰다. 안내를 맡은 장사꾼들은 하루 일을 망쳤다고 울상이었지만 수사 요원들이야 그런게 문제가 아니었다. 그런대로 안내원들은 자신들이 아는 한 안내를 잘 해 주었다.

하 반장과 서 형사도 눈을 맞으며 하루 종일 돌아다녔다.

오후 7시에 모두 모여 하루 수사의 결과를 내놓았지만 이렇다 하게 단서가 될 만한 것은 하나도 없었다. 그런데 뒤늦게 들어온 수사관 한 명이 약간 흥분한 어조로 이렇게 보고했다.

"며칠 전에 어떤 젊은 남자가 나타나 똑같은 칼을 하나 팔았답니다. 주인은 30만 원에 그 칼을 샀다고 합니다."

모두가 그 귀중한 정보를 가져온 수사관을 바라보았다.

"어느 가게야? 위치를 말해 봐."

강 계장이 담뱃불을 비벼 끄면서 물었다.

"명동 뒷골목입니다."

"어떻게 생긴 젊은이였다고 하던가?"

"곱슬머리에 코밑수염을 기른 청년이었다고 합니다."

"안경을 끼었다고 하지 않던가?"

하 반장은 긴장해서 물었다.

"네, 안경을 끼었다고 합니다."

하 반장은 강 계장을 돌아보았다. 그리고

"틀림없어."

하고 말했다.

"몽타주를 작성해서 비슷한 자들을 모두 연행하기로 하지. 쉬운 일은 아니지만 말이야."

강 계장의 제의에 하 반장은 비로소 힘을 얻은 것 같았다.

제3의 그림자 · 71

"서울 지역만 해서는 안 될 거야. 전국적으로 실시해야지."
"그야 여부 있나."
강 계장은 귀중한 정보를 가져온 부하 쪽으로 시선을 돌렸다.
"그 집에 아직도 그 칼이 있나?"
"네, 아직 있습니다. 똑같은 칼이었습니다. 제작 년도도 같았습니다."
"문 닫을 때까지 그 집을 감시해. 매일 말이야. 내일부터 그 집에 잠복해 있어."
하 반장과 강 계장이 그 가게로 달려갔을 때 가게 주인은 막 문을 닫으려고 하고 있었다.
"아, 잠깐!"
문을 밀고 들어간 형사들은 우선 칼부터 대조해 보았다. 범행에 사용되었던 칼과 가게에 있는 칼은 똑같았다. 그들은 가게 주인에게 그 때의 상황을 이야기해 달라고 요구했다. 놀란 주인은 아까 보았던 형사의 설명을 듣고서야 다소 안심하는 눈치였다. 그는 40대 중반의 사내였다.
"그러니까 정확히 말씀드려…… 지난 12월 31일 이었습니다. 초저녁이었는데 한 젊은이가 찾아왔습니다. 코밑수염을 기르긴 했지만……."
주인은 젊은 놈이 코밑수염을 기른 것이 아니꼬웠다. 거기다가 어두운 색깔의 안경까지 끼고 있어서 인상이 좋지 않았다. 청년은 아직 서른이 채 안 돼 보였고 짙은 감색 코트를 입고 있었다. 입에서 술 냄새가 나는 것이 조금 취한 것 같았다. 그는 주머니에서 작은 꾸러미를 꺼내더니 그것을 진열대 위에 올려놓으면서 무조건 사라고 말했다. 주인은 안에 든 물건을 감정해 보고 나서 30만 원을 주겠다고 말했다. 청년은 실망한 표정을 짓더니 5만 원만 더 달라고 했다. 주인이 거절하자 그는 30만 원을 들고 그대로 사라졌다. 잠시 후 그는 도로 나타나서 그 칼을 다시 자기가 살 테니 가능하면 다른 사람한테 팔지 말라고 당부했다.

"그래서 저는 언제까지나 기다릴 수는 없다고 말했죠. 그랬더니 수일 내로 다시 오겠다고 하면서 지금까지 오지 않고 있습니다."

"혹시 동행이 없었나요?"

"동행이 있었는데 가게 안으로는 들어오지 않고 밖에 있었습니다. 나중에 창밖을 내다보니까 어떤 여자하고 함께 가고 있었습니다."

"어떻게 생긴 여자였나요?"

"여자는 뒷모습만 보았기 때문에 잘 모르겠습니다."

"내일부터 우리 요원들이 이곳에 잠복해 있을 겁니다. 장사하는데 폐가 되게 하지는 않을 테니까 협조를 바랍니다."

하 반장과 서 형사는 강 계장 일행과 헤어져 W호텔 칵테일 코너를 찾아갔다. 하 반장이 갑자기 거기에 한번 가 보자고 했기 때문이다.

장용수는 서 형사의 얼굴을 알아보고 금방 얼굴 표정이 굳어졌다.

"한잔 하려고 왔지."

서 형사는 미소를 지으며 카운터 앞에 다가앉았다. 그들은 스카치 한 잔씩을 주문하고 나서 바텐더에게 슬슬 말을 걸기 시작했다.

"부담 갖지 말고 마음 편하게 가져요. 우리는 혹시 좋은 소식이 없을까 하고 지나다가 들른 거니까."

바텐더는 조심스럽게 미소를 지어 보였다.

"혹시 좋은 소식 없나?"

"없는데요."

그는 미안하다는 듯이 말했다. 말은 주로 서 형사가 걸었고 하반장은 잠자코 듣는 편이었다.

바텐더는 카운터를 웨이트리스에게 맡겨 둔 채 형사들만을 상대했다. 형사들은 좀 미안했지만 그런 것에 신경 쓸 처지가 아니었기 때문에 모른 체했다. 그들의 관심은 오로지 정보를 얻어내는 데 있을 뿐이었다. 혹시나 새로운 사실이 얻어 걸리지나 않을까 하고 그들은 신경을 곤두세우고 있었다.

"그 코밑수염을 기른 청년 말인데…… 무슨 옷을 입고 있었지?"

"감색 코트를 걸치고 있었습니다."

뒷골목 가게에 외제 칼을 팔러 왔던 청년도 감색 코트를 입고 있었다.

"어디 말씨를 쓰던가?"

"서울 말씨였습니다."

"기억에 남는 특징 같은 것 있으면 말해 주게. 여자 쪽도 물론……."

"별로 특징 같은 건 없었습니다."

그러나 바텐더는 무엇인가를 생각해 내려고 애쓰는 눈치를 보였다.

"큰 것이 아니라도 좋아. 아주 사소한 것이라도 상관없어."

바텐더가 생각해 볼 수 있는 여유를 주기 위해 그들은 술잔을 든 채 말없이 침묵을 지켰다. 한참 후 바텐더는 생각이 난 듯 입을 열었다.

"이런 건 어떨지 모르겠습니다. 그 남자는 손톱을 씹는 버릇이 있었습니다. 말할 때 계속 새끼손가락 손톱을 씹고 있었습니다. 그리고……."

그는 생각을 더듬는 듯 눈을 깜박거리다가 말을 이었다.

"손목에 차고 있는 시계가 아주 고급이었습니다. 금빛 롤렉스였습니다."

서 형사는 열심히 수첩에다 메모했다.

"여자는 영어를 아주 잘했습니다."

그게 또 무슨 소리냐는 듯 형사들은 바텐더를 바라보았다.

"그들이 여기 왔을 때 마침 옆자리에 외국 손님이 들어와 앉았습니다. 그런데 그 외국 손님이 영어로 무얼 주문했는데 제가 알

알들을 수가 없었습니다. 그러자 그 여자가 옆에서 통역을 해 주었는데 아주 영어를 잘했습니다."

"어느 정도 잘했나?"

"얼굴을 보지 않으면 미국인으로 착각할 정도로 영어를 잘했습니다."

"남자는 어땠나요?"

"남자는 잘 모르겠습니다. 아무 말도 하지 않았으니까."

남자는 새끼손가락 손톱 끝을 깨무는 버릇이 있고 롤렉스시계를 차고 있다. 여자는 영어에 능통하다.

형사들은 한 시간쯤 그 곳에 앉아 이것저것 물어 보다가 밖으로 나왔다. 바텐더에게 연락처를 알려 주고 새로운 사실이 생각난다든가 그들을 발견하게 되면 즉시 알려 줄 것을 부탁했다.

서 형사는 장용수를 다시 만나 본 것은 정말 잘한 일이었다고 생각했다.

이튿날 하갑석 반장은 서 형사와 헤어져 다시 K시에 있는 본서로 돌아왔다. 그의 호주머니 속에는 두 사람의 몽타주가 나란히 그려진 종이가 들어 있었다. 몽타주의 하나는 코밑수염을 기른 남자였고 다른 하나는 여자 그림이었다.

본서에 도착하자마자 그는 먼저 그 몽타주를 수십 장 복사시켰다. 그리고 나서 최기봉을 불렀다.

그는 갈수록 무섭게 말라가고 있었다. 이제는 피골이 상접해서 차마 마주 보고 있기가 민망할 정도였다.

"그 호스티스는 피살체로 발견되었습니다. 최 선생과 함께 동침했다는 김옥자 말이오."

그 말을 듣고도 그의 무표정은 변하는 것 같지 않았다.

"그래요. 안됐군요."

그렇게 한 마디 할 뿐이었다.

"그 아가씨는 최 선생한테 유리한 증언을 해 줄 수 있는 증인이었는데 그만 살해되어 버린 거요. 우리는 그 아가씨의 죽음이 이번 사건과 관계가 있다고 보고 싶어요."

"누가 그 아가씨를 죽였나요?"

그가 비로소 관심을 보이는 눈치를 보였다.

"몰라요. 그 아가씨를 죽인 범인이 바로 손창시를 죽인 범인이라고 우리는 생각하고 싶어요. 아직 확실하지 않지만 거의 그렇게 맞아 떨어지는 것 같아요."

"그럼 난 석방입니까?"

"아니오. 아직 그렇지는 않아요. 최 선생의 혐의는 아직 풀리지 않았어요. 아직까지는 최 선생에게 혐의점이 제일 많아요."

"내 보내 주시오. 난 사람을 죽이지 않았으니까."

"좀 더 기다려 봅시다. 참, 한 가지 물어 볼 게 있소. 지난 12월 24일 밤 서울에 있는 W호텔에 투숙했을 때 분명히 숙박 카드에 기재를 했나요?"

"네, 사실대로 모두 적었습니다. 숨길 것도 없고 해서 모두 적었습니다."

"당신이 투숙했던 512호실 카드와 오묘화 씨가 투숙했던 1019호실 카드가 모두 없어졌어요. 이렇게 생긴 사람 본 적 있나요?"

그는 몽타주를 꺼내 기봉에게 보였다. 기봉은 그것을 힐끗 보고 나서 머리를 흔들었다.

"모르겠는데요. 어떤 사람들입니까?"

"W호텔에서 카드를 훔쳐 간 사람들이오. 내 생각으로는 이 여자가 최 선생한테 12월 24일 밤에 전화를 걸어 온 정체불명의 여자가 아닌가 생각되는데……."

기봉의 얼굴에 경련이 스쳤다. 그는 몽타주를 다시 들여다보았다.

"모든 게 이 여자 때문이었습니다. 이 여자가 나한테 그런 전화만 걸어오지 않았어도 이렇게까지 사태가 악화되지는 않았을 겁니다."

"모르는 여자인가요?"

"모르겠습니다."

"영어를 아주 잘한다고 합니다. 그리고 남자는 손목에 롤렉스 시계를 차고 있고 감색 코트를 입고 있습니다. 새끼손가락 손톱 끝을 물어뜯는 버릇이 있지요."

"모르겠는데요."

두 사람은 약속이나 한 듯 한숨을 내쉬었다.

문이 열리더니 서울 팀 반장이 들어왔다. 그는 그 때까지도 서울로 돌아가지 않고 그 곳에서 묘화의 행방을 찾아다니고 있었던 것이다.

"서울 다녀왔다면서요? 뭐 좋은 소식이라도 있습니까?"

하 반장은 고개를 흔들면서 뚱보를 데리고 밖으로 나왔다.

"우리는 지금까지 헛다리를 짚어 온 것 같습니다."

"그게 무슨 말이죠?"

뚱보는 눈을 휘둥그렇게 떴다.

"최기봉은 범인이 아닙니다."

"그게 무슨 말입니까?"

놀란 그에게 하 반장은 서울에서 얻어 온 수사 결과를 이야기해 주었다. 이야기를 모두 듣고 난 뚱보는 얼굴이 창백해졌다.

"처음에는 김옥자의 피살이 이번 사건과는 관계가 없는 것인 줄 알았죠. 하지만 코밑수염의 청년이 W호텔에서 최기봉과 오묘화의 숙박 카드를 빼낸 것을 알고는 두 사건이 서로 관계가 있다는 것을 알았죠. 놈은 지금까지 세 번 나타났습니다. 그 이상 나타났는지는 모르지만 우리 수사에 걸린 것이 세 번이었습니다. 처음에는 W호텔에, 두 번째는 나이아가라에, 세 번째는 칼을 팔기 위해 어떤 가게에 나타났습니다."

"그놈을 잡아야겠군요."

"내 생각에는 그놈이 범인이라면 틀림없이 설악산 H호텔에도 나타났을 것이라고 생각합니다. 만일 그자를 목격한 사람이 나타나면 그자야말로 틀림없는 범인입니다."

"저 사람은 어떡하죠? 그 동안 고생이 너무 많았는데……."

뚱보 반장은 턱으로 기봉이 들어 있는 방을 가리켰다.

"고생이 많은 정도가 아니죠. 직장도 잃고 인간으로서 참을 수 없는 창피도 당하고……. 아마 석방되더라도 재기하기는 어려울 겁니다. 외국에 이민이라도 가면 몰라도 말입니다."

"어떡하죠? 내가 너무 가혹하게 군 것 같은데……."

"지금 석방하더라도 저 사람은 마땅한 갈 곳이 없을 겁니다. 차라리 당분간 구속 상태에 있는 게 마음 편할 겁니다."

그것은 정말 옳은 말이었다. 기봉은 석방시켜 달라고 말은 했지만 석방된다 해도 막상 가고 싶은 데가 없었다. 솔직한 심정으로는 아무도 모르는 곳에 가서 숨어 살고 싶었다. 그리고 모든 사람들로부터 잊혀지고 싶었다.

하 반장과 뚱보 반장은 부하들을 데리고 H호텔로 들이닥쳤다. 사건이 해결된 듯싶어 한숨 놓고 있던 호텔 측은 수사관들이 들이닥치자 또 무슨 일인가 싶어 몹시 놀라는 눈치였다.

수사관들은 호텔 종업원들에게 몽타주를 보였다. 커피숍과 식당에도 들러 몽타주를 보였고 나이트클럽에도 가 보았다. 일부는 호텔 부근의 다른 숙박업소를 뒤졌다. 하 반장이 철저히 탐문 수사를 벌이라고 지시했기 때문에 부하들은 그야말로 일 대 일로 접촉해서 질문을 퍼부어 댔다.

하 반장의 예상은 적중했다. 그도 그럴 것이 여기저기서 코밑 수염의 남자를 보았다는 목격자가 나타났던 것이다. 그들이 그 남자를 목격한 것은 지난 12월 하순 전후로 일치했다. 코밑수염이 서울의 W호텔에 나타나 카드를 빼 간 것이 12월 25일이었으니까 설악산 H호텔에 나타난 것은 그 이후인 26일쯤이 될 것이다. 26일은 최기봉이 신부를 데리고 설악산으로 신혼여행 온 날이다.

 H호텔 커피숍에서 카운터를 보고 있는 여자 종업원이 맨 처음 그 코밑수염 청년을 알아보았다. 그녀는 그 남자가 징그러웠다고 표현했다.

 "무슨 젊은 남자가 외국 사람처럼 코밑수염까지 기르고⋯⋯ 저는 그게 역겨웠어요. 그리고 매너가 아주 나빴어요. 지난 연말이었어요. 아마 크리스마스 지나서였을 거예요. 계산을 치르면서 얼마냐고 반말로 묻잖아요. 화가 나서 계산서만 끊어 잠자코 내밀었더니 이 아가씨 벙어리 아니냐고 그러잖아요. 그리고 여자와 함께 있었는데 그 여자는 나이가 훨씬 많아 보였어요. 날씬한 미인이었는데 볼 때마다 담배를 피우고 있었어요. 그렇게 담배 많이 피우는 여자 첨 봤어요. 그리고 두 사람 다 낮이나 밤이나 선글라스를 끼고 있어서 아주 불쾌했어요. 커피숍에는 몇 번 왔던 걸로 알고 있어요."

 나이트클럽의 한 웨이터는 그들 남녀가 춤을 잘 추었다고 증언했다. 그는 비교적 소상히 기억하고 있었다.

 "남자는 곱슬머리였습니다. 아마 파마를 한 것 같았습니다. 나이는 서른이 못 된 것 같았습니다. 같잖게 콧수염까지 기르고 다니는구나 하고 생각했죠. 말하는 것이 어린애 같았습니다. 그리고 건방졌습니다. 여자는 40대의 유부녀 같았습니다. 미인이고 돈 많은 여자 같았습니다. 제가 보기에는 여자가 애송이 하나 달고 불장난하지 않나 생각했습니다. 그렇지 않고서야 밤늦게까지 호텔 나이트클럽에 함께 있을 까닭이 없지 않습니까. 그들이 여기에 온 것은 세 번인가 네 번이었습니다. 언제나 둘이 함께 왔고 거의 플로어에서 춤만 췄습니다. 그 때가 그러니까 크리스마스 이후였으니까 아마 26일 쯤이 아니었나 생각됩니다. 처음에 여기에 온 게 그렇고 그 다음 날하고 그 다음 날에도 여기에 왔었습니다. 팁은 후하게 주는 편이었습니다. 돈은 물론 여자 쪽에서 냈습니다."

제3의 그림자는 김옥자가 호스티스로 일했던 용궁에도 나타났음이 밝혀졌다. 옥자와 친했던 호스티스가 코밑수염에 대해서 아주 귀중한 말을 해 주었기 때문에 수사반은 크게 용기를 얻었다.

"이 손님이 여기에 온 건 옥자가 서울로 가기 직전이었어요. 그러니까 12월 하순이었지요. 옥자도 처음 보는 남자였는데…… 옥자한테 반했는지 오기만 하면 옥자만 찾았어요. 옥자가 그래 뵈도…… 그 애만 보고 찾아오는 손님들이 더러 있었다구요. 그 손님도 옥자한테 단단히 반한 모양이에요. 며칠 동안 계속 혼자 와서는 옥자하고만 술을 마셨으니까요. 옥자 말이 서울서 놀러 온 손님이라는데 팁도 올 때마다 3만 원씩이나 주곤 했대요. 두 사람은 서울서 다시 만나기로 하고 헤어졌나 봐요. 옥자가 서울로 간다니까 연락처를 적어 주면서 꼭 전화해 달라고 신신당부하더래요."

그 말끝에다 다른 호스티스는 조금 다르게 덧붙였다.

"그게 아니고 옥자가 갑자기 서울로 가게 된 건 그 남자 때문이었을 거예요. 옥자가 저한테 그런 말을 얼핏 비쳤거든요. 그 남자가 서울로 오면 자기가 아는 곳에 취직시켜 주겠다고 그러더래요. 그러면서 적당한 기회에 함께 살자고 꾀더래요."

그녀는 술집에서 만난 남자의 말을 절대 믿어서는 안 된다고 옥자에게 말했지만 옥자는 그렇지 않아도 큰 도회지로 나가고 싶어 했고, 첫 결혼에 실패한 그녀는 어떻게든 새 남자를 만나 가정을 꾸미고 싶어 했었기 때문에 그 남자의 제의에 그만 혹해서 서울로 떠났던 게 아닌가 생각된다고 그녀는 말했다.

경찰은 코밑수염이 옥자를 서울로 유인해 냈을 가능성이 높다고 보게 되었다. 그렇다면 그녀가 영등포의 나이아가라에 들어간 것은 그 코밑수염이 중간에서 손을 썼기 때문이 아닐까. 결코 손님을 즐겁게 해 줄 수 있는 미모의 소유자도 아닌 그녀가 서울로 올라가 금방 그렇게 큰 홀에 나간다는 것은 누구의 도움이 없이는 어려운 일이다. 하 반장은 서울로 전화를 걸어 서 형사에게 그 방면에 대해 집중 수사를 벌이라고 지시했다.

마침내 코밑수염이 여자와 함께 H호텔에 투숙했던 사실이 밝혀졌다. 방의 호수를 알아내는 데 애를 먹은 것은 그들이 여자

이름으로 방을 얻었기 때문이었다.

H호텔에 서울로부터 전화가 걸려 온 것은 12월 26일 오전이었다. 여자가 걸어 온 전화였는데 방을 하나 예약하고 싶다는 전화였다. 예약 담당자는 808호실을 예약해 두었다.

그 날 밤 예약자가 나타났는데 전화를 걸어 왔던 그 목소리의 여자였다. 그녀는 동행도 없이 혼자 808호실에 투숙했다. 코밑수염은 그 후에 남의 눈에 띄지 않게 그녀와 합류했던 것 같았다. 그녀는 28일 오전까지 호텔에 투숙해 있었던 걸로 되어 있었다. 그녀와 코밑수염은 방 밖에서 자주 어울렸지만 프런트맨이나 벨 맨은 그들에 대해 별로 관심을 두지 않았기 때문에 그런 사실 따위를 목격했더라도 금방 잊어 먹었을 게 당연했다.

경찰이 애를 먹은 것은 무턱대고 코밑수염이 투숙했던 방을 찾아내려 했기 때문이었다. 그러나 서류상으로 코밑수염이 투숙했던 방은 존재하지 않았다. 그도 그럴 것이 그는 숙박 카드에 정식으로 기재한 적이 없었던 것이다. 그의 카드를 찾는데 실패한 수사관들은 뒤늦게야 여자 쪽에 관심을 돌렸다.

여기에서 두 명의 여자가 부상했다. 여자 이름으로 작성된 카드가 두 장 있었는데 공교롭게도 808호실과 809호실이었다. 나란히 잇대어 있는 각 방에 여자 혼자서 투숙했던 것이다. 808호실 투숙객의 이름은 허문자, 809호실 손님의 이름은 박화선이었다. 그 공교로운 사실에 수사 팀은 적잖게 놀랐다.

박화선에 대해서는 새삼스럽게 수사를 재개할 필요가 없었다. 그녀는 자기 차의 트렁크 속에 손창시의 시체가 들어 있는 줄도 모르고 있다가 나중에 그것을 발견하여 신고함으로써 첫 번째 용의자로 곤욕을 충분히 치렀던 인물이었다. 왜 하필 그 여자의 옆방에 허문자라는 여인이 투숙했을까. 방을 배정해 준 책임은 프런트맨에게 있었다. 우연치고는 참 이상한 우연이라고 수사관들은 고개를 갸우뚱했다. 박화선이 H호텔에 투숙한 것은 12월 20일이었다. 그 엿새 후에 허문자는 그 옆방에 투숙했던 것이다.

허문자가 808호실에 투숙한 것에 대해 당시 방을 배정해 준 프런트맨은 자신이 그 방을 배정해 줬는지 아니면 그녀가 그 방을 지정해서 달라고 했기 때문에 그 방을 내줬는지 그 점에 대해서 분명한 기억을 가지고 있지 않았다.

곧 허문자라는 이름에 대한 수사가 시작되었다. 집중적으로 파고드는 소나기식 수사였다. 수사의 근거가 될 수 있는 것이라고는 그녀가 써 놓은 숙박 카드 한 장뿐이었다. 바로 그녀가 호텔 내에서 코밑수염과 어울렸다는 사실이 밝혀졌다. 그렇다면 코밑수염은 그녀의 방에 함께 투숙했을 가능성이 크다고 볼 수 있었다.

허문자가 카드에 적어 놓은 자신의 신상에 관한 내용은 조금 색다른 데가 있었다.

1 주소: 145 Baden St. San Francisco, Ca. 94131 USA

2. 나이 : 38세
   3. 여권 번호: 0556974

　이것이 전부였다. 하 반장은 그 카드를 들여다본 순간 그녀가 만만한 상대가 아니라는 것을 깨달았다. 상대방은 재미 교포일 가능성이 컸다. 그러기에 주소가 미국 샌프란시스코로 되어 있는 게 아닌가.
　그 카드가 혹시 본인에 의해 일부러 틀리게 적힐 수도 있는 일이었기 때문에 당시 그녀를 응대했던 프런트맨에게 그 점에 대해서 물어 보았더니 그는 그 점은 의심하지 않아도 된다고 장담했다.
　"우리 호텔에서는 카드를 적을 때는 언제나 신분증 제시를 요구합니다. 신분증 내용과 카드에 적은 내용이 일치할 때만 손님을 받습니다. 때문에 카드를 틀리게 적는 일은 있을 수 없습니다. 요즘 일류 호텔들은 이 점에 대해서는 철저히 규칙을 지키고 있습니다. 카드 작성을 정확히 해 놓아야만 나중에 사고가 나더라도 쉽게 일처리를 할 수 있으니까요."
　숙박비를 떼어먹고 도망가는 일도 방지할 수 있게 되었다고 그는 덧붙여 말했다.
　서울과 K경찰서 사이에 한동안 전화가 빗발쳤다.
　하 반장은 우선 허문자에 대한 신원 조회를 부탁했다. 동시에 허문자의 출국 여부를 조사한 다음 아직 출국한 사실이 없으면 그녀의 출국을 저지해 달라고 부탁했다. 출국을 저지하라는 것은 발견하는 대로 체포해 달라는 뜻이었다.

서울의 서문호 형사는 갑자기 눈코 뜰 사이 없이 바빠졌다. 하 반장의 전화를 받는 순간부터 바빠졌던 것이다. 전화를 걸어 온 하 반장의 목소리는 꽤나 흥분되어 있었다.

"드디어 제3의 인물에 대한 윤곽이 잡힐 것 같아. 꼬리를 붙잡은 거야. 내 생각에는 허문자라는 여자가 그 코밑수염을 뒤에서 조종하고 있는 것 같은 생각이 들어. 그 여자가 숙박 카드에 사실대로 적은 게 실수였어. 출국하면 도로 아미타불이야. 출국하기 전에 체포해야 해."

두 개의 얼굴

쇠창살문이 열렸다.
"최기봉, 석방!"
경쾌한 목소리와 함께 유치장 안에 웅성거리는 소리가 일었다. 살인범으로 곧 검찰에 송치될 줄 알았던 살인 피의자가 갑자기 석방된다고 하니 유치장 안에 있던 사람들이 웅성거릴 만도 했다.
여기저기서 악수를 청하면서 축하한다고 말했지만 정작 본인은 담담한 표정이었다.
그 동안 각종 사건의 피의자들은 최기봉의 인격에 감화되어 그에게 호감을 느끼고 있는 터였다. 그래서 그와 헤어지는 것을 섭섭하게 생각하면서도 진심으로 그의 석방을 축하한 것이다.

하 반장은 그에게 정중히 사과했다. 그리고 그를 석방하지 않을 수 없게 된 경위를 설명해 주었다.

"……그래서 우리는…… 그 두 남녀를 이번 사건의 범인으로 보고 추적 중에 있습니다. 그 동안 고생을 시켜 드린 것에 대해 정말 뭐라고 말씀드려야 할지 모르겠습니다. 경찰을 대표해서 사과드립니다."

기봉의 석방에 대해서는 논란이 없지 않았다. 특히 서장은 제3의 인물이 체포되지 않은 마당에 기봉을 석방하는 것은 시기상조라고 반대했다. 그러나 하 반장은 자신의 주장을 굽히지 않고 밀고 나갔다. 그가 자신의 주장을 그렇게 강력히 밀고 나가기는 처음 있는 일이었다. 그는 최기봉을 더 이상 구속 상태에 둔다는 것은 그의 인권을 유린하는 것이며 경찰의 만용이라고 말했다. 결국 서장은 그의 주장을 받아들일 수밖에 없었다.

하 반장이 기봉의 말을 듣고 싶어 했으나 그는 자신이 석방된 데 대해 아무 말도 하지 않았다.

하 반장은 다시 서울로 갈 참이었다. 그래서 기봉에게 서울로 올라갈 것이면 함께 가자고 말했더니 기봉은 좋다고 응했다. 하 반장은 네 명의 부하들과 함께 서울로 향했다. 서울 팀 반장도 부하들과 함께 서울로 향해 그 곳을 떠났다. 그 바람에 K경찰서는 갑자기 텅 빈 느낌이었다.

하 반장은 고속버스 속에서 기봉과 자리를 나란히 잡았다. 서울까지 가는 동안만이라도 기봉과 이야기를 나누고 싶었기 때문이었다.

하늘은 낮게 구름이 깔려 곧 눈이 올 것 같았고, 바람이 거세게 불어 대고 있었다.

"서울에 도착하면 어떡하실 생각입니까?"

하 반장은 최기봉의 앞으로의 거취가 궁금했다. 말할 수 없는 수모를 겪고 학교에서조차 쫓겨났으니 그의 거취가 궁금할 수밖에 없었다.

고개를 돌려 창밖만 바라보고 있던 기봉은 앞으로 시선을 돌렸다.

"글쎄요. 아직 모르겠습니다. 하지만 어머님께 먼저 인사를 드리러 갈 겁니다. 그 다음에는…… 아직 모르겠습니다."

"오묘화 씨 문제는 어떻게 하시겠습니까?"

"힘이 닿는다면 그녀를 찾아보고 싶습니다. 불가능하겠지만 팔짱만 끼고 있고 싶지는 않으니까요."

"오묘화를 어떻게 생각하십니까?"

그 물음에 기봉은 입을 다물었다.

하 반장은 그의 대답이 돌아오기를 한참 동안 기다렸지만 기봉은 거기에 대해서 끝내 대답을 회피했다. 그는 오묘화를 생각하는 것만도 괴로운 듯 어두운 표정으로 말없이 차창 밖을 바라보고 있었다.

하 반장은 화제를 돌렸다.

"사건의 발단은…… 지난 12월 24일 밤에 시작되었다고 볼 수 있습니다. 그러니까 그 정체불명의 여인이 최 선생한테 전화를 걸어오면서부터 사건이 시작되었다고 생각합니다. 여러 가지 증거와 상황이 그것을 말해 주고 있습니다. 최 선생께서는 어떻게 생각하십니까?"

"네, 저도 그렇게 생각합니다. 그 여자로부터 그런 전화만 받지 않았어도 그런 일이 일어나지는 않았을 겁니다."

"왜 그 여자가 그런 전화를 했다고 보십니까?"

"처음에는…… 결혼을 이틀 앞둔 여자의 부정을 알고 묘화를 알고 있는 여자가 참지 못해 저한테 전화를 걸어 준 것으로 생각했습니다. 그런 일은 얼마든지 있을 수 있으니까요. 특히 여자들은 질투심이 강하니까 충분히 그런 짓을 할 수가 있지요. 그런데 지금 와서 생각하니까…… 단순히 그런 류의 전화가 아니었던 것 같습니다. 더 크고 복잡한 것을 노린 전화였다는 생각이 듭니다."

"잘 보셨습니다. 나도 그렇게 생각합니다. 그 전화는 이번 사건의 점화 역할을 했습니다. 그 후 모든 상황은 최 선생한테 불리한 쪽으로만 작용했습니다. 그 결과 최 선생은 살인범으로 몰려 하마터면 평생을 감옥에서 보낼 뻔했습니다. 비록 그렇게 되지는 않았지만 최 선생은 많은 것을 잃었습니다. 명예를 잃었고, 직장을 잃었고…… 신부까지 잃었습니다. 이 모든 것이 계획적으로 꾸며진 음모 같다고 생각됩니다. 범인들은…… 범인은 복수라고 생각됩니다만…… 그들은 소기의 목적을 달성했다고 봅니다. 왜 그들은 최 선생을 파멸시키려고 했을까요?"

"모르겠습니다."

"누구한테 원한을 살 만한 짓을 한 적이 없습니까?"

기봉은 완강히 고개를 저었다.

"최 선생을 파멸시키는 것은 오묘화 씨를 파멸시키는 것입니다. 따라서 오묘화 씨를 노리고 한 짓인지도 모릅니다. 그 어느 경우이든 아직 확인되지 않아 정확한 것을 알 수 없습니다. 분명한 것은 범인들이 계획적으로 일을 꾸몄다는 점입니다. 그런데 그들은 그런 짓을 함으로써 어떤 이득을 얻을 수 있을까요? 아무것도 얻는 것도 없이 그런 짓을 할 수 있을까요? 그들은 사람을 두 명씩이나 죽였습니다. 그 대가가 뭘까요?"

하 반장은 도움을 청하듯 기봉을 바라보았다.

"글쎄요. 전…… 뭐가 뭔지 도무지 모르겠습니다."

"혹시 허문자라는 여자 아닙니까? 재미 교포 같은데……"

"모르겠는데요."

"두 명의 용의자 중 여자 쪽 이름입니다. 남자 쪽 이름은 아직 밝혀지지 않았습니다."

"허문자…… 모르겠는데요."

기봉은 고개를 천천히 내저었다.

"그 여자와 남자는 지난 26일부터 28일 오전까지 H호텔에 투숙한 사실이 밝혀졌습니다. 그러니까 그들은 최 선생과 오묘화 씨 뒤를 계속 미행했다고 볼 수 있습니다. 여기서 한 가지 주의할 점은 그들이 어떻게 최 선생 부부가 설악산으로 신혼 여행 가는 것을 알아냈느냐 하는 겁니다. 두 분은 처음에 제주도로 신혼여행을 가기로 하지 않았나요?"

"네, 그랬었습니다. 그런데 날씨가 좋지 않아서 갑자기 설악산 쪽으로 방향을 바꾸게 된 거죠."

"계획을 변경한 게 몇 시쯤이었나요?"

"결혼식이 끝나고 나서였으니까 아마 2시쯤 됐을 겁니다."

제주행 비행기가 뜨느니 못 뜨느니 하다가 분명히 뜨지 못한다고 밝혀진 것은 오후에 들어서였다. 기봉은 묘화의 제의에 따라 설악산에 가기로 했다. 그러한 사실은 비밀이 될 수 없다. 결혼식에 참석한 하객으로서 알려고만 든다면 얼마든지 알아낼 수 있는 사실인 것이다. 기봉은 그 점을 하 반장에게 이야기했다. 하 반장도 그 점만은 수긍했다.

"그러나 말입니다. 아무리 비밀이 아니라고 하지만 한편 생각하면 그 사실은 아무나 알 수 있는 게 아닙니다. 가족이나 가까운 친지들이나 알 수 있는 일이 아닐까요?"

기봉은 거기에 동의했다. 그렇다. 그것은 가족들이나 가까운 친지들이나 알 수 있는 일이다. 그 테두리를 벗어나는 사람은 쉽게 알 수 있는 일이 아니다.

"그렇게 볼 때 범인은 의외로 가까운 곳에 있을지도 모른다는 생각이 듭니다만…… 그렇다고 단정은 못 내리겠습니다."

하 반장은 조심스럽게 말했다. 그는 기봉의 반응을 살피고 나서 다시 말을 이었다.

"그렇게 보는 이유가 몇 가지 있습니다. 첫째는 지난 12월 24일 그 정체불명의 여인이 최 선생한테 전화를 걸어 온 사실입니다. 그 여인은 최 선생 댁 전화번호를 알고 있었고 최 선생 이름도 알고 있었으며 오묘화 씨 이름도 알고 있었습니다. 가까운 사람이 아니고는 그렇게 알 수 있을까요?"

형사가 아니고는 그렇게 할 수 없는 날카로운 지적이었다.

"듣고 보니 그렇군요."

기봉은 취기에서 확 깨어나는 기분이었다. 갑자기 시야가 확 트이는 기분이었다.

"그 때 그 통화 내용을 자세히 좀 말씀해 주시겠습니까?"

그것은 괴로운 기억이었다.

여보세요. 실례지만 최기봉 박사님이신가요? 네 그렇습니다만…… 저기…… 밤중에 전화를 걸어 미안해요. 괜찮습니다. 무슨 일이신지? 이건 어디까지나 최 박사님을 위해서 말씀드리는 거니까 오해하시지 말고 들어 주세요. 아주 중요한 일이에요. 실례지만 누구십니까? 미안하지만 제 이름을 밝힐 수는 없어요. 무슨 일인지 들어 보시지 않겠어요? 박사님의 장래에 크게 영향을 끼칠지도 모르는 일이니까요. 박사님께서 내일 모레면 결혼하시는 걸 알기 때문에 이렇게 전화한 거예요. 말씀해 보세요. 오묘화 씨는 박사님의 신부 될 사람이죠? 그런가 봅니다. 그런데 말끝마다 박사 박사하지 마십시오. 난 그 말 듣기 싫으니까요. 어머, 그러세요. 그런 줄도 모르고 실례했네요. 그럼 뭐라 부르죠? 그냥 최 선생님 아니면 최 교수님이라고 하면 될까요? 네, 좋습니다. 최 교수님께서는 지금 오묘화 씨가 어디에 있는지 아세요? 모릅니다. 그러실 테죠. 모르는 게 당연하죠. 이틀 후면 신부 될 여자가 신랑도 아닌 다른 남자와 호텔에 투숙해도 되나요? 저는 너무 분하고 기가 막혀서 이렇게 전화 거는 거예요. 최 교수님을 아끼는 마음에서 전화 거는 거예요. 감사합니다. 헌데 도대체 무슨 말씀을 하시는 겁니까? 제 말 안 들으셨나요? 들었습니다. 그런데 그 말을 믿으라는 겁니까? 믿지 못하겠다면 한번 직접 확인해 보세요. 오묘화 씨는 지금 W호텔에서 어떤 남자와 재미 보고 있어요. 빨리 확인해 보세요. 재미있는 이야기군요. 이상이에요. 전화가 찰칵 하고 끊겼다.

"상대방은 두 분의 결혼 날짜까지 알고 있었습니다."
하고 하 반장이 말했다.

"혹시 H호텔에서 아는 사람을 보지 못했습니까?"

"보지 못했습니다."

"범인이 가까운 곳에 있을지도 모른다는 것은 등잔 밑이 어둡다는 말과 상통됩니다. 그 두 번째 이유로는 범인은 두 분이 설악산으로 간다는 것을 알고 있었다는 점입니다. H호텔에 투숙한다는 것까지 알고 있을 정도였으니까요. H호텔에는 미리 예약을 했던가요. 아니면 바로 가서 투숙했던 가요?"

"출발하기 전에 전화로 예약한 걸로 알고 있습니다."

"누가 예약을 했나요?"

"신부 쪽에서 한 걸로 알고 있습니다만 자세한 것은 잘 모르겠습니다."

하 반장은 서울에 도착하는 대로 그 점을 조사해 봐야겠다고 생각했다.

그 시간에 전국 각지에서는 코밑수염을 기른 남자들이 수난을 당하고 있었다. 젊은 층으로 코밑수염을 기르고 있는 남자는 무조건 조사하라는 명령이 일선 경찰서에 떨어진 데 뒤이어 이번에는 허문자라는 여인을 발견하는 대로 무조건 체포하라는 명령이 하달되었다.

곧 전국적으로 검문검색이 실시되고 수상한 사람은 경찰서로 연행되어 조사를 받았다.

W호텔 칵테일 코너에서 일하고 있는 바텐더 장용수는 수사본부에 와서 연행되어 온 코밑수염 남자들과 대면하지 않으면 안 되었다. 그 외에도 코밑수염의 얼굴을 알고 있는 사람들, 이를테면 H호텔 종업원이나 용궁의 호스티스까지도 수사본부로 호출되어 수사에 협조하지 않으면 안 되었다. 지방 경찰서에서는 수시로 비디오테이프를 올려 보냈다. 그 테이프에는 연행된 사람들의 얼굴이 찍혀 있었다. 목격자들은 화면에 나타나는 얼굴들을 보면서 그들 가운데서 경찰이 찾고 있는 인물을 지적해 내야 했다. 그러나 그 얼굴은 쉽게 나타나지 않았다.

미꾸라지처럼 빠져나갔는지 코밑수염도 허문자도 좀처럼 걸려들지 않았다.
 서문호 형사는 출입국 관리 사무소에 가서 허문자의 출입국 여부를 알아보았다. 다행히 그녀에 관한 서류가 그 곳에 비치되어 있었다. 그것은 출입국 기록 카드였는데 그녀의 입국 날짜는 작년 11월 15일로 되어 있었고, 아직 출국한 기록은 없었다. 서 형사는 그 카드를 그대로 복사했다.

 1. 성명 : 허문자
 2. 성별 : 여자
 3. 생년월일 : 1946년 5월 9일
 4. 국적 : 한국
 5. 여권 번호 : 0556974
 6. 주소 : 145 Baden St. San Francisco, Ca. 94131 USA
 7. 직업 :
 8. 한국에서의 연락처 : 566-239X
 9. 입국 목적 : 방문
 10. 체재 예정 기간 : 1983. 11. 15 ~ 1984. 3. 25
 11. 항공기 편명 : KE012
 12. 탑승지 : 로스앤젤레스
 13. 착륙지 : 서울

허문자가 KAL편으로 김포 공항에 도착한 것은 정확히 말해 1983년 11월 15일 오후 8시 40분이었다.

코밑수염도 혹시 허문자와 함께 입국했을지도 모른다는 생각에 서 형사는 그 날 같은 항공편으로 입국한 모든 승객들의 출입국 기록 카드를 일일이 복사했다. 다음에 그는 외무부 여권과를 찾아갔다.

"이 여권 넘버는 복수여권 번호입니다."

여권과 직원은 안으로 들어가더니 묵직한 서류철을 하나 들고 나왔다.

"이 여자는 1981년 3월 17일에 여권을 받았습니다. 복수여권을 받은 근거는 미국인과 결혼하여 미국으로 이민을 가게 됐기 때문입니다. 거주 목적의 이민 여권을 발급받은 겁니다."

서 형사는 직원이 보여 주는 서류를 숨을 죽인 채 들여다보았다. 거기에는 허문자의 신상에 관한 내용이 비교적 자세히 나와 있었다.

그녀가 결혼한 것은 81년 2월 19일이었다. 결혼식을 올렸는지는 알 수 없지만 미국인과의 결혼이 법적으로 효력을 발휘하기 시작한 것은 81년 2월 19일부터였다. 그러니까 그녀는 35세 때 미국인과 결혼했다는 말이 된다. 그 미국인의 이름은 윌리엄 해리라고 했다. 결혼 당시의 나이는 23세로 주한 미 8군 소속의 육군 병장이었다. 35세의 여인과 23세의 청년이라면 나이 차이가 무려 열두 살이나 된다.

그녀의 본적지는 전라도였다. 서 형사는 허문자의 연고지를 찾아보아야겠다고 마음먹었다. 연고지에 가 보면 그녀에 대해서 좀 더 자세한 것을 알 수 있을지도 모른다.

그녀에 관한 서류를 모두 복사한 다음 서 형사는 허탕 치는 셈 치고 566—239X번에 전화를 걸어 보았다. 그 전화번호는 허문자가 출입국 기록 카드에 한국에서의 연락처라고 적어 놓은 것이었다.

예상했던 대로 삑삑거리는 소리만 날 뿐 신호가 가지 않았다. 몇 번 시도하다가 서 형사는 수화기를 내려놓았다. 5분쯤 기다렸다가 다시 전화를 걸어 보았지만 여전히 삑삑거리는 소리만 들려왔다.

수사본부로 돌아온 그는 복사해 온 출입국 기록 카드를 하나하나 점검해 보았다. 허문자가 작년 11월 15일에 타고 온 KAL KE012편 승객은 모두 308명이었다. 허문자를 제외한 307명 중에서 코밑수염의 청년을 찾아내야 한다. 그자가 허문자와 함께 비행기를 탔다고 가정하고 말이다.

분류 작업은 세밀히 진행되었다.

먼저 여자를 제외시켰다. 15세 이하와 50세 이상도 빼놓았다. 그러고 나니 223명이 남았다. 이들을 3등급으로 분류했다.

1급은 20세에서 30세 사이의 한국 국적을 가진 남자로 했다. 모두 47명이었다.

2급은 20세 이하와 31세 이상의 한국 국적을 가진 남자로 했다. 모두 122명이었다.

3급은 외국 국적을 가진 남자로 모두 54명이었다.

그런데 1급에서 이미 출국한 사람은 15명. 따라서 현재 국내에 있는 사람은 32명이었다. 2급은 현재 98명이, 3급은 불과 9명만이 남아 있었다.

서 형사가 분류를 막 끝냈을 때 하 반장이 도착했다. 서 형사로부터 수사 결과를 자세히 듣고 난 하 반장은 자꾸만 확대되는 수사 범위에 입을 딱 벌렸다.

"허문자의 연고지에는 제가 다녀오겠습니다. 본적지에 가 보면 그 여자에 대해서 알 수 있을 겁니다."

서 형사는 한시라도 빨리 출발하고 싶었다.

"그래 다녀와. 누굴 붙여 줄까?"

"혼자 다녀오겠습니다."

"좋아. 그 동안 나는 이 사람들을 찾아보겠어."

"미국 쪽에 조사를 의뢰하면 어떨까요? 허문자에 대해 우리 영사관에 부탁하면 들어주지 않을 까요?"

"공문을 보내도록 하지. 아니, 그러면 너무 늦고, 즉시 국제전화를 걸도록 조치를 취하지. 나이아가라 쪽은 어떻게 됐나?"

그것은 김옥자가 어떻게 해서 나이아가라에서 일하게 되었는가를 묻는 말이었다.

"그 관계를 조사해 봤는데…… 나이아가라 지배인이 김옥자를 전격 채용한 모양입니다. 김옥자는 생긴 것으로 보아 나이아가라 같은 곳에서 일할 수 있는 입장이 아닌데, 지배인이 억지로 집어넣은 모양입니다. 나이아가라 호스티스들은 전부 빼어난 미인들입니다. 그래서 지배인을 만나서 추궁해 보았더니, 그 사람 말이 걸작이었습니다. 못생긴 여자가 있어야 잘생긴 여자가 더 돋보인다나요. 그래서 채용했다는 겁니다. 김옥자가 하도 통사정을 하자 뿌리치기도 뭣하고 해서 채용했다는 겁니다. 물론 보수 같은 것은 일절 없었답니다. 하지만 사실 같지가 않아 다시 한 번 지배인을 만나 볼 생각입니다."

나이아가라 클럽의 지배인은 30대 후반의 반질반질하게 생긴 사내였다.

서 형사는 허문자의 연고지에 가기에 앞서 하 반장과 함께 그를 다시 한 번 만나 보았다. 그 자리에는 마침 Y서의 강 계장도 있었기 때문에 일이 수월하게 풀릴 수가 있었다.

수사본부로 호출되어 온 지배인은 처음 서 형사가 만나 보았을 때와는 달리 꽤나 불안한 기색이었다. 아마 형사들의 표정이 살벌했기 때문이리라.

"이 봐. 내가 나이아가라 박 사장을 잘 알고 있다는 거 알겠지? 심각한 사건이니까 골치 아프게 굴지 말고 어서 사실대로 이야기 해."

강 계장이 눈을 부라리며 한 마디 하자 지배인은 눈치를 슬슬 살피며 당황한 표정이었다.

"김옥자가 살해된 것은…… 그 아가씨가 어떻게 해서 나이아가라에서 일하게 되었는가 하는 것과 깊은 연관이 있어. 자네는 그 점을 설명해야만 해. 바로 자네가 제대로 그 점을 설명하지 못하면 자네한테 살인 혐의가 돌아갈 수 있어. 그래도 좋다면 설명하지 않아도 좋아."

점잖게 말했지만 그것은 다분히 위협적인 말이었다. 지배인은 당황한 나머지 어쩔 줄 몰라 하다가 마침내 결심한 듯 사실을 털어놓았다.

"사실은…… 누구의 부탁을 받고 김 양을 채용했던 겁니다. 사실대로 말씀드리기가 거북해서 거짓말을 했습니다만…… 사실은 그렇지가 않습니다."

"누구의 부탁을 받았다는 거야?"

"어떤 젊은 친구가 김옥자 양을 한 달 간만 써 달라고 부탁해 왔습니다. 무조건 써 주면 20만 원 주겠다고 하기에 별 생각 없이 김 양을 나이아가라에 나오게 했던 겁니다. 이건 거짓말 하나 보태지 않고 정말입니다."

"그 젊은 친구는 어떻게 생겼지?"

"곱슬머리에 코밑수염을 기르고 있었습니다. 나이는 서른이 채 안 된 것 같았습니다만, 정확한 나이는 잘 모르겠습니다."

"우리는 그자를 급히 만나야 해. 어디로 가면 그자를 만날 수 있지?"

"그건 저도 모르겠습니다."

"그 자의 이름은?"

"이름도 모릅니다. 그 날 처음 봤습니다. 굳이 이름 같은 것을 알 필요도 없었기 때문에 물어 보지 않았습니다."

"그 자의 부탁대로 20만 원만 받고서 김옥자 양을 채용했단 말이지?"

"네, 한 달만 있게 해 달라기에……"

"부탁치고는 이상한 부탁이라고 생각하지 않았나?"

"네, 그렇게 생각했습니다만 본인이 이유를 말하고 싶어 하지 않기에 굳이 물어 보지 않았습니다. 그런 부탁을 하면서 옥자한테는 그것을 비밀로 해달라고 했습니다."

"그래서 옥자한테는 그 사실을 비밀로 했나?"

"네, 그랬습니다."

"20만 원에 완전히 넘어갔군. 그자가 나이아가라에 자주 나타났나?"

"옥자가 있을 때 두 서너 번 와서 술 마시는 걸 봤습니다. 옥자가 없어진 후로는 보지 못했습니다."

서 형사가 몽타주를 보이자 지배인은 바로 그자라고 단언하면서 고개를 끄덕였다.

허문자의 본적지는 역에서 내려 다시 버스로 갈아타고 30분쯤 가다가 차를 내려 한 시간쯤 더 걸어가야 할 만큼 깊은 산골 마을이었다. 밤차로 내려온 서 형사는 차도 다닐 수 없는 눈 쌓인 산길을 걸어가면서 시종 이런 산골에서 태어난 아가씨가 미국인과 결혼하여 미국에서 살고 있다는 것이 불가사의하게만 느껴졌다.

처음 면사무소에 도착하여 그녀의 호적을 확인하고 그녀의 부모가 아직도 그 곳에 살고 있다는 것을 알았을 때 서 형사는 자못 흥분하지 않을 수 없었다. 그가 당장 그 곳을 찾아갈 뜻을 비치자 면사무소 직원 눈 때문에 한 시간은 충분히 걸릴 것이라고 자못 걱정스러워 하는 눈치였다. 거기를 가려면 험한 재를 넘어 가야 하는데 추운 겨울 눈이 많이 올 때면 가끔씩 동사자가 생기기 때문에 조심하지 않으면 안 된다는 말도 덧붙였다.

"마을이래야 열두 가구뿐입니다. 전에는 화전민 마을이었지요. 그러다가 정착해서 살게 된 거지요."

"그럼 전기도 안 들어가겠군요."

"전기는 들어갑니다. 지난 여름부터 들어가고 있지요."

면직원의 말대로 준비를 단단히 하고 떠나든가 아예 눈이 녹을 때를 기다려야 했었다. 재를 향해 다리가 푹푹 빠지는 길을 한참 정신없이 걸어가다가 마침내 그는 후회하기 시작했지만 그렇다고 돌아설 수도 없었고 거기까지 와서 돌아가고 싶은 마음도 없었다.

재를 향해 올라갈수록 눈보라가 거세게 몰아치고 있었다. 칼날 같은 바람과 눈보라 때문에 그는 눈을 제대로 뜰 수가 없었고, 바로 코앞을 분간하기가 어려웠다. 코트를 벗어 머리에 뒤집어쓰고 기어갔다. 구두 사이로 눈이 들어와 그것이 녹는 바람에 발이 진흙탕 속에 빠진 것처럼 질컥거렸다. 그래도 그는 쉬지 않고 걸음을 옮겼다. 동상에 걸리지 않으려면 쉬지 않고 걸어야만 했다. 길 양편에는 키 큰 소나무들이 빽빽이 서 있었는데 그것들이 바람에 부딪쳐 일으키는 소리가 꽤나 소란스러웠다.

 장끼란 놈이 소리높이 울면서 숲 속으로 날아갔다. 그는 놀라서 꿩이 사라진 쪽을 바라보았다. 조금 걸어가다가 이번에는 산토끼를 만났다. 토끼는 기진한 모습이었다. 눈 속에서 제대로 뛰지도 못한 채 기다시피 움직이고 있었다. 눈 때문에 먹이를 찾지 못해 허기진 모습이었다. 사람들에게 발견되면 금방 잡혀 죽을 것만 같았다. 그는 토끼가 보이지 않을 때까지 뒤를 쫓았다. 시멘트 공간 속에서만 살아온 그로서는 참으로 신선한 경험이었다.

 겨우 재를 넘었을 때는 너무 춥고 허기져서 더 이상 걸음을 옮기기가 어려웠다. 거기서부터는 가릴 것도 없는 초원이었다.

 방한모를 쓴 두 명의 청년이 빈 지게를 지고 걸어오다가 그를 발견하고는 꽤나 놀란 표정이었다. 그들은 그가 찾아가는 마을의 청년들이었다. 조금만 가면 마을이 나타난다는 말에 서 형사는 용기를 얻어 초원의 내리막길을 열심히 내려갔다. 금방 마을이 나타날 줄 알았는데 마을은 좀처럼 보이지 않았다.

 마을은 한참 가서야 보였다. 굽이 길을 돌아서자 움푹 꺼진 곳에 10여 호의 초라한 초가집들이 눈을 뒤집어쓴 채 옹기종기 모여 있었다.

그렇게 모질게 불어 대던 바람도 그 곳에 이르자 잠잠해졌고 오히려 포근한 느낌마저 주는 것이었다.

낯선 사람이 나타나자 개들이 먼저 짖어 대기 시작했고, 눈밭에서 놀고 있던 아이들이 이상한 듯 그를 쳐다보았다.

마을은 문명의 때가 묻지 않은 채 자연의 일부로서 거기에 자리 잡고 있었다.

조금 있자 여기저기서 어른들이 모습을 드러내기 시작했다. 그들은 하나같이 놀라움과 경계심이 엇갈리는 표정으로 그를 바라보았다.

서 형사는 웃으면서 그들에게 다가가 허문자에 대해 물어 보았다. 남자들한테보다는 여자들한테 물어 보는 것이 좋을 것 같아 젊은 아낙네에게 물어 보았더니 두말 않고 한 집을 가리켜 보이는 것이었다.

서 형사는 곧바로 그 집으로 찾아들어 가는 것보다는 그 전에 이것저것 알아보는 것이 좋겠다 싶어 슬그머니 질문을 던져 보았다.

"지금 그 댁에 허문자라는 여자가 있습니까? 여기 왔다는 말을 듣고서 찾아왔는데……."

사람들은 경계심을 풀지 않은 채 잘 대답하려고 들지를 않았다. 그 중 말깨나 함직 싶은 남자가 도대체 어디서 온 누구냐고 그를 아래위로 훑어보며 물었다. 서 형사는 내키지 않았지만 자신의 신분을 밝히지 않을 수 없었다.

그의 신분을 알고 난 마을 사람들은 금방 벙어리라도 된 듯 잠잠해졌다.

"아는 대로 말해 주시면 고맙겠습니다."

서 형사는 그들을 설득할 필요를 느꼈다. 그렇게 하지 않으면 그들이 입을 열 것 같지가 않았다. 단결심이 강해 보이는 그들이 함부로 입을 열리가 없을 것이라고 생각되었던 것이다.

겨우 그들을 설득한 끝에 그가 알아낸 바로는 허문자는 그 곳에 없었다. 그녀가 그 곳을 떠난 지는 몇 년이 된다고 아낙네가 말했다. 그녀는 허문자가 미군과 결혼하여 미국에 가서 살고 있다는 것까지 알고 있었다.

"그 때문에 문자 아버지가 문자를 보지 않으려고 했어요."

이것은 어떤 노인의 말이었다.

"왜 보지 않으려고 했나요?"

"미국 사람하고 결혼한 게 창피하다고 했지요."

"그래도 그 딸의 도움을 얼마나 받았다고. 얼마 전까지만 해도 그 딸이 매달 돈을 부쳐 주지 않았나."

이것은 다른 노인의 말이었다.

"그건 그래. 그 때문에 문자 아버지의 생각이 나중에 가서 좀 달라졌지. 하지만 역시 노랑머리 손자 사진을 보고는 안색이 달라지더라고. 나라도 그런 사진을 보면 애착이 안 가겠어."

"요즘은 딸한테서 통 소식이 없다고 걱정이 태산 같던데."

그런 저런 이야기를 듣고 있는데 머리가 허옇게 센 노인이 한 사람 나타났다. 바로 허문자의 아버지였다. 누군가가 그 집에 가서 말을 전한 모양인지 그는 눈을 크게 뜨고 곧장 서 형사에게 다가와 자신이 허문자의 애비라고 소개를 하는 것이었다.

　노인의 뒤에 역시 머리가 하얀 노파가 서 있었는데 근심스러운 표정인 것이 허문자의 어머니 같았다.

　노인은 서 형사를 집으로 안내했다. 안방으로 들어가자 메주 뜨는 냄새가 물씬 풍겨 왔다.

　허문자의 부모는 찾아온 이유를 알고 싶어 했지만 서 형사는 사실대로 이야기함으로써 늙고 외로운 그들에게 걱정을 끼쳐 드리고 싶지가 않았다.

　미국에 살고 있는 딸로부터 소식이 끊긴 것은 6개월쯤 된다고 했다. 그래서 걱정하고 있던 참에 갑자기 형사가 나타났으니 그들이 놀라는 것도 무리는 아니었다.

　서 형사가 그 마을을 떠난 것은 점심때가 훨씬 지나서였다. 허문자의 부모 집에서 점심까지 얻어먹고 집을 나섰을 때는 눈도 그쳐 있었고 바람도 한결 잠잠해져 있었기 때문에 올 때 보다 걷기가 한결 쉬웠다.

　허문자의 부모와 동네 사람들을 통해 얻어들은 허문자의 이력은 대강 다음과 같았다.

　윌리엄 해리와의 결혼은 허문자로서는 두 번째 결혼이었다. 첫 번째 결혼 상대는 한국 남자였는데 결혼 1년 만에 이혼하고 혼자 떠돌아다니다 미국인을 만나 결혼하게 된 모양이었다.

그녀가 고향을 떠난 것은 열일곱 살 때였다고 한다. 그녀는 4남매의 둘째였는데 열일곱 살 먹던 해에 산골에 살기 보다는 도회지에 나가 식모살이라도 하는 게 낫겠다 싶어 고향을 떴다고 했다. 그녀 위로 오빠가 있었는데 그는 그녀보다 먼저 서울로 가서 어느 구청 청소부로 일하고 있었다. 오빠가 어려운 처지이니 그에게 기댈 입장도 못 돼 그녀는 정말 식모살이부터 하기 시작했다. 식모살이 수 년 후에 그녀는 다방 종업원으로 진출했고, 그러다가 남자를 만나 결혼했는데 1년 후에 이혼하고 말았던 것이다. 그 남자와의 사이에서 그녀는 딸을 하나 낳았는데 기를 수가 없어 어느 입양 기관에 넘겨주고 말았다.

그 때부터 그녀는 한 곳에 정착해 있지 못하고 이곳저곳 떠돌이 생활을 했는데 그런 여자들이 으레 그런 것처럼 술집 작부 생활에서 벗어나지 못했다. 그래도 그녀는 효성이 지극해서 돈이 생길 때마다 고향의 부모들에게 부쳐 드리곤 했고 언제나 편지 말미에는 불효를 용서해 달라고 적곤 했다. 그녀의 두 동생들도 모두 고향을 떠나 도회지에서 어렵게 살고 있었기 때문에 고향 집에는 늙으신 부모님만 남아 있었다.

그녀가 어떻게 해서 자기보다 열두 살이나 적은 미군과 결혼하게 되었는지 그 경위는 알 수 없었다. 짐작이 가기로는 술집을 떠돌아다니다가 미군을 만나 결혼한 것 같았다.

서 형사는 그녀를 사람을 두 명씩이나 살해한 살인 공범으로 생각하고 있었기 때문에 그녀에게서 그럴 만한 점을 발견하려고 여러 가지 각도에서 많은 질문을 던져 보았지만 섭섭하게도 그럴 만한 답변은 들을 수가 없었다.

　서 형사는 그녀가 미국에서 부모 앞으로 부친 편지들을 읽어 보았는데 하나같이 효심이 지극한 내용들이었다. 그녀의 학력은 초등학교 졸업이 전부였다. 그래서 글씨나 맞춤법이 엉망이었지만 편지 내용은 진한 인간미를 풍기고 있었다. 이런 여자가 과연 두 사람씩이나 죽일 수 있을까 하고 생각할 정도였다.

　그녀가 부모에게 보낸 편지 봉투에 적혀 있는 주소와 서 형사가 이미 확보하고 있는 그녀의 미국 주소와는 일치했다. 그녀가 부모에게 보낸 사진도 있었는데 그것은 그녀의 미국인 남편과 그 사이에서 낳은 아들과 함께 잔디밭에 앉아 찍은 사진이었다. 그 사진만 보아서는 그들 일가는 매우 행복해 보였다. 그 사진에 나와 있는 허문자의 얼굴 모습과 서 형사가 외무부 여권 과에서 입수한 그녀의 사진도 서로 닮아 보였다.

　다음 날 아침 출장 결과를 보고 받은 하 반장은 고개를 끄덕이며 이야기를 듣고 나더니

　"허문자는 죽었어."

라고 말했다. 서 형사는 어안이 벙벙했다. 이게 또 무슨 말이란 말인가!

　"아니, 언제 죽었단 말입니까?"

　"벌써 오래 됐어. 그녀가 죽은 지는 6개월이 넘었어. 조금 전에 미국에서 전화가 걸려 왔는데 허문자가 6개월 전에 사망했다

는 거야. 교통사고로 말이야. 정말이냐고 물었더니 틀림없다는 거야. 우리 영사관 직원이 직접 그 여자의 집에까지 찾아가서 그 여자의 남편을 만나 본 모양이야. 남편의 상심이 이만저만 아니더라는 거야."

"그래요? 그렇다면 지금 한국에서 활개치고 다니는 허문자는 누굽니까?"

"그야 가짜겠지. 진짜 허문자의 여권을 위조해서 허문자 행세를 하고 있는 거야. 여권에서 허문자의 사진을 떼어내고 대신 다른 사진을 붙이는 것은 어려운 일이 아니니까 말이야."

"상당히 지능적인 여자이군요."

"사람을 둘씩이나 살해할 정도라면 그럴 만도 하지."

서 형사는 속으로 혀를 내둘렀다.

"힘들게 됐군요."

"그 여자가 허문자의 여권을 계속 이용하고 다닌다면 언젠가는 걸려들 거야. 하지만 위험을 느끼고 그 여권을 포기하고 다른 여권, 이를테면 자신의 진짜 여권이나 또 다른 위조 여권을 이용한다면 그 여자를 찾아내기는 거의 불가능해질 거야."

"경찰이 허문자라는 이름을 찾고 있다는 인상을 주어서는 안 되겠군요?"

"안 되지. 극비 수사를 하도록 지시를 내려놓았어. 그 여자가 허문자의 여권을 안심하고 계속 이용할 수 있도록 말이야."

"승객들 조사는 어떻게 됐습니까?"

"지금 1급만 집중적으로 조사하고 있는데 32명 중에서 신원이 확보된 사람은 21명이야."

"그 사람들은 어떻습니까?"

"모두 깨끗해. 나머지 11명 중에 우리가 찾고 있는 그 코밑수염이 있으면 좋으련만……."

"코밑수염들에 대한 조사는 아직도 계속되고 있습니까?"

"계속하고 있지만 아무 소득도 없어. 그렇다고 그만둘 수도 없고 말이야."

"이미 놈은 코밑수염을 깎아 버렸는지도 모르지요. 공개수사를 벌이고 있으니 경찰이 자신의 코밑수염을 노리고 있다는 것을 놈도 이미 눈치 챘을 겁니다."

"나도 그렇게 생각했어. 놈이 코밑수염을 밀어 버렸으면 그야말로 찾기가 어려워질 거야."

갈수록 태산이라더니 바로 이런 것을 두고 하는 말인 모양이라고 서 형사는 생각했다.

"죽은 허문자의 여권을 쓰고 있는 여자의 본명을 알아내야 하지 않습니까?"

"그거야말로 급한 일이지. 하지만 그게 생각처럼 쉬운 일이 아니야. 그걸 알아내려면 미국에서부터 수사를 벌여야 하니까 말이야."

정말로 그것은 쉬운 일이 아닐 것이라고 서 형사는 생각했다. 하지만 의외로 수사가 쉬울지도 모른다는 생각이 들기도 했다.

허문자의 여권이 어떻게 해서 남의 손에 흘러 들어갔는가 하는 점을 조사하면 여인의 정체는 쉽게 드러날지도 모른다고 그는 생각했다.

그 점을 이야기하자 하 반장은 가능성이 있는 이유라고 보고 즉시 미국으로 전화를 걸도록 조처를 취했다. 그쪽으로 수사관을 파견하는 것도 쉬운 일이 아니고 파견한다 해도 현지에서 수사 활동을 벌이는 것이 불가능하므로 결국 그 곳에 있는 한국 영사관에 부탁해서 영사관 직원이 알아볼 수 있는 데까지 알아봐 달라고 부탁하는 수밖에 없었다.

그 때 수사본부로 전화가 걸려 왔다. 김옥자를 살해하는데 사용한 칼과 똑같은 미제 칼을 구입했던 가게에서 걸려 온 전화였다. 전화를 걸어 온 사람은 그 가게에 잠복해 있던 형사였다.

"칼을 팔았던 자로부터 조금 전에 주인한테 전화가 걸려 왔습니다. 칼이 아직도 있느냐고 묻고는 주인이 있다고 하자 한 시간 내로 사러 오겠다고 했습니다. 주인이 도로 사 가려면 35만 원은 내야 한다고 하자 그자는 좋다고 했습니다."

대기하고 있던 수사관들에게 즉시 비상이 걸렸다. 하 반장과 서 형사도 그 곳으로 달려갔다. 20여 명의 수사관들이 가게 주위에 잠복했다.

가게 안은 몹시 비좁았으므로 수사관들은 밖에서 가게를 포위한 채 코밑수염이 나타나기를 기다렸다. 가게 안에는 주인 혼자 있었다.

하 반장과 서 형사는 맞은편 기원에서 감시했다. 그 기원은 2층에 자리 잡고 있었기 때문에 가게에 출입하는 사람들의 모습이 손에 잡힐 듯이 잘 보였다.

한 시간이 지났을 때 가게 왼쪽 좁은 골목에서 캡을 쓴 남자 한 명이 나타났다. 모자를 앞으로 눌러쓰고 있었기 때문에 얼굴은 잘 보이지 않았다. 코밑에는 수염이 달려 있었다.

"나타난 것 같습니다."

서 형사가 흥분해서 속삭이자 하 반장은 담배를 비벼 끄면서 일어섰다.

코밑수염은 주위를 두리번거리다가 가게 앞으로 조심스럽게 접근했다. 적어도 수사관들의 눈에는 그렇게 비쳤다. 수십 개의 눈들이 일제히 그의 움직임을 주시하고 있다는 것을 아는지 모르는지 캡의 사나이는 가게 앞에서 간판을 올려다보기도 하고 가게 안을 기웃거리기도 하다가 이윽고 가게 문을 밀고 안으로 들어갔다.

"덮쳐! 무기를 가지고 있을지 모르니까 조심해서 덮쳐!"

하 반장은 무전기를 통해 명령을 내렸다. 그리고 서 형사와 함께 계단을 뛰어 내려갔다.

맨 먼저 두 명의 수사관이 가게 안으로 들어갔다. 뒤따라서 또 두 명이 들어갔다.

캡은 진열장을 사이에 두고 주인과 이야기하고 있었다. 진열장 위에는 미제 칼이 놓여 있었다.

캡은 칼을 집어 들고 이리저리 들여다보더니 이윽고 호주머니에서 돈을 꺼내 진열장 위에 내놓았다. 돈은 이미 헤아려 가지고 온 모양이었다. 캡이 진열장 위의 칼을 막 잡으려고 하는 순간 뒤에 서 있던 형사 한 명이 잽싸게 먼저 그것을 집어 들었다. 캡은 놀라서 뒤돌아보았다. 그와 동시에 건장한 사나이들의 우악스런 손길이 거침없이 뻗어 왔다. 형사 한 명이 뒤에서 그의 목을 끌어안았다. 캡은 양쪽 팔을 잡혀 꼼짝할 수 없었다. 형사 두 명이 앞과 뒤에서 그의 허리춤을 움켜잡았다. 눈앞에 불이 번쩍 했다. 안면을 구타당한 그는 구석에 처박혔다. 복부로 다시 한 번 주먹이 날아왔다. 두 팔이 뒤로 꺾이더니 손목에 수갑이 채워졌다. 모든 것이 순식간에 일어난 일이었다.

"움직이지 마! 그대로 있어!"

모자가 벗겨지자 찌그러진 얼굴이 나타났다. 의외로 나이가 든 얼굴이었다. 머리는 벗겨져 있었다. 옷차림은 남루해 보였다. 문이 열리고 하 반장과 서 형사가 뛰어들어 구석에 처박혀 공포에 떨고 있는 사내를 노려보다가 하 반장은 주인 사내를 돌아보았다.

"이 사람 맞습니까?"

"아닌데요."

주인 사내는 머리를 설레설레 흔들었다.

"뭐라구요?"

하 반장은 두 눈이 치켜 올라갔다. 서 형사의 얼굴에 쓰디쓴 미소가 나타났다가 사라졌다.

"전번에 칼을 팔러 온 사람은 이렇게 나이 든 사람이 아니었습니다. 그 사람은 젊은 사람이었습니다."

"그럼 왜 말하지 않았어요?"

"미처 말할 틈도 없이……."

하긴 수사관들이 번개처럼 달려들었으니 주인이 말할 틈도 없었다는 것은 정말이었다.

"그럼 어떻게 된 일이오?"

하 반장은 성이 나서 발을 굴렀다.

"당신이 설명해 주시오."

서 형사가 구석에 처박혀 오들오들 떨고 있는 사내 앞으로 다가서며 말했다. 대머리 사내는 피투성이 얼굴을 두 손으로 감싸 쥔 채 그를 쳐다보기만 했다.

"뭔가 오해가 있었던 모양인데…… 사실을 이야기해 봐요. 어떻게 이 칼을 사러 왔지요?"

사내의 얼어붙은 얼굴이 조금 흔들리는 것 같았다.

"어떻게 된 건지 설명해 봐요. 우리는 매우 급하단 말이오."

"나는…… 아무것도 모릅니다."

"그럼 어떻게 해서 여기로 칼을 사러 왔나요? 이 비싼 미제 칼을 말이오."

서 형사는 사내의 눈앞에 칼을 흔들어 보였다.

"그, 그것은 심부름 온 겁니다."

사내는 더듬거리며 어렵게 말했다.

"심부름 온 거라구요?"

"네, 심부름할 것뿐입니다."

"누가 당신한테 이런 심부름을 시켰지요?"

"어떤 젊은 사람이 돈을 주면서 칼을 사다 달라고 했습니다. 그래서 시키는 대로 했을 뿐입니다."

서 형사는 맥이 풀렸다. 그래서 더 이상 물어 보고 싶은 마음이 일지 않았다. 하 반장이 그를 맡고 나섰다.

사내의 손에서 수갑이 풀렸다. 사내는 하 반장이 권하는 의자에 앉았다.

다음은 사내의 진술이었다.

사내는 직업도 없는 가난한 사람이었다. 그는 지하도에다 어린이 장난감을 몇 개 늘어놓고 하루 종일 앉아 있는 것이 일이었다. 그런데 장난감 파는 날보다 공치는 날이 더 많았다.

너무 벌이가 안 돼 끼니를 잇지 못하는 때가 많았다. 사정이 이러한 만큼 돈벌이가 되는 일이라면 무슨 일이든 가리지 않고 할 수 있는 준비가 되어 있었다.

품위를 지키기 어려울 정도로 가난하게 살면서도 그는 10년이 넘게 다듬어 온 콧수염을 없애고 싶지 않았다. 언젠가는 사정이 잘 돌아가 옛날처럼 떵떵거리며 잘 살 날이 돌아올 것을 그는 굳게 믿고 있었기 때문에 그 날이 돌아올 때까지 콧수염을 없애지 않을 작정이었다. 그런데 바로 그 콧수염이 그에게 재앙을 불러왔던 것이었다.

　새파랗게 젊은 청년이 그의 콧수염을 노리고 다가왔는데, 당사자는 물론 그 젊은이의 꿍꿍이속을 모르고 있었다. 젊은이는 그에게 간단한 심부름을 해 주면 2만 원을 주겠다고 제의했다. 2만 원이라는 돈이 그에게는 매우 큰돈일 것이라는 것을 젊은이는 잘 간파하고 있었던 듯했다. 사내는 내용을 물어 보지도 않고 무턱대고 그의 요구를 들어주겠다고 나섰다. 행여나 젊은이가 그 일을 다른 사람한테 시키지나 않을까 걱정까지 하면서. 젊은이는 그에게 가게의 위치를 상세히 가르쳐 주었다.

　"그 가게에 가서 미제 칼을 사 오시기만 하면 됩니다. 조금 전에 내가 전화를 걸어 놨으니까 돈을 주고 칼을 받아오기만 하면 됩니다."

　그러면서 젊은이는 칼 값으로 35만 원을 내놓았다.

　사내는 젊은이가 왜 직접 가게에 가서 칼을 사지 않는지 궁금했다. 그러나 그것을 물어 보지는 않았다. 그런 것은 아무래도 좋았던 것이다. 그는 오로지 2만 원을 벌 수 있다는 것만이 중요했던 것이다.

　"우선 수고비로 만 원을 드리겠습니다. 그리고 칼을 가지고 오시면 나머지 만 원을 드리겠습니다."
라고 젊은이는 말했다.

　"어디로 가지고 오지요?"

　"D극장 앞으로 가지고 오십시오. 10분 내로 말입니다. 충분할 겁니다."

사내는 장난감을 걷어치우고 나서 젊은이가 가르쳐 준 가게를 향해 달려갔다.

이야기를 듣고 난 형사들은 어처구니가 없었다. 하 반장은 사내를 노려보면서 이렇게 일렀다.

"당신은 약속대로 D극장 앞으로 지금 빨리 가시오. 가서 그 청년을 만나도록 하시오."

"그런데 왜 이러는 거지요?"

"글쎄, 시키는 대로 해요. 상대방이 눈치 채지 못하게 자연스럽게 행동하란 말이오. 뒤는 우리한테 맡기고……."

단단히 주의를 받은 사내는 형사들이 시킨 대로 허둥지둥 극장을 향해 달려갔다. 그보다 먼저 형사들이 D극장 일대에 포진했음은 물론이다.

이윽고 사내가 극장 앞에 도착했다. 사내는 극장 앞에 우두커니 서 있었다. 그렇게 한참을 서 있어도 약속한 젊은이는 나타나지 않았다. 그러나 그는 형사들의 지시가 있을 때까지 거기에 그렇게 서 있어야 했다.

거의 한 시간이 넘도록 사내는 거기에 바보처럼 서 있어야만 했다.

맞은편 다방에서 형사가 모습을 드러내면서 신문을 접어 흔들었다. 그만 서 있어도 된다는 표시였다.

그는 수사본부로 연행되었다.

"놈한테 철저히 놀림을 당한 기분인데요."

수사본부로 가는 길에 서 형사가 하 반장에게 허탈감에 젖어 말했다.

"그래, 나도 같은 생각이야. 하지만 놈이 아직 국내에, 그것도 서울 시내에 있다는 것이 입증되었어. 그것에 만족할 수밖에 없겠지."

"놈은 경찰 수사가 과연 어느 정도의 선에까지 와 있는지 알아보기 위해 그런 짓을 한 게 분명합니다. 놈은 우리가 그 가게 안으로 몰려 들어가는 것을 어디선가 웃으며 구경하고 있었을 겁니다."

그 생각을 하니 형사들은 견딜 수가 없었다.

"우리가 어리석었어. 그런 줄도 모르고 엉뚱한 사람을 덮쳤으니 말이야."

"우리의 수사 상황을 알았으니 놈은 거기에 대처할 게 분명합니다. 놈을 찾아내기가 더욱 어려워졌습니다."

"나는 그렇게 생각지 않아. 놈이 우리 주위에서 어정거리고 있다는 것이 이번에 밝혀진 셈이야."

"반장님 말씀대로 놈이 우리 주위에서 계속 떠나지 않고 어정거려 주었으면 좋겠습니다. 하지만 놈이 계속 그래 줄지 모르겠습니다.

"놈한테는 그 동안 도망칠 만한 충분한 시간적 여유가 있었어. 그런데도 놈은 도망치지 않고 우리 주위를 계속 어정거리고 있었어. 묘한 놈이야."

일단 수사본부로 연행된 사내는 범인과의 관련 여부를 집중적으로 조사받았다.

"당신한테 그 일을 부탁한 그 청년의 인상착의부터 말해 보시오. 어떻게 생겼던가요?"

"번듯하게 생긴 청년이었습니다. 나이는 한 스물서너 살쯤 되어 보였고, 부잣집 아들 같았습니다. 키는 중키였고…… 대학생 같았습니다."

"콧수염을 기르지 않았던가요?"

"그런 건 없었습니다."

그 앞에 몽타주가 내밀어졌다.

"이 사람 닮지 않았던가요?"

"콧수염하고 안경만 없으면 비슷합니다."

더 이상 물어 볼 필요가 없었다.

"안경을 끼었던가요?"

"안경은 끼지 않았습니다."

"놈은 콧수염을 밀어 버린 게 분명해. 아니면 떼어냈는지도 모르지. 의심을 살까 봐 안경도 벗어버린 모양이야."

하 반장이 형사들을 둘러보며 말했다.

"무슨 옷을 입었던가요."

"위에 누런 가죽점퍼를 입고 있었습니다. 바지는 검정색이었구요……."

사내는 세 시간 후에야 풀려날 수 있었다.

결국 몇 시간 고생은 했지만 그는 그 날 36만 원의 수입을 올릴 수가 있었다. 범인이 준 1만 원 외에 범인이 칼을 사오라고 주었던 35만 원이 그의 수중에 몽땅 떨어진 것이다. 그러나 36만 원 외에 또 수입이 있었다. 그가 막 밖으로 나가자 형사 한 명이 뒤쫓아 나가 그를 불러 세웠다. 그리고 봉투를 내밀었다.

"이거…… 우리 직원들이 얼마씩 거둔 거니까 그렇게 알고 받으십시오."

형사들은 그 사내가 보기가 안됐다 싶어 없는 돈을 털어 모았던 것이다.

갑자기 돈 봉투를 받은 사내는 어쩔 줄을 몰라 했다.

그 사내를 달래서 집으로 보내고 난 형사들은 닭 쫓던 개 지붕 쳐다보는 격이 되어 한동안 멀거니 허공만 쳐다보고 있었다. 범인이 독 안에 들었다고 생각하고 잔뜩 기대를 걸고 덮쳤던 것인데 그만 헛물을 켜고 말았으니 그들이 허탈감에 빠진 것도 무리가 아니었다.

"이젠 가짜 허문자를 찾아내는 수밖에 없어."

부하들을 위로하듯 하 반장이 말했다.

"그 여자도 이젠 허문자의 여권을 가지고 다니지 않을 겁니다. 경찰의 수사 상황을 어느 정도 알게 됐으니 그런 어리석은 짓을 하지는 않을 겁니다."

라고 서 형사가 말했다.

"그럴까, 그렇겠군. 그럼 정말 야단인데……."

서 형사는 미국 쪽에서 좋은 소식이 오지 않을까 생각해 보았다. 그러나 그것은 기대하기 어려운 일이라는 것을 잘 알고 있었다. 그쪽에서 수사가 가능하다면 그것은 기대해 볼 만한 일이다. 그러나 수사가 불가능하니 그것을 기대하지 않는 것이 좋을 것 같았다.

"미국 쪽에 손을 좀 쓸 수 없을까요?"

"그게 무슨 말이지? 그쪽에는 전화를 걸어 놨는데?"

"영사관에 부탁해 봐야 별 수확이 없을 겁니다."

"그래도 할 수 없지. 그 방법뿐이지 않은가? 그래도 허문자가 사망한 것을 알려 오지 않았나. 기다려 봐."

"허문자의 사망은 집에 전화 한 번 걸어 보면 알 수 있는 일입니다. 아주 간단한 일입니다. 제 생각에는 그쪽 수사 관계에 있는 사람한테 직접 부탁해 보면 어떨까 하는데요. 개인적으로 말입니다."

"아는 사람이 있어야지."

"한번 수소문해 보시죠. 그쪽에 아는 사람이 혹시 있을지 모르지 않습니까. 인터폴을 통해도 좋고요."

"그것도 괜찮겠군. 한번 알아보지."

저녁때 서문호 형사는 혼자서 오묘화의 집을 찾아갔다.

묘화의 어머니 민혜령은 몸져누워 있었다. 묘화의 아버지 오명국은 회사에서 아직 돌아오지 않고 있었다. 민혜령의 말로는 없어진 딸은 딸이고 그 때문에 회사 일을 망쳐서는 되겠느냐 해서 나가지 않으려는 것을 억지로 등을 떠밀다시피 해서 어제부터 회사에 나가기 시작했다는 것이었다.

"어제 그놈이 왔어요."

"그놈이라니요? 누구 말입니까?"

"최기봉인가 뭔가 하는 놈 말이에요."

서 형사는 그만 떫은 감을 씹은 것 같은 기분이었다. 민혜령은 최기봉을 사위로 생각지 않고 있었다. 사위로 생각키는커녕 원수처럼 생각하고 있었다.

"그 미친놈을 왜 풀어 줬나요? 그런 놈은 마땅히 목을 매달아 죽여야 하는데 왜 풀어 줬나요? 어쩌자고 그놈을 풀어 줬나요? 경찰은 도대체 뭣들 하는 거예요?"

"미안합니다. 최기봉 씨는 풀어 줄만해서 풀어 준 겁니다."

"도대체 무슨 말을 하는 거예요?"

그녀는 옷매무시가 헝클어진 것도 상관하지 않고 몸을 흔들었다.

"우리 묘화는 어떻게 되는 거예요? 그놈을 풀어 주면 우리 묘화는 어떻게 찾으라는 거예요? 그놈이 우리 묘화를 죽인 게 틀림없어요!"

그녀는 금방이라도 울음을 터뜨릴 것만 같았다.

"왜 따님이 죽었다고 생각하십니까?"

"죽지 않고서야 지금까지 이렇게 소식이 없을 수 있어요?"

"그건 모르는 말씀입니다. 오묘화 씨의 생사에 대해서는 지금 아무도 단정을 내릴 수 없습니다. 어떤 가능성은 추정해 볼 수 있지만 죽은 게 틀림없다고 단정을 내릴 수는 없습니다."

"그럼 우리 묘화가 도대체 어디 있다는 거예요? 불쌍한 것 같으니……."

그녀는 울기 시작했다. 몸을 떨며 격렬하게 흐느꼈다.

"내가 그것을 어떻게 키웠는데…… 그 애 없으면 난 못 살아요…… 못 살아요……."

"고정하십시오."

서 형사는 중요한 것을 물어 볼 기회를 노렸지만 상대방은 그런 기회를 좀처럼 주려고 하지 않았다.

비통함은 다시 최기봉에 대한 저주로 변했다. 그녀는 기봉이 신혼 초야에 신부와 자지 않고 술집 여자와 동침한 사실을 놓고 그를 저주했다.

"그놈은 사람도 아니에요. 더러운 놈…… 그런 놈한테 딸을 주다니 생각만 해도 치가 떨려요."

서 형사는 민혜령의 분노를 충분히 이해할 수 있을 것 같았다. 그러나 그녀가 자기 딸 묘화의 잘못에 대해서는 한 마디도 언급하지 않고 최기봉한테 모든 것을 덮어씌우는 것이 몹시 못마땅했다.

사실 사건의 가장 중요한 책임은 오묘화에게 있다고 볼 수 있다. 그녀가 손창시와 그런 관계를 벌이지만 않았어도 손창시가 살해되는 사건 따위는 일어나지 않았을 것이다. 바로 그 점을 민혜령에게 지적해 주고 싶었지만 서 형사는 꾹 참았다. 그리고 그녀의 저주가 조금 수그러들기를 기다려 입을 열었다.

"한 가지 물어 볼 게 있습니다. 지난 12월 26일 결혼식을 끝내고 나서 곧바로 신혼여행 행선지를 제주도로 가려다가 설악산으로 갑자기 바꾸지 않았습니까? 눈 때문에 말입니다. 그 때 설악산 H호텔 예약은 누가 했나요? 신부 측에서 예약한 걸로 알고 있습니다만……."

해령의 얼굴에 당황한 빛이 나타났다가 사라졌다.

"그야…… 신랑이…… 아니, 그, 그놈이 예약했겠지요."

"최기봉 씨는 예약하지 않았습니다. 갑자기 행선지가 바뀐 데다 결혼식 등으로 정신없이 바쁜 사람이 예식장에서 H호텔에다 전화를 걸었겠습니까? 제가 물어 봤더니 자기는 모르는 일이라고 했습니다."

"그럴 리가 있나요. 신혼여행 스케줄은 신랑 측에서 짜는 게 상식이 아닌가요? 난 그렇게 알고 있는데요."

"하지만 신랑 측에서는 H호텔에 예약한 적이 없다고 분명히 말했습니다."

민혜령은 그럴 리가 없다고 펄쩍 뛰었다.

"신랑 측에서 하지 않았다면 누가 했다는 거예요?"

"혹시 사모님께서 예약하지 않았나요? 설악산으로 행선지를 바꾼 것은 오묘화 씨인 걸로 알고 있는데…… 그렇다면 아무래도 신부 측에서 호텔 측에 전화를 걸었으리라 보는데 사모님께서 예약하시지 않았나요?"

"내가요? 아뇨. 난 그런 전화 건 적이 없어요. 난 그 날 정신이 없어서 뭐가 어떻게 돌아가고 있는지, 정신을 차릴 수가 없었어요. 하여간 우리 쪽에서는 그 호텔에 전화 건 적 없어요."

그녀는 절대 그럴 리 없다는 듯 머리를 완강히 내저었다.

"혹시 사모님이 모를 수도 있지 않을까요? 묘화 씨가 집안의 어떤 분한테 호텔 예약을 해 달라고 부탁했을지도 모르지 않습니까?"

"글쎄 듣고 보니까 그랬을지도 모르겠군요. 그런데 누가 호텔을 예약했던 그것이 무슨 문제가 되나요?"

"문제가 됩니다."

서 형사는 엄숙하게 말했다.

"무슨 문제인가요?"

"범인이 어떻게 알고 거기까지 쫓아갔느냐 하는 겁니다. 갑자기 행선지가 바뀌고 호텔도 갑자기 예약된 건데 어떻게 해서 범인이 그것을 알아냈느냐 하는 겁니다."

혜령의 눈이 커졌다. 창백한 얼굴로 한참 동안 말없이 앉아 있더니 그녀는

"우리 묘화의 차를 미행했겠지요."

라고 말했다. 서 형사는 손을 들어 그녀를 막았다.

"그렇지가 않습니다. 범인은 26일 오후에 H호텔에 전화를 걸어 방을 예약했습니다. 그런 다음 그 날 밤 그 호텔에 들었습니다. 오묘화 씨 부부에 이어 그 호텔에 들어간 겁니다. 이것은 우리가 확인한 것입니다."

민혜령은 사뭇 놀라는 표정을 지었다. 놀란 나머지 한동안 그를 쳐다보기만 했다.

"범인은 여자입니다. 그리고 남자도 한 명 있습니다. 아주 젊은 남자입니다. 여자는 40대쯤으로 생각됩니다. 호텔에 예약 전화를 건 사람은 여자였습니다. 그런데 오묘화 씨 부부가 투숙할 방은 누가 예약했는지 아직 밝혀지지 않았습니다."

"제가 알아보겠어요."

민혜령은 창백한 얼굴로 말했다.

"부탁합니다. 우리는 범인들이 어떻게 신혼부부가 H호텔에 투숙하는 것을 알게 됐는지 그것이 궁금합니다."

"묘화는 예약하지 않고 그 호텔에 투숙한 게 아닐까요?"

"아닙니다. 예약을 하고 그쪽으로 간 겁니다."

"누가 예약했는지 호텔 쪽에서는 모르던가요?"

"호텔에서는 알 리가 없죠. 알 수도 없는 일이구요. 호텔 측에서는 투숙할 사람이 예약한 것으로 알고 있겠죠. 그것을 알아내면 범인의 윤곽이 어느 정도 잡힐지도 모릅니다. 왜냐하면 가까이에 있는 사람이 아니고서는 오묘화 씨 부부가 H호텔에 투숙한다는 것을 몰랐을 겁니다. 범인은 가까이에 있는 사람이기 때문에 신혼부부가 그 곳에 투숙한다는 것을 알아낼 수가 있었던 겁니다. 그러니까 먼저 예약 전화를 걸었던 사람을 찾아내야 합니다. 그 사람을 찾아낸 다음에 그 사람이 그 사실을 누구한테 말했는지 알아내야 합니다."

민혜령에게 기대를 걸었던 것이 무산되자 서 형사는 적이 실망했다. 그녀가 그 사실을 모른다면 누가 안단 말인가. 손에 잡힐 듯 하면서도 잡히지 않는 그림자에 그는 몹시 안타까웠다.

민혜령은 서 형사가 보는 앞에서 수화기를 들더니 남편에게 전화를 걸었다.

"여보, 저예요. 지금 형사 분하고 함께 있는데 뭐 좀 알아볼 게 있어요. ……묘화 소식은 없어요. ……혹시 당신이 설악산 H호텔을 예약하시지 않았나요? 묘화가 결혼식을 끝내고 설악산으로 떠나기 전에 말이에요. ……안 하셨다구요? 그럼 누가 했죠? ……저도 안 걸었어요. ……전 당신이 한 줄 알았죠. ……그럼 누가 했을까? ……정말 이상하네요. ……잠깐 기다려 주세요. 바꿔 드릴 테니까."

민혜령은 수화기를 내리고 서 형사를 바라보았다.

"그분도 호텔에 예약 전화를 한 적이 없대요. 그분은 제가 H호텔 예약을 한 줄 알고 있었다는군요. 통화하고 싶다니까 받아 보세요."

서 형사는 오명국에 대해 좋은 느낌을 가지고 있지는 않았다. 그는 강한 자 앞에서는 비굴하고 약한 자 앞에서는 오만하게 구는 유의 전형적인 인물이었다. 그의 오만함 때문에 서 형사는 말을 걸기가 두려웠다. 그러나 피하고 싶은 마음은 없었다.

예상했던 대로 오명국은 호통부터 쳤다. 그것은 수사가 지지부진한 데 대한 호통이었다.

"도대체 경찰은 낮잠을 자는 거요 뭐하는 거요?! 사람이 사라졌는데도 살았는지 죽었는지조차 알아내지 못하니 그것도 경찰이오?!"

책상을 주먹으로 후려치는지 쿵 하는 소리까지 들려왔다. 그는 몹시 다혈질이었다.

"죄, 죄송합니다."

서 형사로서는 죄송하다는 말밖에 할 말이 없었다. 사건을 해결하지 못한다고 질책하면 그는 정말로 할 말이 없었다.

"여보시오. 죄송하다면 다 되는 거요?! 신혼 여행간 신부가 사라졌단 말이야! 이런 환장할 일이 어디에 있어! 당신도 자식이 있으면 한 번쯤 생각해 보란 말이야! 묘화는 여느 애들하고는 달라!"

반말로 지껄이는 것이 몹시 화가 난 모양이다. 화가 날 만도 할 것이다. 그렇다고는 하지만 너무 심한 것 같다. 자식 운운하지만 묘화는 그의 친자식이 아니다. 아무래도 민혜령과 오명국의 감정은 다를 수밖에 없을 것이다.

서 형사는 상대방이 화풀이를 끝낼 때까지 참을성 있게 기다렸다.

"그 애를 찾아내지 못하면 우리도 모두 죽을 수밖에 없어! 무슨 재미로 세상을 산단 말이야! 그 애가 죽었다면 죽었다고 솔직하게 인정해! 그러면 최소한 기다리지는 않을 거 아니야!"

만일 묘화가 죽으면 오명국도 따라 죽을 수 있을까. 그만큼 그의 현재 심정이 비통하단 말인가.

"최기봉 그놈은 왜 풀어 줬어?! 그 살인범을 왜 풀어 줬느냐 말이야?! 어떤 근거에서 그놈을 풀어 줬어?! 그놈이 우리 묘화를 살해했다는 건 세상이 다 아는 일 아니냐 말이야!"

"왜 따님이 죽었다고 생각하십니까?"

서 형사는 얄미울 정도로 공손하게 그러면서도 날카롭게 물었다. 거기에 대해 오명국은 신경질적인 반응을 보였다.

"뭐, 뭐라고?! 지금 당신 그걸 말이라고 하는 거야?! 자기 딸이 죽었다고 생각하고 싶은 사람이 어딨어. 하지만 앞뒤 사정이 그걸 말해 주고 있지 않느냐 말이야! 그놈이 손창신가 뭔가 하는 녀석을 죽이고 우리 묘화까지 살해한 게 틀림없어! 삼척동자라도 그건 알 수 있는 일이야! 과학 수사니 증거 어쩌고 해서 그놈을 풀어 주었겠지만, 그건 말도 안 되는 소리야! 말도 안 되는 소리라고!"

서 형사는 귀가 따가웠다. 상대방이 소리를 질러 대는 바람에 귀가 먹먹해져 나중에는 무슨 말을 하는지조차 알아듣기 어려웠다.

"최기봉 씨는 범인이 아닙니다."

서 형사는 한참 기다렸다가 분명한 어조로 말했다.

"뭐, 뭐라고?!"

상대는 펄쩍 뛰었다.

"최기봉 씨는 범인이 아니란 말입니다. 그래서 그분을 석방한 겁니다. 범인도 아닌 그 사람을 그 동안 구속한 데 대해 우리 경찰은 몹시 죄송하게 생각하고 있습니다. 그 때문에 그분은 너무 많은 것을 잃었습니다. 우리는 진심으로 미안하게 생각하고 있습니다."

"그놈이 범인이 아니라면 그럼 누가 범인이란 말이야?"

"누가 범인인지 아직 모릅니다. 하지만 최기봉 씨는 범인이 아닙니다."

"분명해요?!"

"네, 분명합니다."

"책임질 수 있어?!"

서 형사는 분노가 일었다. 상대방이 마치 자기 부하를 닦달하는 듯 그를 닦달하고 있었다.

"그런 질문에 대답할 의무는 없습니다. 말을 함부로 하지 마십시오. 반말을 삼가 주십시오."

오명국은 펄펄 뛰었다. 당신 같은 사람은 상부에 알려서 당장 목을 자르겠다느니 어쩌니 하면서 길길이 뛰는 것이었다. 그러나 서 형사는 그런 말에 끄덕도 하지 않았다.

"상부에 알리든 말든 맘대로 하십시오. 제가 관심을 갖고 있는 것은 지난 12월 26일 설악산 H호텔에 누가 예약 전화를 했느냐 하는 겁니다."

"난 하지 않았소!"

"그 날 신랑 신부는 615호실에 투숙했었는데 그 방은 최기봉 씨의 이름으로 예약이 되어 있었습니다."

"그럼 그놈이 했겠지."

"아닙니다. 본인에게 물어 봤더니 자기는 전혀 그런 예약 전화를 건 적이 없었다고 합니다. H호텔에 갔더니 자기 이름으로 예약이 되어 있었다고 합니다. 묘화 씨가 H호텔에 예약이 되어 있을 거라고 해서 그 호텔에 갔더니 정말로 그의 이름으로 예약이 되어 있었답니다."

"호텔 예약은 신랑이 하는 게 상식이 아니오."

오명국은 아까보다 많이 수그러져 있었다. 반말을 삼가는 것이 그것을 말해 주고 있었다.

"네, 그렇지요. 하지만 신랑은 갑자기 행선지가 바뀌는 바람에 예약 같은 것은 생각지도 못한 채 신부가 모는 차를 타고 설악산으로 갔습니다."

"그럼 묘화가 예약을 했나 보군요."

"그건 있을 수 없는 일입니다. 결혼식 시간을 전후해서 H호텔에 예약 전화를 걸 만한 시간적 여유가 신부에게는 없었습니다. 그 날의 주인공이 그 경황 중에 어떻게 전화를 걸겠습니까. 주위 사람들 중의 누군가가 전화를 걸어 주었으리라 생각됩니다만…….”

"난 그런 전화를 걸지 않았소. 신랑 측에서 다 알아서 한 줄 알았어요."

오명국은 자신이 전화를 걸지 않았다는 사실을 유난히 강조했다. 그러나 서 형사는 끈질기게 늘어붙어 말을 걸었다.

"아무도 안 했다니 그럼 누가 예약 전화를 걸었을까요? 제 생각으로는 누군가가 H호텔에 전화를 걸어 최기봉 씨 이름으로 예약하지 않았나 생각됩니다만…….”

"하여간 우리 집안에서는 그런 전화한 사람이 없어요."

"신랑 측에서도 아무도 그런 적이 없다고 합니다."

"그런 게 비밀이 될 수 있나요?"

"저도 똑같은 생각입니다. 최기봉 씨 말에 따르면 H호텔에 예약이 된 걸 안 것은 설악산에 거의 다 도착해서였답니다. 그러니까 오묘화 씨는 이미 예약이 된 것을 알고 그쪽으로 차를 몰고 갔던 겁니다. 오묘화 씨는 누가 그 호텔에 예약 전화를 걸었는지 알고 있을 겁니다. 왜냐하면 오묘화 씨 자신이 예약 전화를 걸어 달라고 부탁했을 테니까 말입니다. 그 점에 유의하시고 한번 알아봐 주시겠습니까?"

"알아보는 거야 어렵지 않지요. 하지만 그게 사건 해결에 무슨 관계가 있다는 건가요?"

"범인이 어떻게 신랑 신부가 H호텔에 가는 것을 알고 거기까지 따라갔는지 그 점이 밝혀질지 모릅니다."

"그거야 묘화의 차를 미행했겠지요. 만일 범인이 최기봉이 아니고 다른 놈이라면 말이오."

그는 민혜령과 똑같은 말을 했다.

"미행하지 않았습니다. 범인은 H호텔에 미리 예약 전화를 한 다음 여유 있게 출발했던 겁니다."

"확실합니까?"

오명국의 목소리가 흥분으로 떨리고 있었다.

"확실합니다. 우리는 범인의 이름까지 알아냈습니다. 허문자라는 여자인데, ……이름은 가짜로 판명되었습니다. 그리고 범인은 또 한 명 있습니다. 젊은 남자인데 그자의 이름은 아직 밝혀내지 못했습니다. 그들은 12월 26일부터 28일까지 H호텔에 투숙했습니다. 범인 체포는 시간문제라고 봅니다."

"자신만만하군요. 제발 빨리 범인을 체포해 주시오."

수화기를 내려놓고 난 서 형사는 아무래도 범인이 가까운 곳에 있는 것 같은 예감을 다시 한 번 강하게 느꼈다. 그것은 보다 확실한 느낌으로 피부에 와 닿는 느낌이었다. 마치 범인의 숨소리가 귓가에 들리는 것 같은 느낌이기도 했고 범인의 손길이 옷깃을 스쳐 가는 것 같기도 했다.

그는 오싹 소름이 끼쳐 창백한 얼굴로 앞에 앉아 있는 민혜령을 바라보았다.

범인은 가까운 곳에 있다. 범인은 적어도 두 명 이상이다. 지금까지 밝혀진 바로는 범인은 두 명이다. 그 두 개의 얼굴은 매우 신속하고 과감하게 일을 처리해 나가고 있는 것 같다. 그런데 그들이 노리고 있는 목적은 무엇일까. 그 점이 분명치 않다. 지금까지의 살인이 단순 살인이란 말인가. 그렇지 않다. 지금까지의 살인은 목적 살인이었다. 무엇을 노린 살인이었을까.

쓸쓸한 사나이

　누가 뭐래도 최기봉은 서울에서 제일 쓸쓸한 사나이가 되고 말았다. 수모를 당한 것은 둘째 치고 그는 정말로 쓸쓸했다. 무죄로 석방됐다고 하지만 그를 찾아와 위로해 주는 사람은 아무도 없었다. 그 자신 그것을 바라지도 않았지만 그는 인간관계의 무상함 같은 것을 느끼지 않을 수 없었다. 이웃에서는 그를 이상한 눈으로 경계하는 눈치여서 그는 밖에 나가기가 두려웠다. 그렇다고 하루 종일 집안에 틀어박혀 있는다는 것도 견디기 어려운 일이었다. 그의 어머니와 동생들은 그에게 몹시 신경을 써 주었지만 그에게는 오히려 그것이 부담이 되었다. 그 때 수미가 그에게 여행이나 다녀오라고 권했다. 그래도 그의 유일한 말동무는 막내인 수미였다.

"모든 걸 잊고 여행이나 다녀오세요. 눈에 덮인 겨울 산사는 한번 가 볼 만할 거예요. 사람도 별로 없고 조용하고 알아보는 사람도 없을 거예요."

그렇지 않아도 그는 어디론가 탈출하고 싶던 참이었다.

집안에 틀어박혀 며칠을 보내고 난 그는 어느 날 밤 갑자기 자취를 감추었다. 등산복 차림으로 배낭을 메고 집을 나선 그는 어디로 간다는 말도 없이 어둠 속으로 사라져 갔다. 수미는 오빠가 여행을 떠나는 줄 알았지만 나머지 가족들은 불안한 눈으로 그의 뒷모습을 지켜보았다.

경찰이 최기봉이 행방을 감춘 것을 안 것은 그 이튿날 아침이었다. 아침에 서 형사는 최기봉과 몇 마디 이야기를 나누기 위해 그의 집으로 전화를 걸었다가 그가 지난밤에 어디론가 떠났다는 말을 듣고는 급히 그의 집으로 달려가 보았다.

"어디로 간다고 떠났나요?"

그는 상기된 얼굴로 수미를 바라보았다.

"모르겠어요. 어디 간다는 말도 없이 떠났어요. 머리도 식힐 겸 여행 떠난 거예요."

그녀는 적의를 가지고 말했다.

"그래도 어디로 간다는 말은 했을 거 아닙니까?"

서 형사는 초조하게 물었다. 수미는 고개를 흔들었다. 그녀는 형사들에게 조금도 협조하고 싶지 않았다. 그녀의 눈에는 서 형사가 오빠를 괴롭히려고 오는 사람으로밖에 보이지 않았던 것이다.

"아무 말 안 하시고 떠나셨어요. 자기도 어디로 가야 할지 잘 모르겠다고 하셨어요. 역에 가 봐서 아무 거나 타고 가겠다고 했어요. 제가 여행이나 다녀오라고 오빠에게 권했던 거예요."

"무슨 차림으로 떠났어요?"

"등산복 차림으로 떠났어요. 오빠한테 무슨 용건이 있나요?"

수미는 차가운 눈빛으로 형사를 쳐다보았다. 그 눈은 제발 우리 오빠를 더 이상 괴롭히지 마세요 라고 말하고 있었다.

"특별한 용건은 없습니다. 한번 만나보고 싶어서 그럽니다. 언제 돌아오신다고 했나요?"

"언제 돌아오시겠다는 말도 없이 떠나셨어요."

서 형사의 눈에는 차 창가에 기대앉아 있는 쓸쓸한 사나이의 모습이 보이는 듯했다.

"오빠는 그 동안 어떻게 지냈습니까?"

"덕분에 잘 지냈지요, 뭐."

수미는 빈정거리는 투로 말했다. 그녀의 어머니가 손님한테 그게 무슨 말버르장머리냐고 나무랐지만 그녀는 까딱도 하지 않았다.

"우리 오빠는 폐인이나 다름없어요."

그녀의 눈에 눈물이 어리는 것을 보고 형사는 얼굴을 돌렸다.

"오빠는 계속 집에만 틀어박혀 있었어요. 불쌍해서 혼났어요. 그런 일을 겪고도 어떻게 살아 있는지 오히려 제가 이상할 정도였어요."

"미안합니다."

서 형사는 앞에 앉아 있는 수미라는 아가씨가 너무도 똑똑하다고 생각했다.

"오빠를 어떻게 위로해 드려야 할지 몰라 혼났어요. 우리 식구는 오빠한테 아무 말도 할 수 없었어요. 오빠도 우리한테 아무 말씀 안 하셨어요. 우리가 무슨 말을 나눌 수 있겠어요. 우연한 불행이었다고 돌려버리기에는 상처가 너무 컸어요. 돌이킬 수 없을 정도로 말이에요."

"미안합니다."

서 형사는 변명할 말이 생각나지 않았다.

"오빠는 앞으로 아무 일도 못하실 것 같아요. 우리 집안의 기둥이었는데……."

수미는 눈물을 삼키고 나서 한참 말없이 다른 곳을 바라보았다. 서 형사는 그녀의 감정이 가라앉기를 기다렸다가 무겁게 입을 열었다.

"미안하지만 몇 가지 물어 보겠습니다. 24일 밤 일을 기억하십니까? 지난 크리스마스이브 때의 일 말입니다."

그녀는 질문의 뜻을 잘 모르겠다는 듯 그를 가만히 쳐다보기만 했다.

"그 날 밤 늦게 어떤 여자로부터 오빠한테 전화가 걸려 왔었던 걸로 아는데 그 전화를 오빠한테 바꿔 준 게 바로 수미 학생 아니었나요?"

수미의 얼굴에 순간적으로 혼란이 일었다. 그 날 밤 일을 생각하는 듯 그녀는 잠시 침묵을 지키고 있다가 이윽고

"네, 오빠를 찾는 전화가 걸려 왔었어요. 제가 전화를 받아 오빠한테 바꿔 줬어요."
라고 말했다.

"누구의 전화였습니까? 그 때가 몇 시쯤이었습니까?"

"시간은 밤 11시쯤이었을 거예요. 그리고 처음 듣는 목소리였어요."

"그 때의 상황을 자세히 말씀해 주시겠습니까? 사건의 발단은 바로 그 전화에서 시작되었던 겁니다."

수미의 눈이 커졌다. 그녀는 긴장한 표정으로 형사의 얼굴을 주시했다.

"그 여자는 무조건 오빠를 바꿔 달라고 했어요. 저는 묘화 언니한테서 걸려 온 전화인 줄 알았다가 적이 실망했어요. 크리스마스에 오빠를 찾는 전화라면 보통 전화가 아니라는 생각이 들었어요. 오빠는 묘화 언니의 전화를 기다리고 있는 눈치였는데 언니한테서는 전화가 오지 않고 처음 듣는 엉뚱한 여자한테서 전화가 걸려 왔던 거예요. 그래서 누구냐고 꼬치꼬치 캐물었지요. 하지만 상대방은 자신의 신분을 밝히려 들지 않았어요. 이상한 여자였어요."

수미는 꽤 흥분해서 말했다. 서 형사는 그녀의 얼굴에서 눈을

떼지 않고 흥미 있게 그녀의 말에 귀를 기울였다.

"신분을 밝히지 않으면 전화를 바꿔 줄 수 없다고 했어요. 그랬더니 오빠 신상에 관한 아주 중요한 일로 전화를 걸었다는 거예요. 그렇게 말하는데 안 바꿔 줄 수 있어야지요. 전화를 받고 난 오빠는 아주 기분이 안 좋은 표정이었어요. 얼굴에서 핏기가 가시면서 표정이 굳어지는 거였어요. 제가 무슨 전화냐고 물어보았지만 아무 말도 안 하셨어요. 조금 있자 오빠는 외출하셨어요. 그 전화를 받고 나가는 게 분명했어요. 그렇다고 꼬치꼬치 캐묻기도 뭣하고 해서 더 이상 묻지는 않았지만 몹시 궁금했어요. 오빠는 그 날 밤 집에 들어오시지 않았어요. 이튿날 아침에야 초췌한 모습으로 들어오셨어요."

"오빠는 그 날 밤 전화를 걸어 온 여자가 누구인지 말하지 않았나요?"

"말하지 않았어요. 그 전화가 심각한 전화인 것만은 틀림없는 것 같았어요."

"그 여자의 나이는 몇 살쯤으로 생각되었나요?"

목소리만 듣고 나이를 알아맞힌다는 것은 쉬운 일이 아니다. 그러나 대강 짐작은 간다.

"한…… 마흔 살쯤 되는 목소리였어요. 중년 여자의 목소리였어요."

특이한 목소리가 아닌 이상 목소리와 나이는 비슷하게 평행선을 긋는다.

"그 뒤에 그 여자의 전화가 또 걸려 왔나요?"

"아뇨, 두 번 다시 걸려 오지 않았어요."

"오빠는 이번 결혼을 어떻게 생각했나요? 아주 늦은 결혼이었는데……."

"오빠는 매우 행복해 하는 것 같았어요. 우리는 사실 오빠의 결혼을 마음껏 축복해 주고 싶었어요. 그런데 신혼여행도 다녀오기 전에 그런 불행한 일을 겪다니 정말 오빠가 불쌍해요. 오빠가 그렇게 될 줄 누가 알았겠어요."

그녀의 두 눈에 다시 눈물이 번졌다.

서 형사는 혹시 그녀가 묘화에 대해 한 마디 하지 않을까 하고 기다려 보았지만 그녀는 의식적으로 그러는 것인지 묘화에 대해서는 일절 입을 열지 않았다. 이쪽에서 물어 보기 전에는 그녀에 대해 자진해서 입을 열 것 같지 않았다.

"오빠는 묘화 씨를 매우 사랑했나 보지요?"

서 형사는 조심스럽게 질문을 던져 보았다.

"사랑했으니까 결혼했겠지요."

"수미 양이 보는 묘화 씨는 어떤 사람이었나요?"

그녀는 갑자기 벙어리가 된 듯 입을 다물었다. 그녀는 마치 자기 앞에 막아선 거대한 벽을 어떻게 뛰어넘어야 할지 깊이 생각해 보는 것 같았다. 이윽고 그녀가 말했다.

"미인이고 멋진 여자였어요. 오빠한테는 부담이 될 정도로……. 저는 그 여자를 볼 때마다 부러웠어요. 그리고 이상한 생각이 들곤 했어요. 저런 여자가 어떻게 해서 오빠 같은 남자를 좋아하게 됐을까 하고요."

그녀의 입에서 저주가 튀어나올 줄 알았던 서 형사는 정반대의 대답에 잠시 아연했다. 그러나 그녀의 다음 말은 그렇지가 않았다.

"너무 잘생긴 미녀였기 때문에 남들처럼 정상적인 생활을 할 수 있을까 하는 의문이 들지 않는 것은 아니었어요. 밥하고 빨래하고 청소하고 아기를 낳아 기르는 모습은 아무래도 그녀한테는 어울리지가 않았어요. 그런데 그런 의문에 답하기라도 하듯 이런 사건이 일어난 거예요. 미인박명이라는 말이 요즘처럼 실감 있게 느껴진 적이 없어요. 저는 그 여자를 사람으로 생각하지 않아요. 살았는지 죽었는지 생사조차 모르는 사람을 두고 이런 말해서 안됐지만 그 여자는 사람이 아니라 악마예요. 사람이라면 어떻게 그런 짓을 할 수 있어요. 그 여자는 우리 오빠를 파멸시켰어요. 오로지 학문밖에 모르는 오빠를 유혹해서 파멸시킨 거예요."

그녀가 오묘화를 몹시 증오하고 있다는 것은 이제 분명해졌다. 그것은 이상할 것이 하나도 없는 아주 당연한 반응이었다.

"오빠도 묘화 씨를 몹시 원망하고 있겠군요?"

"그렇지 않아요. 누구나 다 그렇게 생각하고 있을 거예요. 하지만 그렇지 않아요. 오빠가 그 여자에 대해서 원망하는 소리를 저는 한 번도 듣지 못했어요."

"너무 원망하는 마음이 깊으니까 입 밖으로 꺼내지 못하는 거 아닙니까?"

"그렇지 않아요. 제가 그 여자를 원망하니까 오빠가 버럭 화를 내셨어요. 두 번 다시 자기 앞에서 그 여자를 욕하는 소리를 하면 가만 안 두겠다고 그랬어요. 오빠는 조금도 그 여자를 미워하고 있지 않는 것 같았어요. 오히려 그 여자를 두둔하려는 기색이 역력했어요."

"이상하군요. 자기를 파멸시킨 여자인데 두둔하다니……."

"오빠한테는 상식적으로 이해할 수 없는 점이 많아요. 그 점을 알지 않으면 오빠를 이해할 수 없어요."

정말 그럴지도 모르겠다고 서 형사는 생각했다.

수미는 가족들 중 오빠와 가장 가깝다고 생각하고 있었다. 그렇게 가깝다고 생각하는 데도 오빠한테서는 가끔씩 깜짝 놀랄 만큼 생경한 면이 보일 때가 있었다. 그럴 때는 마치 낯선 사람을 본 것처럼 그가 낯설어 보이는 것이었다.

"오빠는 왜 결혼이 그렇게 늦어졌나요?"

서 형사는 갑자기 엉뚱한 질문을 던졌다. 새삼스러운 질문이라는 듯 수미가 그를 쳐다보았다.

"오빠는 결혼 같은 것에는 흥미가 없었어요. 오로지 학문밖에 몰랐어요. 주위에서 결혼하라고 그렇게 졸라도 끄덕도 하지 않았어요."

"그런데 어떻게 갑자기 결혼하게 됐나요?"

"정말 뜻밖이었어요. 오묘화라는 여자가 오빠의 생각을 바꾸게 한 모양이에요. 어느 날 오빠는 갑자기 결혼하겠다고 하면서 집으로 그 여자를 데려왔어요. 우리는 굉장히 놀라기도 하고 기쁘기도 했어요."

"오빠는 그 전에 사귀던 여자가 없었나요?"

"없었어요. 그 전에는 어떤 여자도 오빠의 관심을 불러일으키지 못했어요. 오빠는 여자한테 관심이 없었어요. 어느 때 보면 오빠는 몹시 쓸쓸해 보이곤 했어요."

"상식적으로 이해할 수 없는 사람들이 서로 만났으니 문제가 발생할 수밖에 없었겠군요."

서 형사가 심각한 표정으로 말했다.

"네, 오빠나 그 여자나 보통 사람은 아니었어요. 두 사람 다 결혼 생활하기는 어려운 사람들이라고 할 수 있어요. 그런 사람들이 서로 만났다는 건 참 불행이었어요. 이제 생각하니까 그런 생각이 들어요."

"결혼 생활이 성공적이었다면 멋진 한 쌍이 됐을 텐데요."

"그랬을지도 모르지요. 하지만 성공할 수 없는 결혼이었어요. 결국 오빠만 불쌍하게 됐어요. 오빠는 앞으로 결혼하지 않을 거예요."

수미는 손수건으로 눈물을 찍었다.

"오빠는 어디로 갔을까요? 혹시 갈 만한 데가 있으면 말해 주십시오."

서 형사는 다시 한 번 물어 보았다.

"모르겠어요."

"우리는 오빠하고 언제라도 연락할 수 있어야 합니다. 오빠가 이번 사건에 중요한 참고인일 수 있기 때문입니다."

"오빠는 아무 말도 하지 않고 나가셨어요. 본인도 어디로 가는지 생각하지 않는 것 같았어요. 그냥 발길 닿는 대로 갈 생각인 것 같았어요. 오빠의 표정을 보니까 말릴 수도 없었어요. 오히려 바람이라도 쐬러 가라고 등을 밀어 주고 싶을 정도였어요."

"오빠께서 여행을 떠나신 것은 개인적으로 잘한 일입니다. 그동안 너무 충격적인 일을 겪었고 아직 사건이 해결되지 않은 상태이기 때문에 집에 있는 것보다는 조용한 데 가서 쉬는 편이 좋을 겁니다. 하지만 지금 이 상태에서 여행길에 나섰다는 것은 좀 빠른 느낌이 드는군요. 왜냐 하면 현재는 신부가 실종된 상황이 아닙니까. 그리고 두 사람은 엄연히 식을 올린 부부 사이 아닙니까. 어떤 결말도 나기 전에 남편 되는 사람이 행방을 감추었다는 것이 저로썬 얼른 납득이 안 되는군요."

그 말이 끝나기 무섭게 수미는 발끈했다.

"우리 오빠를 더 이상 학대하지 마세요!"

"학대하는 게 아닙니다."

"우리 오빠를 더 이상 비참하게 만들지 마세요!"

"그럴 마음은 추호도 없습니다."

"우리 오빠와 그 여자와는 이미 관계가 끝났어요! 부부가 아니란 말이에요!"

"오빠께서 과연 모든 것을 잊기 위해 훌훌 털고 떠났다고 생각합니까?"

"……."

그 말에는 대답하지 않은 채 수미는 분노의 눈물을 삼키고 있었다. 서 형사는 고개를 흔들었다.

"아마 그렇지는 않을 겁니다."

"그럼 뭐예요?"

이번에는 서 형사가 할 말을 잃었다.

갑자기 행방을 감춘 최기봉을 그렇다고 다시 수배할 수도 없는 일이었다. 그는 이제 수배 대상이 아니기 때문에 모자라는 인력을 동원해서 그를 찾을 수는 없었다. 그와 연락이 되는 대로 연락해 줄 것을 부탁하고 나오는데 수미는 눈물을 닦느라고 그를 쳐다보지도 않았다.

최기봉은 침대칸으로 들어가 침대 위에 몸을 뉘였다. 두들겨 맞은 것처럼 뼈마디가 욱신거리고 아팠다.

출발 시간이 임박하자 복도를 걸어가는 사람들의 발짝 소리가 요란스러웠다. 그는 그 소리가 가라앉을 때까지 꼼짝하지 않고 누워 있었다.

열차는 23시 10분에 출발했다. 열차가 출발하자 복도가 좀 조용해지는 것 같았다.

　그는 상체를 조금 일으켜 창밖을 내다보았다. 구름 사이로 달이 희미하게 빛나고 있는 것이 보였다. 열차는 한강 철교 위를 달리고 있었다.

　그는 석간신문을 펴 들었다. 그가 범인으로 누명을 쓸 뻔했던 그 사건은 단 한 줄도 보도되지 않고 있었다. 그 사건이 뉴스에 등장하지 않았다는 것은 사건 수사에 새로운 전기가 생기지 않고 수사가 답보 상태에 빠져 있다는 것을 의미했다.

　그 사건 대신 다른 살인 사건이 크게 보도되어 있었다. 보험금을 노린 살인 사건으로 어느 중년 여인이 세 사람이나 독살시킨 끔찍한 사건이었다.

　거의 매일 살인 사건이 일어나고 있다. 제대로 보도되지 않기에 망정이지 사실대로 발표된다면 일반적으로 알려져 있는 것보다는 그 숫자가 훨씬 많을 것이다.

　사건의 원인은 거의가 돈에 있다. 돈을 노리고 사람을 죽인 것이다.

　손창시를 죽인 것도 김옥자를 살해한 것도 돈을 노리고 한 짓일까. 그렇지는 않은 것 같다. 돈을 노린 살인이라면 어느 구석에서라도 돈 냄새가 풍겨야 한다. 그런데 돈 냄새가 전혀 나지 않는다. 그렇다면 도대체 목적이 무엇이었을까.

　그는 답답한 마음에 담배를 피워 물었다. 그는 수사관이 아니다. 따라서 수사의 초보 단계도 모르고 있다. 그러나 의문이 되는 것은 너무도 당연한 일이다. 일단 의문이 생기면 논리적인 생각을 갖추게 된다. 더구나 그는 철학을 전공하고 있다.

달이 구름 속으로 완전히 가려지는가 싶더니 차창에 눈송이가 부딪히기 시작했다. 눈이 내리기 시작한 것 같았다.

그는 배낭 속에서 캔 맥주를 꺼내 말라붙은 입 속을 축였다. 어머니와 동생들의 근심 어린 표정들이 떠올랐다. 그들에게 걱정을 끼쳐 여간 미안하지가 않았다. 그러나 그들은 그의 심정을 이해해 줄 것이라고 그는 생각했다. 시간이 흐르면 부글부글 끓던 거품도 가라앉을 것이고, 모든 것은 망각 속에 묻힐 것이다. 그러나 그것은 사건이 해결되고 나서의 일이다. 사건은 아직 해결되지 않았고 갈수록 오리무중에 빠져드는 것만 같다.

처음부터 생각해 보자. 그는 맥주를 꿀꺽 삼키고 나서 다시 담배를 피워 물었다.

맨 처음, 그러니까 작년 12월 24일 밤에 나에게 걸려 온 그 괴전화부터 생각해 보자. 괴전화를 걸어 온 사람은 정체불명의 여인이었다. 목소리로 보아 중년의 세련된 여인 같았다.

"지금 당장 W호텔에 가 보라. 그 곳에 오묘화가 어떤 남자와 투숙해 있다. 결혼을 불과 이틀 앞둔 여자가 그럴 수 있느냐."

그런데 그 여자는 왜 나에게 그런 전화를 걸어 주었을까. 그 여자가 노린 것은 무엇이었을까. 그 여자를 그림자(Shadow)의 두문자를 따서 'S'라고 부르자.

S는 묘화 쪽 사람일 가능성이 크다. 내 쪽에서 묘화를 미행하

라고 시킨 적은 없다. S가 내 이름과 집 전화번호까지 알고 있는 것을 보면 묘화와 아주 가까운 사람일지도 모른다. 묘화를 통해서 내 이름과 전화번호를 알아냈을 가능성이 크다.

S는 묘화를 미행하여 그녀가 손창시와 함께 W호텔에 투숙하는 것을 알아냈던가, 아니면 W호텔에서 우연히 묘화와 손창시를 발견, 그들이 함께 투숙하는 것을 목격했던가 했을 것이다. 그런 다음에 그녀는 나에게 전화를 걸었을 것이다.

그런데 묘화 대신 내가 그 곳에 있었다고 생각해 보자. 내가 묘화 아닌 다른 여자와 함께 호텔에 투숙하는 것을 S가 목격했다고 치자. S는 물론 나를 본 적이 있기 때문에 내 얼굴을 알고 있을 것이다. S는 그 사실을 즉시 묘화에게 알렸을까. 그것으로 묘화를 괴롭힐 수 있다면 묘화에게도 그 사실을 알려 주었을 것이다.

S가 노린 것은 묘화의 불행이 아니었을까. S는 나의 불행을 노리지 않았다. 나에게는 원한을 살만한 여인이 없다. S는 매우 도덕심이 강한 여자인지도 모른다. 불의를 보면 참지 못할 정도로 말이다. 결혼을 앞두고 있는 묘화가 다른 남자와 호텔에 투숙하는 걸 보고 화가 나서 전화를 걸었던 게 아닐까. 그럴 가능성도 없지 않아 있다. 그러나 그 뒤에 일어난 일련의 사건들을 살펴볼 때 S가 노린 것은 묘화의 불행이었을 가능성이 크다. 그녀는 내가 당장 묘화와의 결혼을 취소할 줄 알았을 것이다. 그것이야말로 묘화에게 고통을 안겨 주는 일이다. 그러나 나는 결혼을

취소하지 않았다. 나는 아무 일 없었다는 듯 묘화와 결혼식을 올렸고, 설악산으로 신혼여행을 떠났던 것이다.

여기서 S는 제2의 찬스를 노렸을 것이다. 제2의 찬스로서 가장 적당한 곳은 신혼부부가 묵을 설악산 H호텔이 아니었을까.

그래서 S는 설악산 H호텔에 잠입했을 것이다. 그런데 거기에 손창시가 있을 줄이야!

S는 손창시가 그 곳에 나타날 것이라는 것을 알고 있었을까. 아니면 모르고 있었을까. S는 어떤 식으로 묘화를 곤경에 빠뜨리려고 했을까. 아무 계획도 없이 그 곳에 잠입하지는 않았을 것이다. S는 어떤 계획을 가지고 있었을까. 형사들의 말에 의하면 범인은 남녀 두 명일 가능성이 높다고 했다.

그런데 손창시는 왜 죽었을까. 누가 손창시를 죽였을까. 손창시는 왜 그의 방이 아닌 615호실에서 죽었을까. 그는 욕실에서 벌거벗은 채 살해되었다. 목이 졸린 채 물 속에 처박혀 살해되었다. 뒤통수에는 강하게 얻어맞은 상처가 있었다고 했다. S는 손창시를 알고 있다. 그가 오묘화의 애인이라는 것을 이미 W호텔에서 보고 알고 있었다.

손창시는 어쩌자고 H호텔까지 따라갔을까. 신혼 여행지까지 따라가서 어쩔 셈이었을까. 아무리 묘화를 사랑한다고 해도 그런 짓을 할 수 있을까.

그는 수재로 알려진 대학생이다. 그런 그가 그런 바보 같은 짓을 하다니 믿을 수가 없다. 묘화가 따라오라고 말했을까. 그럴 리가 없다. 그녀에게 아무리 엉뚱한 데가 있다 해도 그런 어리석은 짓을 할 리 없다.

그렇다면 손창시가 어떻게 H호텔에 가게 되었는가 하는 점이 수수께끼로 남는다. 갑자기 변경된 행선지와 호텔 이름을 어떻게 알았을까. 누가 그에게 그것을 가르쳐 주었을까.

혹시 S가 가르쳐 주지 않았을까. 경찰이 말한 허문자라는 이름으로 H호텔에 투숙했던 그 여자가 손창시를 그 곳으로 유인한 것이 아닐까. 이것은 묘화를 곤경에 빠뜨리는 방법으로서는 아주 훌륭한 방법이다. 호텔에서 손창시와 마주친 묘화는 얼마나 놀랐을까. 손창시로 하여금 H호텔에 오게 한 S는 1단계 계획이 성공하자 다음 계획, 즉 결정적인 기회를 노렸을 것이다. 손창시는 어떻게 해서 615호실에 들어가게 됐을까. 묘화가 그를 불렀을까. 내가 들어오지 않자 기다리다 지친 그녀가 홧김에 손창시를 불러들인 게 아닐까. 손창시의 방은 한 층 아래인 528호실이었다. 만일 묘화가 그를 불러들였다면 그가 615호실로 오게 된 경위는 아주 자연스럽게 풀린다.

다음은 살인이다. 손창시를 어떻게 살해했느냐 하는 점이다. 범인이 상대해야 할 상대는 묘화까지 두 명이다. 두 명을 감쪽같이 해치운다는 것은 쉬운 일이 아니다. 범인이 두 명이라 해도 그 중 한 명은 여자이다. 양쪽 다 여자가 한 명씩 있고 수도 동등하다. 목숨을 걸고 싸운다면 쉽게 결판이 나지 않을 것이다. 어떻게 살해했을까. 묘화는 어떻게 처치했을까. 그녀의 차는 왜 해변에서 발견되었을까. 일단 그녀를 밖으로 유인해 낸 다음 손창시를 죽인 게 아닐까. 그런 다음 묘화를 처치하는 것은 그다지 어렵지 않을 것이다.

다른 방법으로는 손창시를 일단 그의 방인 528호실에서 살해한 다음 615호실로 운반해 오는 방법이 있다. 그 경우 가장 문제되는 것은 시체를 운반하는 일이다. 사람들의 눈에 띠지 않게 시체를 운반한다는 것은 쉬운 일이 아니다. 하지만 운반하려 든다면 방법은 있을 것이다. 환자인 것처럼 가장해서 등에 업고 가면 의심을 덜 받을 것이다. 정말 그랬을까. 그 경우 방에 묘화가 없어야만 한다. 묘화를 먼저 처치해 버린 다음 창시를 운반해 온 게 아닐까. 그렇다면 묘화의 시체는 어떻게 처리하는가 하는 문제가 남는다. 묘화의 시체가 호텔에 남아 있지 않은 것으로 보아 그녀는 일단 밖으로 유인되어 살해된 게 아닐까. 그녀의 차로 어느 곳인가에 가서 그 곳에서 살해되어 시체는 좀처럼 발견하기 어려운 곳에 유기된 게 아닐까.

묘화는 영리한 여자이다. 함부로 유인되어 밖으로 나갈 여자가 아니다. 그녀를 유인해 내려면 그럴 만한 이유가 있어야 할 것이고, 또 그럴 만한 인물이어야 한다. 낯선 사람의 말을 믿고 따라 나가지는 않았을 것이다. 과연 누가 그럴듯한 이유를 들어 그녀를 밖으로 유인해 냈을까. 누굴까. 그녀가 믿고 따를 수 있는 사람이라면 누가 있을까.

그 정도의 사람이라면 아주 가까운 사람일 것이다. S는 묘화가 믿고 따를 수 있는 가장 가까운 사람이 아닐까. S의 그림자는 처음부터 가까운 곳에 어른거리고 있었다. 갑자기 변경된 행선지를 알아내고 신혼부부가 투숙할 호텔까지 알아내어 침투한 것을 보면 분명히 가까운 곳에 있는 인물임이 틀림없는 것 같다. 누구일까.

그는 창밖을 내다보았다.

한참 동안 꼼짝 않고 창밖을 바라보고 있는 동안 어둠 속에서 S의 실루엣이 어렴풋이 피어올랐다. 그는 자기도 모르게 속으로

"S다!"

하고 소리쳤다. 그 순간 S의 실루엣은 어둠 속으로 가라앉고 말았다. 차창에는 눈송이가 무수히 부딪혀 달라붙고 있었다.

그는 묘화 주위의 가까운 얼굴들을 차례대로 떠올려 보았다. 어느 얼굴도 S의 얼굴은 아니었다. 모두가 묘화의 실종을 진심으로 슬퍼하고 있는 얼굴들뿐이었다. 그들 중 어느 누구도 S일 수가 없었다.

그러나 S가 가까운 곳에 있는 인물이라는 생각이 쉬이 지워지지가 않았다. 아니, 오히려 시간이 흐를수록 그러한 생각은 확신처럼 굳어져 가기만 했다. 여러 가지 드러난 상황이 S가 가까운 곳에 있는 사람임을 말해 주고 있었다.

그런데 공범으로 생각되는 그 청년에 대해서는 아무런 추정도 할 수 없다. 그 청년은 완전히 베일에 가려져 있다. 다만 그가 S

의 지시를 받고 움직이고 있는 하수인일 것이라는 심증만이 갈 뿐이다.

여자 혼자서 교묘하게 두 명 혹은 세 명을 연달아 살해한다는 것은 지극히 어려운 일이다. 그래서 S는 그 젊은이를 고용했을 가능성이 크다. 그렇다면 그 젊은이는 누구일까. 살인 행위에 함께 발 벗고 나설 정도라면 S의 심복임에 틀림없다. 그녀의 말에 무조건 복종하고 그녀를 철저하게 따르는 마치 길들인 개 같은 청년일 것이라고 그는 생각했다. 그렇지 않고서야 어떻게 살인 행위에 동참할 수가 있겠는가.

길들인 개에게는 도덕심이니 양심이니 하는 것 따위가 있을 수 없다. 오로지 주인을 위한 맹목적인 복종만이 있을 뿐이다. 주인이 물어 죽이라고 명령하면 가차 없이 물어 죽인다. 길들인 개에게 있어서 주인은 절대자이다. 그 밖의 존재는 오직 공격 대상으로서 존재할 뿐이다.

그 청년이 길들인 개라면 정말 무서운 인물임에 틀림없을 것이다. 김옥자를 살해한 수법만 보아도 알 수 있지 않은가. 놈은 칼로 옥자의 목을 거의 잘라 놓았다. 무자비한 놈이다. 시체를 보진 않았지만 그 생각을 하자 그는 그만 소름이 쭉 끼쳐 왔다. 아직 체포되지 않았으니 경찰 수사망이 좁혀지면 놈은 발악적으로 또 사람을 살해할지 모른다. 제3, 제4의 살인 사건이 안 일어날 것이라는 보장은 어디에도 없다.

묘화도 그놈의 손에 살해되었을까. 그러나 묘화가 죽었다는 증거는 아직 발견되지 않았다. 그녀는 어딘가에 살아 있든가 아니면 도저히 그 시신을 찾아낼 수 없는 곳에 죽어서 누워 있는지도 모른다. 그렇지 않고서야 이렇게 흔적도 없이 사라질 수가 있는가.

그는 불현듯 그녀가 보고 싶었다. 너무 보고 싶어 가슴이 저려왔다. 그녀의 생사도 모르는 판국에 나는 머리를 식히기 위해 여행에 나섰다. 그녀를 찾는 것을 포기하고 집을 떠난 것이다. 이러한 나의 행위는 과연 옳은 것일까.

나에게는 과연 과오가 없었단 말인가. 신혼 여행지에서 신부를 내버려 두고 작부와 술을 마시고 그녀와 동침한 사실을 과연 합리화시킬 수 있을까. 어리석은 짓이다. 지저분한 짓이다. 나의 인격이라는 것이 고작 그 정도였다는 말인가.

모든 게 자신의 부덕의 소치에서 비롯되었다는 생각이 그를 괴롭혔다. 그는 정말 괴로워서 미칠 지경이었다. 너무 괴로운 나머지 울고 싶어졌다. 묘화가 옆에 있다면 붙들고 용서를 빌고 싶었다.

열차가 정거했다. 대전역이었다. 그는 갑자기 우동이 먹고 싶었다. 대전역 플랫폼에서 파는 우동은 옛날부터 인기가 있었다. 그는 열차에서 뛰어내려 우동을 파는 곳으로 급히 걸어갔다. 김이 무럭무럭 나는 우동을 사람들이 후후 불어 가며 열심히 먹고 있었다.

그는 뜨거운 우동을 부지런히 먹었다. 차가 출발하기 전에 얼른 먹어야 하기 때문에 그는 서둘렀다. 추위에 떨며 우동을 먹는 맛이란 유별난 데가 있었다.

우동을 거의 다 먹었을 때 문득 그는 고개를 쳐들고 건너편을 바라보았다. 맞은편에서 우동을 먹고 있던 남자와 시선이 마주쳤다. 그자가 먼저 이쪽을 훔쳐보고 있었다는 것을 알고 기봉은 기분이 좀 언짢았다. 시선이 마주치자 상대방 남자는 얼른 고개를 숙이고 국수가락을 입으로 가져갔다. 기봉은 아무 생각 없이 그 사람의 행색을 살펴보았다.

그는 K자가 써진 검정색의 운동모를 깊이 눌러쓰고 있었다. 거기다가 안경까지 쓰고 있었기 때문에 얼굴 모습을 알아보기가 힘들었다. 그리고 위에는 누런 세무 점퍼를 입고 있었다. 키는 보통 정도였다. 동행이 없이 혼자인 듯했다. 기봉은 상대방이 야구 선수 같다고 생각했다. 나이는 얼른 분간하기 어려웠지만 30전후로 보였다.

기봉은 그릇에 남아 있는 우동 국물을 마신 다음 그릇을 내려놓고 다시 건너편을 바라보았다. 검정색의 운동모도 막 먹는 것을 끝내고 이쪽을 바라보고 있었다. 두 사람은 약속이나 한 듯 서로 시선을 피했다.

기봉은 다시 기분이 언짢아졌다. 저자가 나를 알아보고 저러는 게 아닐까. 며칠 전까지만 해도 나는 살인범으로 몰려 모든 신문에 얼굴이 대문짝만하게 실렸으니, 얼굴을 알아볼 만도 할 것이라고 그는 생각했다. 그렇게 생각하자 그는 창피하다는 생각이 들었다.

 침대칸으로 돌아온 그는 숨을 몰아쉬며 손수건으로 식은땀을 닦았다. 마치 자신이 도망 중인 살인범 같이 생각되어 더 없이 초조하고 불안했다. 침대칸에 탄 것을 백 번 잘했다고 그는 생각했다.

 열차가 출발했다. 그는 캔 맥주를 하나 꺼내 마신 다음 잠을 청했다. 그러나 머릿속은 더욱 맑아지기만 할 뿐 쉬이 잠이 올 것 같지가 않았다.

 이윽고 그는 다시 사건의 회오리 속으로 빠져들어 갔다. 여러 가지 의문들이 꼬리를 물고 그를 괴롭히기 시작했다. 그 중에서도 그를 가장 괴롭힌 것은 호스티스 김옥자가 왜 살해되었을까 하는 의문이었다.

 이번 사건에 형식을 갖추려고 든다면 김옥자는 중요한 증인이랄 수 있는 인물이었다. 그녀는 나를 변호해 줄 수도 또는 곤경에 빠뜨릴 수도 있는 증인이었다. 범인은 나를 곤경에 빠뜨리기 위해 김옥자를 살해한 것일까. 그렇게까지 해서 나를 곤경에 빠뜨릴 필요가 있었을까. 범인이 노린 것은 나를 살인범으로 몰아 결국 그를 대신해서 나를 사형대 위에 세우는 것이었을까. 그것이 범인이 노린 것이었다면 그 계획이 지금 수포로 돌아간 셈이다. 김옥자를 살해함으로써 범인은 오히려 자신의 그림자를 드러내고 나를 자유의 몸이 되게 했다. 그러니까 역효과를 가져온 셈이었다.

　기봉은 옥자의 원통한 혼을 위로해 주고 싶었다. 그녀는 기봉과 술을 마시고 하룻밤 관계를 가졌기 때문에, 단지 그 사실 때문에 살해되었던 것이다. 그러니까 그녀는 재수 없는 손님을 만났기 때문에 제 명대로 살지 못하고 죽어 간 것이다. 젊은 여자가 얼마나 원통했을까?!

　기봉은 잠이 들었다. 그는 잠을 자는 동안 내내 악몽에 시달려야 했다. 꿈은 갈피를 잡을 수 없을 정도로 뒤죽박죽인 채로 그를 괴롭혔다.

　눈을 떴을 때는 새벽 5시가 조금 지나 있었다.

　몸을 일으키다 말고 그는 자기의 배 위에 하얀 종이가 한 장 놓여 있는 것을 발견하고는 이상하게 생각했다. 불을 켠 다음 종이를 집어 들고 가까이 들여다보았다. 그것은 수첩에서 찢어 낸 종이 같았다. 거기에 볼펜으로 다음과 같은 내용이 휘갈겨져 있었다.

　〈자결하라. 너 같은 인간이 아직까지 살아 있다는 것은 수치다. 만일 자결하지 않는다면…….〉

　마지막 부분은 끝맺음이 되어 있지 않았다. 기봉은 오싹 소름이 끼쳤다. 살인자의 손길이 자신의 몸 위를 스쳐 갔다고 생각하자 무서운 공포가 엄습했다. 그는 종이쪽지를 움켜쥐고 통로로 뛰쳐나갔다.

　통로에는 아무도 없었다. 쇠바퀴가 굴러가는 소리가 들려올 뿐 조용하기만 했다. 이 침대칸 어딘가에 살인자가 숨어 있을지도 모른다고 생각하니 견딜 수가 없었다. 승무원은 빈 침대칸에 드러누워 잠들어 있었다. 그를 깨워서 물어 본다는 것이 쓸데없는 짓인 것 같아 그만두기로 했다.

기봉은 화장실로 갔다. 안으로 문을 잠근 다음 소변을 보았다. 살인자가 언제 기습할지도 모른다고 생각하자 바짝 긴장이 되었다.

화장실을 나와 세면실로 들어갔다. 젊은 여자 한 명이 거울 앞에 서서 얼굴을 만지고 있다가 그를 보고는 재빨리 나왔다. 그는 안으로 들어가 얼굴을 씻었다. 얼굴을 찬물로 적시자 긴장이 조금 풀리는 것 같았다.

"홍, 나보고 자결하라고? 천만의 말씀. 난 죽을 수 없어!"

그는 하마터면 큰 소리로 외칠 뻔했다. 자리로 돌아온 그는 아까보다 더 심한 공포에 사로잡혔다.

잠든 사이에 어떤 놈이 종이를 놓고 간 것이 틀림없다. 어떤 놈일까. S일까. S와 그 심복일 가능성이 크다. 그렇지 않고서야 나한테 그런 메모 쪽지를 남길 사람이 없지 않은가.

그는 구겨진 메모 쪽지를 꺼내 그것을 펴서 다시 한 번 읽어 보았다. 끝맺음이 되어 있지 않은 마지막 부분이 가장 위협적으로 느껴졌다.

'만일 자결하지 않는다면……'

그것은 죽이겠다는 뜻일 것이다. 나를 죽이겠다는 경고를 준 것이다. 죽일 테면 죽여 보라고 배짱을 내밀 수 있다면 얼마나 좋을까.

'너 같은 인간이 아직까지 살아 있다는 것은 수치다.'
라는 것은 나를 몹시 혐오하고 있다는 말이다. 누가 왜 나를 혐오하고 있을까. 죽이고 싶도록 내가 혐오스럽다는 말인가.

그는 메모 내용을 다시 한 번 읽어 보았다. 휘갈겨 쓴 글 모양이 남자가 쓴 글씨 같았다.

살인자의 손길이 자신에게도 접근했다는 것이 그는 도무지 믿어지지가 않았다. 그러나 사실은 사실이다.

그렇다면 공포에 사로잡혀 떨고 있을 것이 아니다. 나는 살인자와 싸울 태세를 갖추지 않으면 안 된다. 놈은 내가 자결하지 않을 것이라는 확신이 서면 지체하지 않고 나를 공격할 것이다. 왜 나를 죽이려고 하는 것일까. 나를 죽임으로써 무슨 이득이 있는 걸까?

기봉은 침착해 지려고 애를 썼다. 겁에 질려 허둥대다가는 개죽음을 당하고 만다는 것을 잘 알고 있었다.

이 사실을 경찰에 신고할까. 형사가 곁에 있어 주면 공포가 좀 덜하겠지. 그러나 그는 그런 식으로 공포에서 벗어나고 싶지가 않았다.

한편으로 생각하면 좋은 기회다 싶었다. 살인자의 정체를 알아 낼 수 있는 절호의 기회일 것 같았다. 상대방의 정체를 알아 내려면 상대로 하여금 가까이 접근하게 해야 한다. 아주 가까이 접근하면 그 때 가서 달려들어 정체를 알아내야 한다. 그러려면 놈에게 이쪽이 방심하고 있다는 것을 보여 주어야 한다.

그는 너무 긴장이 되어 아무것도 할 수 없었다. 드러누워 있는 것도 불편했다.

그는 짐을 챙겨 들고 내릴 채비를 했다.

열차가 속도를 줄이더니 이윽고 멈춰 섰다. K역이었다. 시간은 6시 10분이었다.

K역에서 내린 사람은 열 명도 채 못 되었다. 그는 맨 마지막에 집표구 쪽으로 걸어가면서 뒤를 자꾸만 돌아보았다. 뒤에는 아무도 없었다. 열차가 떠난 곳에는 허연 눈만 어둠 속에 색칠한 듯 떠 있었다.

맨 마지막으로 그는 차표를 역무원에게 주고 집표구를 빠져나왔다.

눈은 조금씩 떨어지고 있었다. 그 대신 바람이 몹시 불어 대고 있었다. 아직 어둠이 걷히려면 한참 있어야 될 것 같았다. 그는 불이 켜진 해장국 간판을 보고 뛰다시피 걸어갔다. 갑자기 시장기가 느껴졌다.

방금 열차에서 내린 듯싶은 사람들 몇 명이 난롯가에 둘러 앉아 있었다. 모두 4명이었는데 남자 셋에 여자가 한 명이었다. 여자는 꽤 나이 들어 보였다. 그녀는 남편으로 보이는 노인과 함께 나란히 앉아 있었다. 다른 남자 두 명은 젊은이들로 두툼한 등산복 차림이었다. 그들은 겨울 산에 오르기 위해 K역에 내린 것 같았다. 가만 보니 등산에 필요한 모든 것들을 빈틈없이 갖추고 있었다.

기봉은 그들과 좀 떨어진 곳에 앉아 그들을 관찰하다가 곧 그들에게 흥미를 잃고는 시선을 돌려버렸다. 그들의 어느 누구도 살인자 같지는 않았다.

"여기서 화엄사까지 얼마나 걸립니까?"

젊은이 한 명이 식당 여주인에게 물었다.

"택시로 가면 금방 가요. 15분이면 갈 거예요."

"화엄사에서 노고단까지는 얼마나 걸리나요?"

그러자 방문이 열리면서 사내가 얼굴을 내밀었다.

"눈 때문에 노고단에는 못 갑니다. 보나마나 등산 금지일 겁니다."

사내는 생각도 말라는 듯 머리를 흔들었다. 젊은이들이 낭패한 표정을 짓자 주인 사내는 한 수 더 떠서 다음과 같이 말했다.

"입구에 경찰이 지키고 있어요. 눈이 많이 오면 일절 산에 들여보내지 않아요."

"그래도 우리는 지리산에 오를 겁니다. 우리는 겨울에 지리산 종주를 하려고 일 년 동안 별러 왔습니다. 그런데 여기 와서 그만두다니 말도 안 됩니다. 화엄사에서 노고단까지는 몇 시간쯤 걸립니까?"

젊은이들은 자신에 차 있었다. 그들의 말도 일리는 있다고 기봉은 생각했다. 그들은 대학생인 듯했다. 주인 사내는 어이가 없다는 표정으로 그들을 바라보다가 안 되겠다 싶었는지 밖으로 나와 의자에 걸터앉았다.

마침 해장국이 나왔기 때문에 기봉은 숟갈을 들고 그것을 먹기 시작했다. 뜨거운 것이 몸속으로 들어가자 추위가 좀 가시는 것 같았다.

"지리산 종주를 한다구요? 아니, 어디서부터 어디까지 한다는 거요?"

"화엄사에서 노고단을 거쳐 천왕봉까지 갈 겁니다."

"화엄사에서 천왕봉까지 간다구요? 거기까지 거리가 얼만 줄이나 알고 하는 소리요? 자그마치 백 리 길이오, 백 리 길. 백 리 길을 이 눈 속에서 걸어간단 말이오?"

"네, 알고 있습니다. 산에 눈이 많이 쌓였다는 것도, 굉장히 춥다는 것도 알고 있습니다. 하지만 그렇기 때문에 우리는 가려는 겁니다."

기봉은 그들이 부러웠다. 그러나 한편으로는 그들이 너무 위험을 무릅쓰는 게 아닌가 하는 생각도 들었다. 전문가가 아니고는 눈 쌓인 고산을 무거운 짐을 지고 며칠 동안 강행군한다는 것은 거의 죽으러 가는 것이나 다름없다.

"이거 봐요. 거기가 하루 이틀에 가는 거리인 줄 아시오? 눈이 없는 가을에도 꼬박 사흘이 걸려요. 이렇게 눈이 많이 쌓일 때는 그 배는 걸려요. 당신들 보아하니 전문적으로 산타는 사람들 같지도 않은데 일주일 동안 산에서 버틸 자신이 있소? 산 위는 엄청나게 추워요. 여기 추위는 아무것도 아니에요. 영하 20도 30도가 보통이에요."

주인 사내는 한사코 말리려 들었고 반대로 학생들은 그럴수록 자신만만하게 나왔다. 그들은 입산을 막는 경찰을 피해 산으로 들어갈 수 있는 길을 물었고, 주인 사내는 그들이 하도 조르는 바람에 그 길을 가르쳐 주면서도 제발 가지 않는 게 좋을 거라고 간곡히 말했다.

기봉은 불현듯 그 학생들을 따라가고 싶은 충동이 일었다. 어리석은 짓인 줄 알면서도 그 어리석음에 도전하고 싶은 마음이 맹렬하게 불타올랐다. 사실 그는 종주를 할 만한 장비 하나 갖추지 못한 형편이었다. 텐트도 침낭도 식량도 없었고 무엇보다도 그의 체력이 종주를 할 만큼 강하지 못했다. 그런 그가 종주를 하겠다고 나선다는 것은 얼어 죽겠다고 나서는 것이나 다름없는 짓이다. 그는 서둘러 해장국을 먹고 나서 학생들의 움직임을 주시했다.

학생들은 해장국을 다 먹고 나서도 한참 동안 주인 사내와 산에 대해 이야기를 나누고 나서야 배낭을 지고 밖으로 나갔다. 기봉도 그들을 따라 슬슬 밖으로 나갔다.

밖에는 빈 택시가 한 대 서 있었다.

대학생들이 택시를 잡아타는 것을 보고 기봉은 그쪽으로 다가갔다.

"화엄사 쪽으로 가면 함께 동승합시다."

청년들은 기봉의 행색으로 보아 자기들처럼 등산객인 줄 알고는 함께 동승하는 것을 허락했다.
"등산하실 겁니까?"
차가 출발하자마자 뒷자리에 앉은 청년들로부터 질문이 날아왔다. 기봉은 그들에게 자기도 등산하기 위해 가는 중이라고 대답했다.
"어디까지 가실 겁니까?"
기봉은 노고단까지만 올라갔다 올 계획이라고 말했다. 그들은 동행이 생겨 좋다고 하면서 즐거워했다. 이번에는 기봉이 말을 걸었다.
"아까 식당에서 들으니까 종주를 할 거라고 하던데…… 정말 할 겁니까?"
"네, 할 겁니다."
청년들은 약속이나 한 듯 자신에 차서 말했다.
"위험하지 않을까요?"
그들은 킬킬거렸다. 기봉은 어리둥절했다.
"사실 자신은 없습니다. 그렇지만 가기로 했으니까 가 보는 겁니다. 가다가 못 가면 돌아오죠 뭐."
참 편리한 생각이라고 기봉은 생각했다. 가다가 못 가면 돌아온다. 얼마나 편리한 생각인가.
"아까 식당에서는 기어코 종주를 하고야 말겠다고 하지 않았나요."

"네, 말은 그렇게 했죠. 주인이 하도 겁을 주고 우리를 얕보는 것 같아서 오기로 가겠다고 한 겁니다. 우리는 노고단에도 못 올라가 봤습니다."

기봉은 속은 것 같아 기분이 상했다. 기대했던 것이 그만 무너져 버린 것 같아 더 이상 말을 꺼내기가 싫었다.

"못 가면 따뜻한 방안에 누워 술이나 퍼마시죠 뭐."

청년 한 명이 말했다. 그리고 그들은 기분이 좋은 듯 소리 내어 웃었다.

기봉은 창밖으로 시선을 돌렸다. 그 때까지도 날은 밝아 오지 않고 있었다.

"아저씨도 서울서 오시는 겁니까?"

"네, 서울서 오는 길입니다."

"혼자서 다니면 쓸쓸하지 않으세요?"

그들은 이상하다는 듯 그의 뒤통수를 바라보았다. 기봉은 뒤통수가 근질근질했다.

"별로 그렇지 않습니다."

"고독을 좋아하시는가 보지요?"

"그렇지는 않아요. 나는 학생들이 지리산 종주를 하겠다고 해서 잔뜩 기대를 걸었었는데……."

그게 무슨 말이냐는 듯 학생들은 기봉의 다음 말을 기다렸다.

"학생들이 종주를 하면 따라가려고 했는데, 안 한다니까 실망이 이만저만 큰 게 아닙니다."

그들은 이게 웬 말이냐는 듯 서로 얼굴을 쳐다보았다.
"아저씨가 간다면 우리도 갑니다."
그건 말도 안 되는 소리였다. 서로 이름도 모르는 생면부지의 사람에게 결정권을 넘기겠다는 말도 안 되는 소리다.
"학생들이 간다면 나도 갈 겁니다."
"그 말이 그 말이니까 우리 함께 가면 되겠네요."
그들은 뭐가 우스운지 킬킬거리고 웃었다. 책임감 같은 것이라고는 전혀 가지고 있는 것 같지 않은 젊은이들이었다.
헤드라이트에 드러난 길은 온통 눈에 덮여 하얗게 빛나고 있었다. 택시는 위험할 정도로 빨리 달려갔다. 절 앞에 도착했을 때에야 어둠이 어느 정도 걷히기 시작하고 있었다.
이른 새벽이라 그런지 식당 주인의 말과는 달리 절 입구에는 아무도 지키는 사람이 없었다.
학생들이 앞장서서 가고 기봉은 그들의 뒤를 조금 떨어져서 따라갔다. 그들의 걸음이 빨랐기 때문에 따라붙기가 여간 힘들지 않았다.
그들은 소위 일류로 알려진 대학의 학생들이었다. 똑같이 법학을 전공하고 있었다. 기봉은 그들이 직업을 물어 오자 얼결에 장사를 한다고 말해 버렸다. 그랬더니 무슨 장사를 하느냐고 꼬치꼬치 캐물어 왔고, 그래서 그는 역시 얼결에 술장사를 한다고 말해 버렸다. 그 말에 그들은 킬킬거리고 웃었고 그 때부터 그를 멸시하는 듯한 비아냥거리는 투로 말하기 시작했다. 일류 학교에 다닌다는 사실이 그들에게 선민의식을 심어 준 것 같았고, 바로 그 의식에 사로잡혀 말투가 건방지고 빈정거리는 투로 변한 것 같았다.

"왜 그렇게 못 걸어요? 그래 가지고 종주하겠어요? 나중에 업어 달라고 하지 마세요."

그들은 저만치 앞서 가면서 킬킬거렸다.

갈수록 눈의 깊이가 깊어지고 있었다. 처음에는 정강이까지 차오르던 눈이 이제는 무릎까지 올라오고 있었다. 길을 분간하기 어려운데다 바람까지 매섭게 불어 대고 있었다.

한 시간도 못 돼 선두가 바뀌었다. 학생들은 비틀거리며 그에게 길을 비켜 주었다. 한참 걸어가다가 돌아보니 그들이 보이지 않았다. 그는 바위에 앉아 그들이 나타나기를 기다렸다. 그러나 아무리 기다려도 그들의 모습은 보이지 않았다.

"어이~."

그는 학생들을 소리쳐 불러 보았다. 그러나 보이지 않는 곳에서 학생들의 목소리가 들려왔다.

"혼자 다녀오세요."

"유서나 써 놓고 가세요."

두 명은 각자 한 마디씩 던져 왔다.

"바보 같은 자식들……."

그는 숨을 몰아쉬면서 앞을 바라보았다. 보이는 것은 온통 눈이었다. 눈에 덮인 산이 앞을 가로막고 있었다. 올라도 올라도 끝이 날 것 같지 않은 산이 눈앞에 버티고 있었다. 그는 지금까지 올라온 길을 한 번 바라본 다음 다시 위를 향해 올라갔다.

위에 산장이 있다는 사실이 적이 위안이 되었다. 어떻게 해서라도 올라만 가면 위험에서 벗어날 수 있을 것 같았다. 돌아내려가서 학생들의 웃음거리가 되고 싶지는 않았다. 가는 동안 불행한 사건에 대해 생각해 보기로 했다.

범인은 이제 내 목을 노리고 있다. 내가 마지막 목표인지도 모른다. 하마터면 열차 속에서 시체로 발견될 뻔했다. 왜 범인은 열차에서 나를 죽이지 않았을까. 왜 나를 죽이지 않고 그런 메모 쪽지를 남겨 두었을까. 숨이 차서 더 이상 걸음을 옮길 수가 없었다. 그는 소나무를 끌어안고 숨을 몰아쉬었다. 나뭇가지에 쌓여 있던 눈들이 바람에 날려 우수수 떨어지고 있었다. 범인은 왜 나를 죽이지 않았을까. 범인은 내가 스스로 목숨을 끊을 것이라고 생각하고 있는 것일까. 그렇게 생각한다면 정말 어리석기 짝이 없다.

걸음을 멈추고 가만히 서 있으면 금방 몸이 얼어붙는 것 같았다. 그러나 몸을 움직이면 곧 다시 얼굴에 땀이 번졌다.

나뭇가지에 쌓인 눈들은 흡사 솜뭉치를 찢어 얹어 놓은 것 같았다. 바람이 불 때면 그것은 뭉텅이로 떨어져 어깨나 머리를 때리기도 했다.

길은 눈 속에 묻혀 보이지 않았다. 그래서 나무가 없이 휑하니 뚫린 곳을 길이려니 생각하고 대강 짐작으로 헤쳐 나갈 수밖에 없었다.

걸음걸이가 갈수록 느려지고 있었다. 한 걸음 옮길 때마다 천근같은 무게를 느끼곤 했다. 움직임이 둔해지다 보니 체온이 급격히 떨어지기 시작했다. 추위를 참아 보려고 기를 써 보았지만 이가 딱딱 마주치는 것은 어찌할 수 없었다. 몸까지 떨어 대는 자신의 모습을 내려다보면서 그는 초라하고 비참해지는 기분을 느끼지 않을 수 없었다.

조심해서 걷는다는 것 자체가 귀찮게 여겨졌다. 기분대로라면 눈밭에 벌렁 드러누워 버리고 싶었다. 갑자기 경사가 심해졌다. 귀찮은 기분에 잠깐 방심한 순간 그는 그만 중심을 잃고 쓰러졌다. 수 미터 아래로 정신없이 굴렀는데도 손에 가벼운 찰과상만 입었을 뿐 이상할 정도로 다친 데가 없었다. 그는 눈밭에 드러누운 채 하늘을 쳐다보며 담배를 피웠다. 눈밭에 그렇게 누워 있자니 마치 천하를 얻은 기분이었다. 그러나 그런 기분도 잠시뿐이었고, 그는 다시 추위에 떨기 시작했다.

그가 추위를 견디지 못해 몸을 일으켰을 때 갑자기 호각 소리가 들려왔다.

호각 소리는 아래쪽에서 들려오고 있었는데, 연달아 불어 대는 것이 아무래도 심상치가 않았다. 귀를 기울이고 있자니 그것은 점점 가까이 다가오고 있는 듯했다.

이윽고 두 사람의 모습이 멀리 나무 사이로 어른거리는 것이 보였다.

꽤 멀리 떨어졌다고 생각하고 있는데 그들은 금방 가까이 다가왔다. 그들은 눈을 헤치며 놀라운 속도로 빠르게 다가오고 있었고, 계속 호각을 불어 대고 있었다.

그들의 출현으로 산 속은 갑자기 시끄러워졌다. 기봉을 발견한 그들은 그에게 내려오라고 손짓을 보냈지만 그는 그들이 올라올 때까지 그대로 우두커니 서 있었다.

그들은 전투복 차림의 경찰관들이었다. 마침내 그가 서 있는 곳까지 올라온 그들은 그에게 몹시 화를 냈다.

"내려오라고 하는데 왜 안 내려오는 거요? 이 양반이 죽으려고 환장했나? 지금이 어느 때라고 혼자서 산에 올라가는 거요? 당신이 얼어 죽는 건 괜찮지만, 당신이 여기서 죽으면 우리는 책임 추궁을 당한단 말이오. 입산 금지란 푯말 못 봤어요?"

"……."

기봉은 아무 할 말이 없었다.

그는 걱정과 수고를 끼쳐 죄송하다고 연방 고개를 숙일 수밖에 없었다.

순경들을 따라 산을 내려오면서 들은 이야기인데 그가 혼자 산에 올라가는 것을 신고한 사람은 대학생들이었다. 산에서 내려오니 그 대학생들은 가게에 앉아 술을 마시고 있다가 그를 발견하고는 또 킬킬거렸다.

"벌써 갔다 오는 거예요? 대단하시네요. 이리 와서 술 한 잔 하시죠."

기봉은 그들을 거들떠보지도 않고 그냥 지나쳤다. 너무 추웠기 때문에 따뜻한 아랫목이 그리웠다.

기봉은 여관방에 들어가 고단한 몸을 뉘었다. 드러눕자마자 그는 잠이 들었다.

자리에서 일어났을 때는 점심때가 지나 있었다. 그는 점심도 굶은 채 다시 잠이 들었다. 아랫목이 너무 따뜻했기 때문인지도 모른다. 그는 마치 천국에 있는 기분이었다.

잠에서 깨어났을 때는 이미 날이 저물고 있을 무렵이었다. 팔다리가 저리고 아려 왔다.

그는 얼굴을 씻고 나서 여관에서 지어 준 저녁밥을 먹었다.

바람 소리를 들으면서, 그리고 눈 쌓인 하얀 산을 바라보며 먹는 식사는 먹을 만한 반찬도 별로 없는데도 기막힐 정도로 맛이 좋았다.

눈은 조금씩 날리고 있었다.

저녁을 먹고 난 그는 불을 끄고 다시 어둠 속에 누웠다. 캄캄한 밤이었다. 별빛 하나 흐르지 않는 밤이라 지척을 분간할 수 없을 정도로 어두웠다.

여관의 손님이라고는 그 혼자뿐인 듯했다. 그 대학생들은 가 버렸던가 다른 여관에 들은 것 같았다. 추운 겨울이라 멀리 산속의 여관까지 찾아오는 손님이 있을 턱이 없었다.

대도시의 어둠 속에 누워 있을 때와는 다른 느낌이 전해져 왔다. 소리도 달랐고 냄새도 달랐다. 적막함마저도 도시의 그것과는 사뭇 다른 느낌으로 전해져 왔다.
 낮에 실컷 자 두었기 때문에 밤이 깊어 가는 데도 좀처럼 잠이 오지 않았다. 엎치락뒤치락하면서 묘화의 생각으로 괴로워했다. 그녀가 어딘가에 살아 있을 것만 같은 느낌이 들어 더욱 잠을 이룰 수가 없었다. 창문을 흔들어 대는 바람 소리에 섞여 묘화의 외침이 들려오는 듯했다. 그것은 구원을 요청하는 외침 같았다. 어디서 나를 부르고 있는 것일까. 그 소리는 끊어질 듯 말 듯 이어지고 있었다. 그는 미칠 것 같았다.
 괴로워하다가 그는 눈을 번쩍 떴다. 얼핏 잠이 들었던 모양이다. 갑자기 찬바람이 몰려 들어오는 느낌에 그는 정신이 번쩍 들었다.
 삐걱대는 소리를 내며 방문이 조금씩 열리고 있었다. 열린 문 사이로 시커먼 그림자가 보였다. 문은 매우 조심스럽게 열리고 있었다.
 기봉은 숨을 쉴 수가 없었다. 숨소리를 내지 않으려고 일부러 입을 크게 벌리고 숨을 내쉬었다가 들이키곤 했다. 누군가가 방 안으로 침입하려 하고 있음이 분명했다. 누가 무슨 목적으로 들어오려는 것일까? 도둑일까?
 방어 본능으로 그는 방바닥을 더듬었다. 먼저 주전자가 손끝에 닿았다. 그러나 찌그러진 주전자로는 몸을 방어할 수 있을 것 같지가 않았다. 바삐 바닥을 더듬어 보았으나 무기가 될 만한 것이 손에 잡히지 않았다.

시커먼 그림자는 이제 방 안으로 몸을 디밀고 있었다. 저놈이 나를 죽이려고 하는구나 하는 생각이 들었다. 열차에서 받은 메모 쪽지가 생각났다.

'자결하라. 그렇지 않으면…….'

내가 자결하지 않으니까 나를 죽이려고 침입한 거다.

이쪽이 깨어 있다는 것을 알면 놈은 지체하지 않고 달려들 것이다. 움직여서는 안 된다. 그는 꼼짝할 수가 없었다. 마치 온몸이 얼어붙은 것 같아 숨도 제대로 쉴 수가 없었다. 온몸이 밧줄로 칭칭 감긴 것 같았다.

시커먼 그림자가 방안으로 완전히 들어섰다.

그림자는 한동안 움직이지 않고 가만히 서 있었다. 이쪽의 반응을 살피고 있는 것 같았다. 이쪽이 깊이 잠들어 있다고 확인하는 순간 덮쳐들 모양이었다. 여기까지 따라와서 죽이려고 하다니 정말 끈질긴 놈이다. 나 같은 인간을 죽여서 어쩌자는 것인가. 나를 죽임으로써 얻는 이득이 무엇일까.

검은 그림자가 드디어 움직였다. 기봉이 누워 있는 쪽으로 다가왔다. 가까이 다가오더니 다시 움직임을 멈추고 한동안 가만히 서 있었다. 기봉은 꼼짝 않고 드러누운 채 눈을 가늘게 뜨고 침입자를 올려다보았다. 키가 엄청나게 커 보였다. 놈이 손을 대기 전에 기봉은 질식돼서 죽어 버릴 것만 같았다. 기다리는 시간이 너무 고통스러웠다. 왜 놈이 가만히 있을까. 빨리 달려들지 않고 왜 가만히 있을까.

문득 한숨 소리가 들려왔다. 침입자가 내쉬는 한숨 소리였다. 왜 하필 이럴 때 한숨을 내쉬는 것일까. 개죽음을 당하게 되는 것도 모른 채 잠들어 있는 나를 보니 한심한 생각이라도 들었다는 말인가.

무엇인가 손끝에 닿았다. 가만히 움켜잡았다. 맥주병이었다. 저녁 식사 때 반주 삼아 마시다가 둔 술병이었다. 반쯤 술이 차 있을 것이다.

검은 그림자가 다시 한숨을 내쉬더니 갑자기 상체를 굽혔다. 동시에 기봉은

"누구야?!"

하고 소리치면서 맥주병을 휘둘렀다.

'퍽' 하는 소리와 함께 맥주병이 깨졌다.

"악!"

갑작스러운 공격에 상대방은 비명을 지르며 쓰러졌다. 그러나 이내 몸을 굴려 밖으로 빠져나갔다. 기봉은 뒤쫓아 가면서 소리를 질렀다. 검은 그림자는 허둥지둥 어둠 속으로 사라져 갔다. 고함 소리에 불이 켜지고 주인이 밖으로 나왔다.

"무슨 일입니까?"

주인 사내가 겁먹은 얼굴로 물었다.

"어, 어떤 놈이…… 내 방에……."

기봉은 깨진 병을 움켜쥔 채 떨고 있었다. 주인 남자는 방안의 불을 켜보고 나서 기봉에게 다가왔다. 기봉은 검은 그림자가 사

라진 쪽을 노려보고 있었다.

"도망쳤나요?"

"저쪽으로 도망쳤어요."

기봉은 주둥이 부분만 남은 병으로 어둠 저쪽을 가리켰다.

"병으로 찔렀나요?"

"이걸로 때렸어요. 아마 머리나 얼굴에 맞았을 겁니다. 놈이 비명을 질렀으니까요. 병이 깨질 정도로 맞았으니까 아마 부상을 입었을 거요. 이 여관에 도둑이 잘 드나요?"

"아, 아닙니다. 이런 일은 처음입니다. 뭐 잃어버리신 건 없는가요?"

"잃은 건 없어요. 놈이 들어오자마자 내가 먼저 공격했으니까요."

"큰일 날 뻔했군요."

천만다행이라는 듯 안도의 한숨을 내쉬며 주인이 말했다.

방안은 난장판이 되어 있었다. 방바닥에는 온통 유리 조각이 널려 있었다. 주인이 방안으로 들어가 유리 조각을 쓸어 낸 뒤에야 기봉은 방안으로 들어갈 수 있었다.

방바닥에는 검정 운동모가 한 개 뒹굴고 있었다. 운동모 앞에는 흰색의 'K' 자가 붙어 있었다. 대전역에서 보았던 그 운동모였다. 비로소 기봉은 정신이 번쩍 들었다. 대전역 플랫폼에서 우동을 먹을 때 맞은편에서 이쪽을 주시하던 사나이, 바로 그자이다. 이제 생각하니 서울서부터 미행해 온 것이 틀림없다. 살인자의 손길이 여기까지 따라왔다고 생각하자 온몸이 굳어지는 것 같았다.

몸은 식은땀으로 젖어 있었다. 얼마나 혼났는가는 그것만으로도 알 수 있었다. 자신이 먼저 공격을 가한 것이 목숨을 건질 수 있었던 것 같았다. 자신의 기민한 행동에 그는 뒤늦게야 감동했다. 자신의 어디에 그런 용기와 힘이 있었는지 알다가도 모를 일이었다.

그는 운동모를 집어 들고 안팎을 자세히 살펴보았다. 흔히 구할 수 있는 제품이 아닌 고급스런 모자로서 옆에는 'K컨트리클럽'이라는 금박 글자가 조그맣게 박혀 있었다.

그런데 문득 병에 맞은 상대방이 걱정되었다. 사람을 그렇게 때려 보기는 난생 처음이었다. 더구나 맥주병으로 머리를 때렸으니 죽지 않으면 병신이 되었을지도 모른다.

"경찰에 신고할까요?"

주인이 그의 눈치를 보면서 물었다. 여관 측으로서는 경찰을 부른다는 것이 달갑지 않은 일일 것이다. 기봉은 경찰과 마주친다는 것이 싫었다.

"잃은 물건도 없는데 그만둡시다."

날이 새려면 아직 서너 시간은 더 기다려야 했다. 기봉은 방안에 불을 켜 둔 채 날이 새기를 기다렸다. 겨울이라 밤 시간이 유난히도 길었다.

혼이 났으니 범인은 두 번 다시 나타나지 않을 것이다. 그러나

기봉은 방안에 불을 끄고 싶지 않았다. 그리고 자리에 누워 잠을 청할 수도 없었다.

그는 얼빠진 듯 앉아 담배만 피워 댔다. 그러면서 가끔씩 겁먹은 눈으로 방문과 창문을 쳐다보곤 했다.

그렇게 뜬눈으로 고스란히 밤을 밝힌 그는 날이 새자마자 밖으로 나가 여관 주위를 돌아다녀 보았다.

여관 뒤쪽은 숲이었다. 담도 없었기 때문에 바로 숲 속으로 들어갈 수 있었다. 그리고 여관 앞은 급경사로 조금 내려가면 계곡이었다. 계곡을 건너는 다리가 새로 놓여 있었고, 다리 저쪽은 아스팔트로 포장된 차도였다.

눈은 그쳐 있었다. 바람도 자고 있었다.

그는 숲 속으로 들어가 보았다. 너무 추워 코끝이 시려 왔다. 어젯밤 범인은 숲 쪽으로 도망갔었다. 얼마쯤 숲 속으로 들어가 보았으나 발자국 하나 보이지 않았다. 간밤의 눈으로 모든 흔적을 덮어 버린 것 같았다.

서둘러 여관으로 돌아온 그는 짐을 챙겨 들고 여관을 떠났다. 머리를 식히기 위해 여행길에 나섰던 것인데, 머리를 식히기는 커녕 머리만 더욱 무거워지고 말았다.

여관을 나서면서 그는 보다 현실적으로 대처해야겠다고 생각했다. 지금까지는 소극적으로 또는 도피하는 식의 행동을 해 왔지만, 그렇게 해서는 안 되겠다는 생각이 들었다. 문제에 적극적으로 대처함으로써 해결의 실마리를 찾아야겠다고 그는 마음

먹었다.
 경찰의 수사에만 모든 것을 맡길 수는 없을 것 같았다. 경찰 수사에도 한계가 있을 것이기 때문이었다. 이를테면 어젯밤의 사건 같은 것은 경찰들이 모르고 있을 것이 아닌가.

악마들의 대화

 추운 새벽의 정적을 깨고 문 두드리는 소리가 꽤나 요란스러웠다. 검은 그림자는 쓰러질 듯 문에 기대서서 주먹으로 문을 두드려 댔다.
 조그만 읍에는 병원이 단 하나밖에 없었다. 외과 전문의 병원이었지만 병원이 하나밖에 없으니 각종 환자들이 그런 것 저런 것 따지지 않고 찾아들고 있었다. 그러나 꼭두새벽에 병원 문을 두드리는 일은 좀처럼 없는 일이었다.
 한참 후 2층 창문이 열리더니 간호원이 고개를 내밀고 아래를 내려다보았다.
 "무슨 일이에요?"
 간호원은 짜증섞인 목소리로 물었다. 한참 단꿈을 꾸고 있던 판에 깼으니 짜증이 날 만도 했다. 문에 쓰러질 듯 기대 서 있던 검은 그림자는 한 손을 허우적거리는 것 같더니 말없이 무릎을 꺾으며 쓰러졌다.

"여보세요! 여보세요!"

간호원이 몇 번 불러 보았으나 응답이 없다. 잠시 후 불이 켜지고 병원 문이 열렸다.

밖을 내다본 간호원은

"어머나!"

하고 낮게 부르짖더니 밖으로 나와 문 앞에 쓰러져 있는 남자를 흔들었다.

"여보세요! 여보세요! 일어나세요!"

그러나 쓰러진 남자는 꼼짝도 하지 않았다. 그의 얼굴은 검붉은 피로 온통 젖어 있었다. 쓰러진 몸뚱이가 푸들푸들 경련을 일으키고 있었다.

간호원은 안으로 뛰어 들어가 심부름하는 소년과 총무 일을 보고 있는 늙은 총각을 두드려 깨웠다.

잠시 후 소년과 총무, 그리고 간호원이 힘을 합해 환자를 건물 안으로 옮겼다. 환자가 워낙 무거웠기 때문에 옮기는 데 무척 애를 먹지 않을 수 없었다.

환자를 진찰실에 눕힌 지 10분쯤 지나서 젊은 의사가 위에서 내려왔다.

환자는 피를 너무 많이 흘려 의식을 잃은 것 같았다. 왼쪽 이

마를 무엇에 얻어맞은 듯 그 부위가 크게 찢어져 있었다. 응급 처치를 하는 한편 연고자에게 연락을 취하기 위해 총무는 환자의 호주머니를 뒤져보았다.

다행히 치료비는 걱정하지 않아도 될 만큼 환자는 상당한 돈을 가지고 있었다. 신분을 알아볼 수 있는 것으로는 주민등록증 대신 여권이 나왔다. 이름은 유갑종, 나이는 26세, 남자였다. 미국에서 입국한 재미 교포인 듯했다.

총무로부터 이야기를 듣고 난 의사는 고개를 갸우뚱했다. 재미 교포 청년이 이런 시골구석에서 꼭두새벽에 피투성이가 되어 병원 문을 두드렸다는 것은 뭔가 좀 이상했다. 상처는 누구한테 심하게 얻어맞아 생긴 것 같았다.

"좀 이상하지 않아?"

의사는 총무의 의견을 들어 보고 싶었다.

"네, 그런 것 같습니다. 경찰에 신고할까요?"

총무도 이상한 느낌이 드는 모양이었다.

"알아서 해."

"깨어나면 이야기를 들어 보고 나서 신고하겠습니다."

총무는 경찰 친구에게 연락해 주어야겠다고 생각했다. 그런데 환자는 좀처럼 깨어날 기미를 보이지 않았다.

"아무래도 뇌를 찍어 봐야 할 것 같아."

의사는 환자가 깨어나는 대로 도시의 큰 병원으로 보내야겠다고 생각했다.

환자가 깨어난 것은 3시간 가량 지나서였다. 머리를 온통 붕대로 감은 자신의 모습을 보고 소스라치게 놀라는 기색이 역력했다. 의사는 그를 주의 깊게 관찰하면서 말을 걸었다.

"정신이 좀 들어요?"

환자는 고개를 끄떡이며 불안한 듯 주위를 살폈다.

"조금만 늦었어도 살아나지 못했을 거요. 도대체 어쩌다가 그랬나요?"

환자는 의사를 힐끗 쳐다보기만 할 뿐 도무지 입을 열려고 하지 않았다.

"여기까지 온 거 기억하나요?"

환자가 고개를 끄떡였다. 두 눈은 안정을 잃고 계속 불안하게 움직이고 있었다. 눈을 병적으로 깜박거리고 있었다.

"머리를 많이 다쳤어요. 큰 병원에 가서 엑스레이를 찍어 보는 게 좋을 겁니다."

"엑스레이를요?!"

환자가 놀란 어조로 물었다. 두 손으로 머리를 감싸 쥐더니 고통스러운지 얼굴을 찌푸린다.

"네, 엑스레이를 한번 찍어 보십시오. 이상이 있는지 말입니다."

"이상이 있으면 어떡하죠?"

"뇌수술을 해야겠죠."

환자는 침대에서 내려섰다. 그리고 큰 소리로 외치다시피 말했다.

"수술 같은 건 안 해요!"

"후유증이 올지 모릅니다. 그렇게 되면……."

"수술은 싫어요!"

말하는 것이 흡사 어린애 같았다.

의사가 침대 위에 누워 안정을 취하라고 했지만 그는 나가겠다고 하면서 계산을 요구했다. 환자는 몹시 당황해 하면서 무엇에 쫓기는 듯 서두르는 모습이었다.

의사는 어이가 없었지만 환자가 나가겠다고 나서는 데는 어쩔 수가 없었다.

총무는 치료비를 받으면서 넌지시,

"재미 교포이신가 보지요!"

라고 물어 보았다.

순간 환자의 눈이 번쩍하고 빛나는 것 같았다.

"어떻게 그걸 알았죠?"

"다 아는 수가 있지요. 무조건 환자를 받을 수야 없지 않습니까. 환자가 제대로 의식을 가지고 있다면 몰라도……."

총무의 말이 끝나기도 전에 환자가

"호주머니를 뒤졌군요?"

하고 쏘아보았다. 총무는 상대를 깔보는 듯한 표정을 지으며 대꾸했다.

"별수 없지 않습니까. 환자는 의식이 없으니 가족한테라도 연락해야 하는데 무슨 수로 연락합니까. 결국 할 수 없이 신분증을 볼 수밖에요. 그것만 봤지 다른 물건에는 손도 대지 않았으니까 안심하십시오."

"이 여권을 본 사람이 또 누가 있나요?"

환자는 총무를 노려보면서 물었다.

"원장님하고 내가 봤지요."

환자는 무슨 말인가 할 듯 하다 휙 돌아서서 병원을 나갔다.

총무는 환자의 뒷모습을 바라보고 있다가 그의 모습이 보이지 않게 되자 수화기를 들고 경찰서로 전화를 걸었다.

"수사과 강민식 씨를 부탁합니다."

"아직 출근 안 했습니다."

출근하는 대로 전화를 걸어 줄 것을 부탁한 다음 총무는 수화기를 내려놓았다.

머리를 온통 붕대로 감은 남자가 들어서자 우체국 여직원은 놀라서 몸을 일으켰다.

"장거리 자동 전화 됩니까?"

하고 머리에 붕대를 감은 손님이 물었다.

"어디 거실 건데요?"

"서울입니다."

"네, 됩니다."

손님은 5천 원짜리 지폐를 꺼내더니 그것을 모두 백 원짜리 동전으로 바꿔 달라고 요구했다.

"5천 원 어치를 다 쓰시려구요?"

손님은 잠자코 그녀를 바라보기만 했다. 여직원은 손님의 모습이 무서웠기 때문에 더 이상 말을 거는 것을 삼가하고 백 원짜리 동전 50개를 헤아려 주었다.

손님은 동전을 한쪽 주머니에 쓸어 담은 다음 자동 전화 부스로 들어갔다.

먼저 동전 몇 개를 집어넣은 다음 번호를 눌렀다. 전화번호를 누르는 왼쪽 손목에는 고급 롤렉스시계가 금빛으로 빛나고 있었다.

"여보세요."

"접니다."

청년은 다급하게 말했다.

"어떻게 됐어?"

여자도 조용하나 조급한 목소리로 물었다.

"실패했습니다."

청년은 기어들어 가는 목소리로 말했다.

"실패했다구? 그놈을 없애지 못했단 말이야?"

"네, 보기보다는 쉽지가 않았습니다."

청년은 전화통 속에다 계속 동전을 집어넣으며 말했다.

"바보 같으니! 그놈을 살려 두어서는 안 된다고 내가 몇 번이나 말했어! 그놈을 살려 두면 안 된단 말이야!"

"알고 있습니다. 하지만 제가 오히려 그놈 손에 죽을 뻔했습니다. 지금 저는 머리를 몹시 다쳐 병원에서 응급치료를 받고 나온 길입니다. 병원에서는 머리 사진을 찍어 봐야 한다고 했습니다. 그리고 입원하지 않으면 안 된다고 했지만 그럴 수 없어서 뛰쳐나왔습니다. 이대로 가다가는 죽을 것 같습니다. 저를 도와주셔야겠습니다."

"바보 같은 자식! 왜 그렇게 나약해졌어?! 나보고 어떡하란 말이야?!"

"내려오셔서 저를 좀 데려가 주셔야겠습니다. 전 지금 머리에 온통 붕대를 감고 있습니다. 그리고 병원 사람들이 제 신분증을 보고 말았습니다. 제가 정신을 잃고 있는 사이에 본 모양입니다. 어떻게 하죠?"

"내가 움직일 수 없다는 건 잘 알고 있지 않아?"

여자는 역정을 냈다.

"알고 있습니다. 하지만 저는 지금 혼자 움직이기가……."

"그런 소리 하지 마! 어떻게든 혼자서 해결하지 않으면 안 돼. 난 여기를 떠날 수 없어! 우리는 앞으로 함께 다니면 안 돼! 경찰의 감시가 심해지고 있단 말이야. 신분증을 본 자를 찾아내서 모두 없애 버려!"

"그럴 수가 없습니다. 한 명이 아니라 두 명이나 됩니다. 그리고 저는 지금 그럴 만한 힘도 없습니다. 이러다가는 무슨 짓을 저지를지 모르겠습니다."

청년은 절망적인 표정으로 온몸을 떨어 대며 말했다. 그가 다급하게 구원을 요청하고 있는데 반해 상대방 여자는 그야말로 차갑게 나오고 있었다.

"바보 같은 자식! 이제 와서 죽는 소리를 하고 있으면 어떡해? 나보고 어떡하란 말이야! 내 몸이 두 갠 줄 아니! 난 여기서 꼼짝할 수 없단 말이야! 한 발짝도 움직일 수가 없어!"

"거짓말 말아요! 이제 내가 귀찮아서 피하는 거죠? 혼자 도망치려고 그러는 거죠?"

청년은 거의 울부짖고 있었다.

"어리석은 소리 하지 마! 기다리고 있을 테니까 빨리 올라와!"

"올라갈 수가 없어요! 돈도 떨어지고 난 걸을 힘도 없단 말이에요! 제발 나 좀 구해 줘요!"

청년은 전화기가 놓여 있는 받침대를 주먹으로 두드려 댔다.

책상 앞에 앉아 아침 신문을 뒤적이고 있던 여직원이 놀란 표정으로 부스 안의 청년을 바라보았다. 아무리 밀폐되어 있다 해도 부스 안에서 외쳐 대는 소리는 작게나마 밖으로 흘러나오고 있었다.

"난 죽는다구요! 도와주지 않으면 난 죽는다구요! 이용할 대로 이용해 놓고 이제 와서 모른 체하면 난 어떡하란 말입니까? 날 차라리 죽여요! 배신자 같으니! 난 절대 죽지 않아! 결코 죽지 않아! 배신자를 그대로 두고 내가 죽을 것 같아? 난 절대 안

죽어!"

전화는 이미 끊어져 있었다. 그런데도 불구하고 그는 소리소리 질러 대고 있었고, 밖의 여직원은 안 들으려 해도 들려오는 그 소리에 어느 새 자기도 모르게 긴장하고 있었다.

그가 밖으로 나오자 여직원은 긴장해서 일어섰다. 모른 체하려 해도 얼굴에 나타나는 경계의 빛을 숨길 수는 없었다.

청년은 여직원을 노려보다가 출구 쪽으로 비틀비틀 걸어갔다. 그것을 보고 여직원은 용기를 내어 입을 열었다.

"여보세요. 괜찮겠어요?"

아직 시간이 일러 그녀 외에는 아무도 출근하지 않고 있었다. 청년은 주춤하다가 휙 돌아서서 그녀를 쏘아보았다. 그리고 쓰러지려는 몸을 벽에 기댔다.

"괜찮으세요?"

여직원은 다시 한 번 물었다.

그녀는 독실한 기독교 신자였다. 그래서 그녀는 모든 것을 성경에 기준해서 생각하고 결정했으며 또 그것을 생의 큰 기쁨으로 알고 있었다. 이를테면 쥐꼬리만한 자기 소득의 10분의 1을 꼬박꼬박 교회에 바친다든가 하는 것이 그것이었다. 그러나 진정으로 마음에서 우러나와 누구를 사랑하는 것이 아니고 성경 말씀에 원수를 사랑하라고 씌어 있기 때문에 사랑한다는 그런 식이었다.

그녀는 스물아홉 살로 시골 처녀 치고는 굉장한 노처녀에 속했지만 결혼 못하는 것까지도 하늘의 은혜로 생각하고 오로지 직장 생활에 전념하고 있었다.

그녀의 눈에 비친 젊은 남자는 분명히 상처 입은 한 마리의 짐승이었다. 그는 길을 잃은 채 쫓기고 있는 것 같았다. 그런 그가 아침 일찍 우체국을 찾아온 것부터가 아무래도 심상치가 않았다. 이것은 예삿일이 아니다. 주님께서 나에게 보낸 것이 아닐까. 한 번 이렇게 생각하자 정말로 그런 것같이 생각되었다.

"이것이야말로 주님이 나에게 내리신 어떤 계시다."

이렇게 속으로 부르짖은 그녀는 그대로 두고만 볼 수가 없었다. 거기다 그녀의 호기심을 자극하는 몇 가지 점이 남자에게서 발견되고 있었다.

남자의 피부는 여자처럼 희었다. 피부가 유난히 검은 그녀는 그것 때문에 번번이 남자들한테서 퇴짜를 맞는다고 생각하고 있었다. 따라서 피부가 흰 사람을 보면 몹시 부러워하곤 했다. 피부가 흰 것이랄지 옷차림이나 생김새로 보아 청년은 이 지방 사람은 아닌 것 같았다. 아마도 서울쯤에서 내려온 듯 세련되어 보였다. 거기다가 키도 크고, 머리에 붕대를 두르긴 했지만 그는 상당한 미남 같았다. 순간적으로 무지개 같은 꿈이 그녀의 머리를 스치고 지나갔다.

여자가 그런 생각을 하고 있을 때 남자는 재빨리 그녀의 속을 간파하고 있었다. 지푸라기라도 붙잡고 살려 달라고 애걸하고 싶던 참이었으므로 그는 당연히 그녀에게 매달려야겠다고 마음

먹었다.

"걸어갈 수 있으세요?"

그는 일부러 쓰러질 듯 몸을 앞뒤로 흔들며 그녀를 호소하듯 바라보았다. 아까처럼 살벌한 표정은 사라지고 그 대신 사슴 같이 선한 눈빛이 애처롭게 그녀를 바라보고 있었다.

"아가씨, 나 좀…… 나 좀 도와 줘요……."

그는 긴 나무의자에 엉덩이를 내려놓았다가 그 위에 몸을 눕혔다. 그것을 보고 여직원이 뛰어왔다.

"많이 아프세요?"

그는 거칠게 숨을 내쉬면서 쿨럭쿨럭 기침을 해댔다. 그리고 몸을 부들부들 떨어 댔다.

"병원에 가시죠. 제가 데려다 드릴게요."

그녀는 용기를 내어 남자의 팔을 잡았다. 묘한 느낌이 손을 타고 전해져 왔다.

"싫어…… 병원은 싫어…… 병원에는 갔다 왔어요…… 추워요. 이불을 좀 덮어 줘요…… 이불을……."

그는 손을 뻗어 그녀의 허벅지를 끌어안았다. 여직원은 소스라치게 놀라 그 손을 뿌리치려고 했지만 남자는 더욱 세게 허벅지를 끌어당기는 것이었다. 그리고 허벅지에다 얼굴을 갖다 대는 것이었다.

그녀는 아찔한 현기증을 느끼면서 자기도 모르게 그 남자의 머리를 두 손으로 감싸 쥐었다.

"여기서는 안 돼요. 곧 사람들이 출근할 거예요."

그녀는 속삭이는 소리로 재빨리 말했다.

"추워요…… 추워 죽겠어요…… 누님…… 나 좀 따뜻하게 해 줘요…… 은혜는 잊지 않을게요……."

누님이라고 불리는 것이 그녀는 싫지 않았다. 싫기는커녕 그녀는 오히려 거기에 감동했다.

청년은 상체를 일으키더니 그녀의 허리에 팔을 둘렀다. 그리고 그녀의 복부에 얼굴을 갖다 댔다. 아까보다 더 심한 행동에 그녀는 크게 당황했다. 그러나 그것은 난생 처음 당해 보는 것인데다가 너무도 자극적이었기 때문에 그녀는 자제력을 잃고 오히려 어미가 새끼를 품듯이 그의 머리를 끌어안았다.

"여기서 이러면 안 돼요. 이러지 말고 우리 집으로 가요. 요 뒤에 있으니까 잠깐만 가면 돼요."

그녀는 지금 자신이 잘못 판단하고 있다고는 결코 생각지 않았다. 모든 것을 주님의 뜻이라 생각하고 자기 자신에게는 책임을 지우려 생각지 않았다. 무척 편리한 생각이었지만 자신은 그렇게 생각지 않고 있었다.

우체국 뒤로는 골목으로 빠지는 조그만 문이 하나 달려 있었다. 비상시에 대비해서 만들어 놓은 문이었기 때문에 평소에는 잠겨 있었다. 그녀는 열쇠로 그 문을 따고 청년을 그리로 먼저 내보냈다. 그녀가 살고 있는 집은 그 곳에서 백 미터쯤 떨어져 있었다.

그 집은 조그만 한옥으로 노인 내외가 살고 있었고, 그녀는 따로 방 한 칸을 빌어 자취를 하고 있었다. 원래 그녀의 집은 읍에서 30리쯤 떨어진 곳에 있었다. 그런데 정기적으로 운행하는 버스가 없어 혼자 읍에서 자취를 하고 있었다.

노인 내외는 날씨가 추워 밖으로 잘 나오지를 않았다. 시골이라 대문은 잠겨 있지 않았다.

그녀는 남자를 데리고 마당을 가로질러 갔다. 남자에게는 조심하라고 입에 손을 갖다 댔다. 마당에 있던 강아지가 청년을 보고 낯선 손님이라고 제법 짖어 댔다.

"점순아, 짖지 마."

처녀가 눈을 부라리자 강아지는 꼬리를 흔들며 이리 뛰고 저리 뛰었다.

"누구여?"

안에서 콜록거리는 기침 소리와 함께 쉰 목소리가 들려왔다. 할아버지 목소리였다.

"저예요. 뭐 좀 가지러 왔어요."

다시 콜록거리는 소리가 들려왔다.

노인이 문에 붙여 놓은 조그만 유리를 통해 밖을 내다보았다. 그러나 그 때는 이미 청년의 모습이 모퉁이로 사라진 뒤였다.

방안은 깨끗하게 정돈되어 있었다. 조그만 책상 위에는 성경책과 함께 요즘 한창 팔리는 수필집과 소설 몇 권이 가지런히 꽂혀 있었다. 그리고 책상 위 벽에는 십자가에 못 박힌 예수의 상이 걸려 있었다.

　남자를 방안으로 재빨리 부축해 들인 그녀는 거의 제정신이 아닌 상태에서 아랫목에 남자를 눕게 했다. 아랫목에는 요가 펴져 있었기 때문에 따뜻했다. 그녀는 떨고 있는 청년의 몸 위에 이불을 덮어 준 다음 그 옆에 꿇어앉아 두 손을 모으고 고개를 숙였다.

　"주여, 저는 지금 상처받은 양 한 마리를 얻었사옵니다. 이 가엾은 양은 추위에 얼고 몹시 굶주렸사옵니다. 주님이 제게 보낸 이 가엾은 양이야말로……."

　그녀는 소리를 죽여 가며 열심히 기도하고 있었다. 청년은 눈을 가느스름하게 뜨고 그녀를 올려다보고 있었다. 그는 처음에는 그녀의 기도 소리를 듣고 어리둥절했었다. 그러나 그녀가 자기를 받아들인 것이 바로 그것이었음을 알고는 속으로 쾌재를 불렀다.

　이것이야말로 호박이 넝쿨째 굴러 들어온 것이라고 그는 생각했다. 이 여자는 어떠한 경우에라도 나를 경찰에 넘기지는 않을 것이다. 당분간 안심해도 될 것 같다.

　그녀는 미친 듯이 아주 오래도록 기도했다. 마치 그것으로 자신의 책임을 때우려는 듯이.

　이윽고 기도를 끝낸 그녀는 남자를 내려다보았다. 청년은 감동 어린 눈으로 그녀를 올려다보고 있었다. 눈물을 글썽이기까지 하면서. 여자의 눈에도 감동의 눈물이 어렸다. 마치 옛 애인을 만나기라도 한 듯.

남자가 손을 뻗어 왔다. 그녀는 서슴없이 남자의 손을 잡았다. 남자의 손은 차가웠다. 그러나 여자의 손은 몹시 뜨거웠다.

"손이 차가워요."

그녀가 떨리는 목소리로 말했다. 그녀는 두 손으로 그의 손을 감싸 쥐었다.

"고맙소."

청년은 감동 어린 목소리로 말했다.

"주님이 제게 보내신 거예요."

"나 때문에 불편하면 언제라도 떠나겠소."

남자는 여자의 눈치를 떠보는 말을 했지만 그녀는 그것을 눈치 채지 못했다.

"여기 오래 오래 계세요. 마음 놓고 오래 오래 계세요."

그녀는 오히려 남자가 빨리 떠날까 봐 그것이 두려웠다.

"여기서 혼자 자취하나요?"

"네, 자취하고 있어요."

"만일 내가 있는 것을 주인이 알기라도 하면 어떡하죠?"

"동생이라고 하죠 뭐. 제가 적당히 둘러댈 테니까 그건 걱정하지 마세요. 아주 좋은 분들이에요. 자식들은 모두 서울 가 있고, 노인 두 분이서 살고 있어요."

그는 손을 올려 그녀의 입술을 만졌다. 말로 표현할 수 없는 감미로움이 그녀의 가슴을 쓸고 지나갔다. 그녀는 눈을 감으며 머리를 가만히 흔들었다.
"입술이 아름답군요."
그녀는 가슴이 막혀 아무 말도 할 수 없었다. 입술을 만지던 손이 옆으로 움직이는 것 같더니 귀뿌리를 만지기 시작했다.
"아……."
그녀는 자신도 모르게 낮게 신음을 토했다. 온몸이 흡사 감전된 듯 떨려 왔고 머릿속이 아득해져 왔다. 그런 느낌은 난생 처음이었다. 남자와 키스 한 번 해 본 적이 없는 그녀로서는 그것은 정말 대단한 충격이었다. 그녀는 남자의 손을 차마 뿌리칠 수가 없었다. 손끝 발끝까지 전해 오는 쾌감이 사라질까 봐 오히려 그녀는 전전긍긍하고 있었다. 그녀의 벌어진 입에서는 계속 신음 소리가 새어 나오고 있었다.
귀뿌리를 만지작거리던 손이 이번에는 밑으로 흐르는 것 같더니 그녀의 목을 쓰다듬기 시작했다. 그의 손은 그녀의 가장 민감한 부분만을 만지고 있었던 것이다.
"목이 아름답군요."
그녀의 목은 한 손으로 움켜쥐면 부러질 것처럼 가늘었다.
그녀는 숨을 가쁘게 몰아쉬면서 상체를 비틀어 댔다.
'만일 경찰에 알리면 이 목을 분질러 버릴 테다.'
남자는 눈을 감고 있는 그녀를 노려보면서 속으로 말했다.

수사과의 박 형사는 병원에서 총무 일을 보고 있는 친구로부터 전화를 받고 처음에는 별로 대수롭지 않게 생각했다. 친구가 괜스레 신경과민이 되어 전화한 것이라고 여기고는 건성으로 전화를 받았다.

"그것도 새벽에 피투성이가 되어 나타났단 말이야. 그리고 깨어나자마자 나가 버렸어. 입원해야 하는 데도 불구하고 말이야. 무엇에 쫓기는 것 같았어."

"알았어. 이름이 뭐라고 했지?"

"유갑종……."

"여권 번호를 다시 한 번 말해 봐."

"번호는…… 0077856…… 이 지방 사람은 아닌 것 같았어."

통화를 끝내고 난 박 형사는 메모 해둔 것을 던져둔 채 밖으로 나갔다.

밖에서 그가 일을 보고 들어온 것은 오후 2시경이었다. 점심을 배불리 먹고 나서 식곤증으로 몸이 노곤하여 책상 앞에 앉아 잠깐 눈을 붙이려다 말고 그는 아침에 메모해 둔 것을 무심코 들여다보았다. 유갑종이라는 이름이 어디서 본 듯한 기억이 났다. 그는 고개를 갸우뚱하다가 수배자 명단과 대조해 보려고 일어섰다.

수배자 명단은 벽에 걸려 있었다. 여러 사람의 손때가 묻어 그것은 까맣게 때가 끼어 있었고 닳을 대로 닳아 있었다.

수배자 명단에 올라 있는 이름들은 많을 때는 수천 명에 달할 때가 있다. 십 수 년에 걸쳐 전국적으로 수배되어 온 자들의 수

악마들의 대화 · 199

가 그렇게 엄청난 숫자로 불어나기 때문이다.

　지금은 그 어느 때보다도 전국에 지명 수배된 자의 숫자가 제일 많았다. 너무나 많았기 때문에 경찰은 어떻게 손을 대야 할지를 모르고 있을 정도였다.

　기실 관할 지역 수배자는 불과 몇 명밖에 되지 않았다. 그 밖에는 거의가 서울을 비롯한 다른 지역의 수배자들이었다.

　명단을 대충 훑어보던 박 형사의 눈이 번쩍하고 빛났다. 틀림없이 유갑종이라는 이름이 거기에 있었다. 나이도 여권 번호도 같았다. 무슨 혐의로 수배된 자인지는 밝혀져 있지 않았다. 그러나 밑에 붉은 줄이 그어져 있는 것으로 보아 상당히 중요한 인물인 듯했다. 수배를 요청하는 자는 설악산 H호텔 살인 사건 수사 본부장이었다.

　"이크, 이건 의외로 대어인지도 모르겠는 걸."

　공명심에 불타는 그는 흥분을 이기지 못해 전전긍긍해 하다가 밖으로 뛰어나갔다. 우선 병원에 근무하고 있는 친구를 만나서 자세한 이야기를 들어 봐야겠다고 생각한 것이다.

　그의 친구는 갑자기 그가 그 청년에 대해 큰 관심을 보이자 어리둥절했다. 그리고 자신의 예감이 적중한 데 대해 자못 흐뭇해 했다.

　"그것 보라구. 내가 뭐라구 했어? 난 첫눈에 이상한 자라는 것을 알았어. 그래서 연락했던 거야."

　"그 친구 어디로 갔을까?"

"내가 그걸 어떻게 알아. 하지만 멀리 가지는 못했을 거야. 그런 몸으로는 결코 멀리 갈 수가 없다고 원장이 말했어. 찾아내기도 쉬울 거야. 머리에 온통 붕대를 감았거든. 여기서 나갈 때도 쓰러질 듯 비틀거렸어."

인상착의를 물은 박 형사는 서로 돌아왔다.

그로부터 한 시간쯤 지나 K읍으로부터 빠져나가는 요소요소에서는 갑자기 검문검색이 실시되었다. 그것은 어느 때보다도 삼엄함을 느끼게 하는 검문검색이었다. 그러한 조치는 설악산 H호텔 살인 사건 수사본부에 연락을 취해 본 다음에 뒤따른 것이었다.

"수배 중인 유갑종이라는 인물이 이곳에 나타났습니다."

박 형사로부터 보고를 받고 난 수사과장이 직접 수사본부로 장거리 전화를 걸었을 때 상대방은 꽤나 놀라는 것 같았다.

"매우 중요한 인물이니까 놓쳐서는 안 됩니다. 아직 그 안에 있다면 탈출구를 봉쇄해 놓고 기다리십시오. 우리가 내려가겠습니다."

"살인범입니까?"

"아직은 모릅니다."

상대방은 말을 꽤 아끼는 사람 같았다.

역과 버스 터미널에는 즉시 형사들이 깔렸다. 택시들이 몰려 있는 곳에도 그들은 감시의 눈초리를 번득였다. 그들은 매우 정밀하게 탐문 수사를 벌여 나갔다. 역과 버스 터미널에서는 머리에 붕대를 두른 청년이 혹시 빠져나가지 않았느냐고 물었다. 다행히 그런 사람을 본 사람은 없었다. 그런 사람을 태워 준 택시 운전사도 나타나지 않았다. 식당과 다방, 약방에도 형사들은 손을 뻗쳤다. 그러나 머리에 붕대를 두른 사람은 어디에도 나타나지 않은 것 같았다. 그렇다면 그 청년은 아직 K읍에 있다는 결론이었다.

어디에 숨어 있을까. 적은 인원으로 가가호호를 뒤질 수도 없는 일이었다. 지금까지 이 조용한 소읍에서는 그런 적이 한 번도 없었다. 그리고 그것은 어디까지나 서울 팀이 해야 할 일이지 그들이 열을 낼 일이 못 되었다. 범인이 빠져나가지 않도록 봉쇄만 해 놓고 서울 팀을 기다리는 것이 상책일 것 같았다. 그래서 그들은 서울 팀이 올 때까지 조용히 기다리기로 했다.

유갑종은 하갑석 반장 팀이 쫓던 인물이었다.

그 동안 그들은 허문자와 같은 비행기에 타고 왔던 인물들을 내내 찾아다니고 있었는데, 가장 가능성 있는 제1그룹의 인물들 가운데 마지막으로 남은 인물이 바로 유갑종이었던 것이다. 다른 인물들은 모두 소재를 밝혀내고 면담을 끝내고 난 뒤였다. 그들로부터는 아무런 혐의점도 찾아낼 수가 없었다. 그러나 유갑종이라는 인물은 행방이 묘연했다.

그들은 유갑종을 유력한 용의자로 지목하고 수사를 강화했지만 그는 어디서도 걸려들지 않고 있었다. 궁리 끝에 수사반은 공개수사를 벌이려던 참이었다. 유갑종의 사진은 이미 확보해 놓고 있었다. 그가 5년 전에 발급받은 여권을 근거로 해서 외무부 여권과에 가서 알아보았더니 그 곳에 그에 관한 일건 서류가 사진과 함께 있었던 것이다.

그는 대학 재학 중에 가족과 함께 미국으로 이민을 갔던 인물이었다. 그의 아버지는 변호사였는데, 수소문해서 알아본 결과 국내에서는 더 이상 변호사업을 할 수 없는 어떤 사정이 생겨 가족을 이끌고 미국으로 이민을 간 것으로 밝혀졌다.

하 반장이 지휘하는 수사 팀이 K읍에 도착한 것은 이미 땅거미가 지기 시작하는 그 날 오후 5시경이었다.

그들은 봉고차 두 대에 나누어 타고 쉴 사이 없이 달려왔기 때문에 몹시 피로했지만 자리에 앉을 새도 없이 수사에 돌입해야 했다. 서울 팀 인원은 모두 20명이나 되었다.

"우리는 그 동안 우리 나름대로 유갑종이라는 사람을 찾아보았습니다만 아직 흔적도 발견하지 못했습니다. 오시면서 보셨겠지만 이곳은 개미 새끼 한 마리 빠져나갈 수 없을 정도로 봉쇄되어 있습니다. 경찰이 통과시키지 않으면 아무도 빠져나갈 수 없습니다. 차가 다니지 않는 좁은 길목에도 경찰을 배치시켜 놓았습니다. 우리가 알기로 범인은 몸을 제대로 가눌 수 없을 정도로 상처를 입었다고 합니다. 따라서 그자가 길이 없는 들이나 산으로 도주했다고 볼 수는 없습니다. 그것은 바로 죽으러 가는 것이나 다름없는 짓이니까요. 어디 숨어서 도움을 청하지 않고는 살아날 수 없을 만큼 부상을 입었으니까 아마도 민가에 숨어들지 않았나 생각됩니다만, 그것도 잠시지 주인한테 들키면 숨을 데가 없겠지요. 그러니까 만일 이곳에 놈이 아직 있다면, 놈이 몸을 드러내는 것은 시간문제라고 생각합니다."

 지방경찰서 수사 과장은 K읍의 지도를 펴놓고 열심히 이야기했다.

 "집집마다 조사해 봤나요?"

 "아직 못했습니다. 엄청난 일이라서 감히 손을 대지 못하고 있습니다."

 "이곳의 주택은 몇 호나 됩니까?"

 "천오백 호 정도 됩니다."

 "쉬운 일이 아니군."

 하 반장이 난처한 얼굴로 중얼거리자 옆에 있던 서 형사가

 "방송을 하면 어떨까요?"

하고 말했다.

 "일찍이 방송을 해 가면서까지 시끄럽게 하고 범인을 잡은 적은 없어."

 하 반장이 말도 말라는 듯이 손을 휘휘 내저었다.

 "그럼 반상회를 열어서 협조를 부탁하면 어떨까요?"

 "그건 가능하지. 하지만 거기에 전적으로 의지할 것은 못 돼. 가가호호 뒤져야 할 거야."

 결국 반상회를 통해 주민들의 협조를 구하는 한편 집집마다 수색을 벌이기로 결정을 보았다.

그 전에 하 반장과 서 형사는 유갑종이 치료를 받았다는 병원에 가서 원장과 총무를 만나 보았다. 의사는 유갑종이 입은 상처의 정도에 대해 이렇게 이야기했다.

"왼쪽 이마가 무엇에 심하게 얻어맞은 듯 크게 찢어져 있었습니다. 상처에서 유리 조각 같은 것이 나온 것으로 보아 아마도 병 같은 것으로 얻어맞지 않았나 생각됩니다."

"왜 그렇게 다쳤느냐고 하니까 환자는 거기에 대해서 일절 말이 없었습니다."

총무가 의사를 거들어 말했다. 자랑스러운 표정이었다. 의사가 다시 말을 이었다.

"피를 너무 많이 흘려 병원에 도착하자마자 의식을 잃었습니다. 그래서 급히 수혈을 했지요. 그대로 두었으면 아마 죽었을 겁니다."

"우리는 그자를 잡아야 합니다. 그자가 그 상태에서 멀리까지 도망칠 수 있겠습니까?"

하 반장이 물었다.

"어렵습니다. 응급조치를 받았을 뿐 위급한 상황이 지난 것은 아닙니다. 안정을 취한 채 당분간 계속 치료를 받지 않으면 위험합니다. 아마 뇌에도 손상을 입었을 겁니다. 그대로 방치해 두면 위독한 상태에 빠질 겁니다."

서 형사는 유갑종의 사진을 내보였다.

"이 사람 맞습니까?"

의사와 총무는 동시에 사진을 들여다보았다. 그것은 흑백 명함판 사진이었다.

"아닌데요."

그들은 약속이나 한 듯 똑같이 말했다.

"아니라구요?"

형사들은 놀란 눈으로 그들을 쳐다보았다. 그 사진은 외무부 여권과에서 얻어 온 사진이었다.

"이 사람은 아닙니다. 이렇게 생기지 않고 미남이었습니다. 안경도 끼지 않았고요."

"이럴 수가 있나."

하 반장과 서 형사는 서로 멀뚱히 쳐다보다가 서 형사가 코밑 수염의 몽타주를 꺼내 놓았다.

"이 사람은 어떻습니까?"

"네, 이 사람은 비슷한 것 같습니다. 콧수염만 기르지 않았다면……."

서 형사는 콧수염을 없앤 몽타주를 내놓았다. 그러자 의사는

"아주 비슷한데요."

라고 말했다.

"그럼 이게 어떻게 된 노릇이지?"

하 반장이 서 형사를 돌아보며 물었다.

"허문자의 경우와 비슷한 것 같습니다."

"가짜 여권이란 말인가?"

"네, 유갑종의 여권에다 사진만 바꿔치기 한 거겠죠."
"이런 빌어먹을 일 봤나."
하 반장은 화가 나서 중얼거렸다.
"그 청년…… 손목에 혹시 롤렉스시계 차지 않았던가요?"
서 형사가 의사와 총무를 번갈아 쳐다보며 물었다.
"네, 차고 있었습니다. 금빛 롤렉스시계를 차고 있는 것을 봤습니다."
"똑똑히도 봤군."
의사의 말에 총무는 이렇게 변명했다.
"보호자도 없이 의식불명인 사람을 치료하자면 그런 거라도 똑똑히 봐 두어야 하지 않습니까. 치료비가 없으면 시계라도 잡아 놔야 하니까요."
총무로서는 일리 있는 말이었다.
"머리카락은 어떻게 생겼던가요?"
"곱슬머리였습니다."
서 형사는 하 반장에게 시선을 돌렸다.
"그 자가 틀림없습니다."
"아직 여기를 빠져나가지만 않았다면 놈은 독 안에 든 쥐나 다름없어."
"그런데 그자가 무슨 일로 여기까지 왔을까요?"
병원을 나와 읍내 거리를 걸어가며 서 형사가 하 반장에게 물었다.

"글쎄…… 무슨 일로 여기까지 내려왔을까?"

하 반장도 몹시 궁금한 눈치를 보였다.

"놈이 병으로 얻어맞은 걸 보면 이곳에서 무슨 일이 있었던 게 분명한 것 같습니다. 그리고 언제나 함께 다니던 여자의 모습이 보이지 않습니다. 이상하지 않습니까?"

"음, 그렇군. 이상한데……."

"저는 그 관계를 조사해 보겠습니다. 두 명만 저한테 지원해 주십시오."

서문호 형사는 다른 형사 두 명과 함께 다시 택시 운전사들을 만나 보기 시작했다.

머리에 온통 붕대를 두른 사람을 보지 못했느냐고 물었기 때문에 택시 운전사들은 보지 못했다고 대답했을 것이다. 머리에 붕대를 두른 자가 다른 곳으로 이동하지 않고 읍내에 숨어 있다면 운전사들은 그런 사람을 태워 준 적이 없기 때문에 당연히 보지 못했다고 대답했을 것이다.

그 자가 병원에서 응급 처치를 받고 나와 곧장 읍내의 어느 집엔가 숨어 버렸다면 택시 운전사들한테 그의 행적을 묻는다는 것은 쓸데없는 짓이다. 서 형사는 바로 거기에 허점이 있었다고 생각했다.

서 형사 일행이 운전사들을 일일이 만나고 다니면서 보인 것은 가짜 유갑종의 몽타주였다. 몽타주는 코밑수염을 그려 넣은 것과 그리지 않은 것 두 가지였다.

한편에서는 집집마다 수색이 벌어지고 있었다. 이미 날은 저물어 낮은 처마 밑으로 불빛들이 하나 둘 흘러나오기 시작하고 있었다.

바람도 조용한 밤이었다. 오랜만에 날씨도 개어 하늘에는 별빛이 가득했다.

갑자기 어디선가 마이크 소리가 흘러나왔는데

"오늘 저녁에 긴급 반상회가 열리니 한 사람도 빠짐없이 참석해 달라."

라는 내용이었다. 그것은 귀가 따갑도록 여러 번 되풀이되다가 그쳤다.

병원은 물론 약방에도 형사들이 배치되었다. 범인이 혹시 나타날지 모르기 때문이었다. 추운 밤인데다 시골이라 거리에는 행인이 거의 없었다. 택시들도 손님이 없어 거의 쉬고 있었다. 택시라야 서른 대가 채 못 되었다. 그렇지만 한 곳에만 몰려 있는 것이 아니어서 모든 운전사들을 만나 보기까지는 시간이 꽤 걸릴 것 같았다.

이명희는 대문 두드리는 소리에 움직임을 멈췄다. 청년은 그녀의 무릎을 베고 있었고, 그녀는 그의 손톱을 깎아 주고 있었다. 이제 갓 결혼한 신혼부부처럼 다정한 모습이었다. 실로 놀라운 변화였다. 그녀 스스로도 놀랄 정도로 그들은 가까워져 있었다. 어떻게 하다가 그렇게 되었는지 그녀 자신도 모를 정도로 그들은 하루도 못 된 사이에 신혼부부처럼 가까운 사이로 돌변해 버린 것이다.

청년은 놀라울 정도로 빠르게 회복의 기미를 보이고 있었다. 상처가 크긴 했지만 워낙 건강한데다 그녀의 간호가 극진했기 때문에 생각했던 것보다는 빨리 회복하고 있었던 것이다.

이명희는 그에게 홀딱 빠져 있었다. 처음에는 주님의 뜻에 따라 그를 보살피는 것이라고 자기 나름대로 합리화시켰지만 나중에는 그런 것 저런 것 생각하기에 앞서 이성으로서 그에게 반해 버리고 만 것이다.

"나는 미국에서 대학원에 다니고 있습니다. 예일 대학에서 경제학을 전공하고 있는데 박사 학위 논문이 곧 통과될 겁니다. 박사 학위를 받으면 한국에 돌아와서 대학 교수로 강단에 설까 아니면 재벌 기업체 간부로 들어갈까 생각 중입니다. 그것을 알아 보려고 이번에 한국에 왔던 것인데 그만 이런 일을 당하고 말았지요."

그의 말이 하도 그럴 듯했기 때문에 순진한 그녀는 그대로 믿고 싶었다. 그러나 풀리지 않는 의문이 있었다. 그녀는 머뭇거리다가 그 점을 물어 보았다.

"그런데 왜 그렇게 다치셨어요?"

"아, 그건 참 말씀드리기 곤란한 일입니다. 하지만 꼭 듣고 싶다면 말씀드리겠습니다. 우리 아버진 공무원으로 평생을 보내셨지요. 고급 공무원이었기 때문에 정년퇴임하실 때는 퇴직금

이 꽤 많았지요. 그런데 그 돈을 그만 사기꾼한테 빼앗기고 말았습니다. 그 바람에 아버님은 그만 화병이 나서 돌아가시고 말았지요. 아버지는 유언으로 그 사기꾼을 꼭 잡아서 그 돈을 찾아내라고 저한테 말씀하셨습니다. 그러나 그 동안 저는 공부하느라고 아버님의 유언을 지키지 못했지요. 그런데 이번에 한국에 돌아와 그 사기꾼 있는 곳을 알게 됐습니다. 그놈은 저기 섬진강변에다 별장을 지어 놓고 살고 있었습니다. 내가 여기까지 내려온 것은 바로 그놈을 만나기 위해서였습니다. 나는 그놈을 찾아가 돈을 내 놓으라고 했습니다. 그놈 때문에 아버님이 돌아가신 것도 이야기했지요. 그러나 놈은 반성하는 빛도 없이 남의 돈을 사기한 적이 없다고 펄펄 뛰었습니다. 나를 오히려 협박죄로 잡아넣겠다고 했습니다. 나는 더 이상 참을 수가 없어 그자를 때려 눕혔습니다. 선반에는 마침 엽총이 있었습니다. 나는 그것을 집어 들고 방아쇠를 당겼습니다. 엽총에는 총알이 들어 있었죠. 그자를 향해 두 발을 발사했을 때 아들이 뛰어 들어와 몽둥이로 내 머리를 때렸습니다. 나는 그 아들한테도 엽총을 발사한 다음 도망쳐 나왔습니다. 이곳까지 오는 동안 피를 너무 많이 흘려 쓰러지고 말았지요. 정신을 차리고 보니까 병원 침대에 누워 있더군요. 의사가 만류하는 것을 뿌리치고 나는 병원에서 도망치다시피 나오고 말았습니다. 경찰이 곧 들이닥칠 것 같았기 때문이었습니다. 그 사기꾼은 아마 총을 맞고 죽었을 것입니다. 아들은 부상 정도 입었을 겁니다. 경찰이 나를 살인범으로 쫓고 있을 것은 뻔합니다. 하지만 그들이 나를 체포하기 전에 나는 한국을 빠져나가기만 하면 됩니다. 미국으로 돌아가면 안심해도 되니까요. 하지만 사람을 죽이고 어떻게 마음 편하게 살 수가 있겠습니까. 상대가 아무리 나쁜 놈이라 해도 말입니다. 그런데 다행히 놈은 죽지 않았습니다. 그 엽총은 사람을 살상할 수 있을 정도로 그렇게 강력한 총은 아니었습니다. 그런 줄도 모르고 나는 잔뜩 겁을 집어먹은 거지요. 어떻게 그놈이 죽지 않았는지 알 수가 있었느냐 하면 병원을 나오는 길로 그놈 집에 전화를 걸어 보았지요. 경찰이라고 하면서 물어 보았더니 상처를 크게 입긴 했지만 목숨을 건졌다는 겁니다. 어떻게나 반가운지 눈물이 나왔습니다."

이명희는 안도의 한숨을 내쉬었다. 그가 사람을 쏴 죽였다고 했을 때는 그만 자리를 박차고 뛰어나가려고 했었다. 그런데 사람이 죽지 않았다는 말을 듣고는 적이 안심이 되었던 것이다.

다음에 그녀는 이렇게 물었다.

"당신이 장거리 전화를 걸고 있을 때 말소리를 모두 들었어요. 일부러 들으려고 했던 것이 아니라 밖으로 말소리가 새어 나왔던 거예요. 그런데 그 말은 무슨 뜻이었죠?"

청년의 안색이 창백하게 굳어졌다. 그러나 그는 이내 표정을 부드럽게 해 가지고 말했다.

"그 사기꾼이 죽지 않았다고는 하지만, 아무튼 상처를 입은 것만은 분명하기 때문에 경찰이 나를 찾을 거란 말입니다. 만일 경찰에 체포되면 여러 가지로 곤란합니다. 한국에서의 취직도 어렵게 되고 또 미국에 돌아갈 수도 없게 됩니다. 어떻게든 체포되는 것만은 피해야 합니다. 일단 몸을 피한 다음 경찰에 손을 써서 사건을 무마시킬 생각입니다. 그래서 절친한 선배한테 부탁을 드렸지요. 내가 지금 곤경에 처해 있으니까 구해 달라고 말입니다. 그 선배는 내 도움을 많이 받은 사람이지요. 그런데 내 청을 거절하는 거였습니다. 경찰에 쫓기고 있는 나를 도와주다가 자기가 해를 입을까 봐 그런 거겠지요. 그야말로 형편없는 사람입니다. 그런 인간을 선배라고 생각했던 내가 잘못이지요."

말을 끝내고 그는 명희의 손을 잡았다.

"누님이 나를 경찰에 고발해도 나는 누님을 원망하지 않을 겁니다."

"나는 그런 짓을 하지 않아요. 예수님은 궁지에 몰린 사람을 돌보지 않음은 죄악이라 하셨어요."

그는 명희의 손등에 입을 맞추었다.

"나는 누님의 은혜를 평생 잊지 않을 겁니다."

그것을 계기로 여자는 어떻게 해서든지 남자를 보호해 주어야겠다고 굳게 마음먹었던 것이다.

다시 대문 두드리는 소리가 들려왔다. 할아버지는 놀라 나갔고 할머니도 반상회에 나갔기 때문에 집 안에는 젊은 두 남녀밖에 없었다. 문 두드리는 소리가 아무래도 심상치 않은지 청년의 얼굴에 긴장이 감돌았다. 긴급 반상회를 연다는 마이크 소리를 들었을 때부터 그는 바싹 긴장하고 있었다.

"누가 저렇게 문을 두드리지?"

명희가 일어서는 것을 보고 청년도 일어나 앉았다. 그가 겁먹은 표정을 짓는 것을 보고 처녀는

"걱정 마세요."

라고 말한 다음 앞마당으로 나갔다.

"누구세요?"

"실례합니다."

굵은 남자의 목소리가 들려왔다.

"누구 찾으세요?"

"경찰입니다."

"무슨 일로 그러세요?"

"조사할 일이 있어서 그러니까 문 좀 열어 주십시오."

"잠깐만 기다리세요. 옷을 입고 나오겠어요."

그녀는 재빨리 방으로 돌아와 청년에게 경찰이 검문 온 것을 알렸다.

"마루 밑에 숨으세요."

청년은 방을 나와 마루 밑으로 기어들어 갔다. 몸이 불편했기 때문에 그것은 쉬운 일이 아니었다. 청년이 마루 밑에 숨는 것을 보고 명희는 다시 앞마당으로 나가 대문을 열었다.

"실례합니다."

정중한 말씨와 함께 두 사람이 마당 안으로 들어섰다. 한 사람

은 정복 차림의 경찰관이었고 또 한 사람은 사복 차림의 남자였다.

"아, 미스 리…… 여기 살고 있나요?"

정복 차림의 경찰관이 그녀를 보고 아는 체를 했다. 가만 보니 우체국에 가끔 오는 순경이었다.

"안녕하세요."

그녀는 반가운 기색으로 고개를 까닥해 보였다. 사복 차림의 남자는 차가운 눈으로 그녀를 바라보았다.

"여기가 댁이 아니지요?"

정복은 다정한 목소리로 물었다.

"네, 방 얻어서 자취하고 있어요. 지금 주인이 안 계신데 무…… 무슨 일로 그러세요?"

"아, 다름이 아니고……."

그들은 마루 쪽으로 이동했다. 처마 밑에는 낮은 촉수의 전등이 하나 걸려 있었다. 정복은 몽타주 한 장을 꺼내 보이며 미소를 지었다.

"혹시 이런 사람이…… 여기 오지 않았나요? 머리를 많이 다쳐 붕대를 감고 있을 텐데……?"

정복은 다분히 형식적으로 묻고 있었다. 그녀는 고개를 천천히 흔들었다.

"오지 않았어요."

더 이상 볼 것 없다는 듯이 정복은 사복을 쳐다보았다. 사복은 날카로운 시선을 떼지 않은 채 물었다.

"이 집에는 몇 사람이 살고 있나요?"

"할아버지 내외하고 저하고 셋이 살고 있어요."

그녀는 형사의 시선을 피하며 조그맣게 대답했다.

"안에 계신가요?"

"아뇨. 할머니는 반상회에 나가시고 할아버지는 어디 가셨는지 모르겠어요."

"안을 좀 봅시다."

그녀는 머뭇거리다가 마루 위로 올라가 안방 문을 열어 보였다. 불을 켜 주자 형사는 방안을 샅샅이 살펴본 다음 옆방으로 시선을 돌렸다. 그러나 그는 방안으로까지 들어가 살펴보지는 않았다.

서울서 내려온 형사가 방안을 살펴보는 동안 정복 순경은 뒷전에 서서 구경만 하고 있었다. 그가 보기에는 서울서 내려온 형사가 쓸데없이 시간과 정력을 낭비하고 있는 것처럼 보였다. 처녀 혼자 집을 지키고 있는 집에 범인이 숨어 있을 턱이 없다고 그는 생각하고 있었다. 그의 생각은 사실 딴 곳에 있었던 것이다. 그러나 서울 형사는 매우 꼼꼼하게 여기저기를 살펴보고 있었다.

정복은 추웠다. 대강 어서 끝내고 따뜻한 찻집에 앉아 따끈한 커피나 한 잔 마시면서 아가씨와 이야기나 하고 싶었다. 그렇지 않아도 그는 일찍부터 명희에게 마음이 끌리고 있었지만 기회가 없어 이야기를 못하고 있던 참이었다.

"잘 아는 집인데…… 이 집에는 있을 턱이 없습니다."

그의 말에는 콧방귀도 뀌지 않고 서울서 온 형사는 뒤꼍으로 돌아갔다.

"이 방이 아가씨 방인가요?"

형사가 턱으로 방문을 가리키며 물었다.

"네, 제 방이에요."

처녀는 문을 열었다. 형사와 정복은 마루 위에 걸터앉아 방안을 들여다보았다. 방 아랫목에는 이불이 펴져 있었고 누가 누워 있었던 흔적이 남아 있었다.

방문을 여는 순간 느낀 것인데, 방 안에는 담배 냄새가 배어 있는 듯했다.

담배 골초인 형사는 마침 입에 담배를 물고 있었기 때문에 그 냄새를 맡지 못했지만, 담배를 피우지 않는 정복 순경은 분명히 그것을 맡을 수 있었다. 이상하다고 그는 생각했다. 이 아가씨가 담배를 피운단 말인가. 도회지 처녀들이야 곧잘 담배를 피우지만 이런 시골 우체국 여직원이 담배를 피운다는 것은 정말 생각지도 못했다.

형사는 부엌까지 들여다보고 나서 물러났다. 그러나 정복은 물러나지 않고 처녀에게 눈짓으로 가까이 오게 했다. 형사는 이미 앞마당 쪽으로 돌아간 뒤였다.

"저건 뭐죠?"

악마들의 대화 · 217

정복은 책상 밑을 가리켜 보였다.

"좀 꺼내 보실까요."

책상 밑에 있는 것은 재떨이였다.

이명희의 안색이 창백해졌다. 얼결에 책상 밑에 밀어 둔 것인데 순경이 용케도 발견했다.

그녀는 떨리는 손으로 재떨이를 끄집어냈다. 놀랍게도 재떨이 속에는 담배꽁초가 수북이 쌓여 있었다.

"담배를 피우시나요?"

총각 순경의 표정이 어느 새 굳어져 있었다.

"네……."

그녀는 얼결에 그렇게 대답했다.

"담배를 많이 피우시는가 보군요?"

그녀는 일부러 부끄러운 듯 고개를 숙였다. 순경은 더 이상 캐어묻지 않았다. 잠시 망설이는 표정을 짓다가 앞서 간 형사를 쫓아가기 위해 몸을 돌렸다.

"잠깐…… 저 좀 봐요."

명희는 다급하게 순경을 불러 세웠다.

순경은 돌아서서 그녀를 쳐다보았다. 아까처럼 부드러운 빛은 보이지 않고 그 대신 무엇을 탐색하는 듯한 눈초리로 그녀를 쳐다보는 것이었다.

"저기…… 왜 그 사람을 찾고 있나요?"

"그놈은 살인범입니다. 자세한 것은 알 수 없지만…… 아주 흉악한 살인범입니다. 서울서 형사들이 그놈을 잡으려고 내려왔지요. 조심하십시오."

 순경은 그녀에게 깊은 눈길을 한 번 던지고 나서 급히 형사를 뒤쫓아 갔다. 명희도 그 뒤를 부지런히 따라갔다.

 마당을 가로질러 대문까지 가는 동안 그녀는 심히 망설였다. 흉악한 살인범이라는 말이 갑자기 그녀를 당황케 만들었던 것이다. 그렇다고 그게 정말이냐고 다시 확인할 수도 없는 일이었다. 살인범을 숨겨 준다는 것이 위법이라는 것쯤은 그녀도 잘 알고 있었다.

 그녀가 우물쭈물 하는 사이 순경은 대문 밖으로 나갔다.
 "저기…… 있다가 시간 좀 낼 수 있습니까?"
 순경도 곧장 가 버리기가 아쉬운지 그녀에게 말을 걸었다. 당황한 그녀는 얼른 대답을 못하고 머뭇거리기만 했다.
 "9시 경에 요 앞 길가에 있는 강다방에서 만나 차나 한 잔 하시지요."
 그것은 모처럼 받은 노골적인 데이트 신청이었다. 그녀는 순경을 가만히 쳐다보았다. 선량한 인상이었고 아직 결혼은 하지 않은 것 같았다. 그녀가 총각으로부터 데이트 신청을 받아 보기는 참으로 오랜만이었다. 따라서 순경의 요청을 물리치기가 너무도 벅찼다. 그것은 거의 불가항력적인 힘으로 그녀에게 다가와 있었다.
 결국 그녀는 나가겠다고 고개를 끄덕였다.

순경의 모습이 골목 밖으로 사라지는 것을 보고 난 그녀는 대문을 걸고 나서 뒤꼍으로 돌아왔다. 그 때까지도 청년은 마루 밑에서 숨을 죽인 채 숨어 있었다.

"이젠 나오셔도 돼요."

그녀가 손을 뻗어 그가 나오는 것을 도와주었다. 숨을 헐떡거리며 마루 밑에서 기어 나온 그는 재떨이를 보고는 멈칫해서 명희를 쳐다보았다.

"이걸 봤나요?"

"네, 순경이 봤어요."

아무래도 순경이 눈치를 챈 것 같았다는 말을 그녀는 차마 꺼낼 수가 없었다.

"순경이 눈치를 챘나요?"

"그런 것 같지는 않았어요. 순경은 제가 담배를 피운 걸로 알고 있어요."

"그걸 믿을까요?"

청년은 아무래도 미심쩍다는 듯이 그녀를 쳐다보았다.

그들은 방으로 들어갔다. 청년이 자리에 눕는 것을 도와주면서도 그녀는 몹시 마음이 혼란스러웠다. 순경이 한 말, 그러니까 그가 흉악한 살인범이라는 것을 믿어야 할지, 아니면 그것을 묵살해 버려야 할지 얼른 판단이 내려지지 않는 것이다. 이 남자가 엽총으로 쏘았다는 그 나쁜 사기꾼이 끝내 숨을 거둔 게 아닐까? 그래서 경찰이 그를 흉악한 살인범으로 보고 찾고 있는 게 아닐까?

이러지도 저러지도 못하고 있는데 갑자기 청년의 우악스런 손이 그녀를 끌어당겼다. 지금까지 환자로만 알고 있던 그에게서 그런 힘이 나오는 것을 보고 그녀는 당황했다.

"아, 안 돼요!"

낮게 부르짖는 그녀의 입을 청년의 입이 덮쳤다.

그녀는 이불 속으로 구르듯이 끌려 들어가 그의 품에 안겼다. 남자의 손이 사정없이 옷 속으로 파고들어 가슴 속 맨살을 만지는 순간 그녀는 그만 정신이 아득해져 뭐가 뭔지 종잡을 수가 없게 되었다.

남자에게 몸을 맡겨 보기는 난생 처음이었다. 남자의 손이 맨살을 더듬을 때마다 그녀의 몸뚱이는 흡사 전류에라도 감전된 듯 파들파들 경련을 일으키곤 했다.

"안 돼요. 이러면 안 돼요."

그녀는 힘닿는 한 최대한으로 그를 밀어낸다고 밀었지만 그것은 다만 형식적인 반응일 뿐 손에는 아무 힘도 없었다. 이런 순간을 한 번이라도 맛볼 수 있기를 얼마나 기다렸던가!

그러나 부닥치고 보니 그녀는 겁이 더럭 났다. 하지만 그것은 무자비하게 쳐들어오는 남자의 손길을 막기에는 아무런 힘도 되지 못했다. 온몸에 섬짓섬짓 전해져 오는 쾌감에 저항을 잃은 그녀의 이성은 끊어질 듯 말 듯 가냘프게 떨고 있을 뿐이었다.

옷이 모두 벗겨지고 마침내 남자의 육중한 몸이 위로 올라왔을 때 그녀는 그만 자기도 모르게 남자의 목을 끌어안고 말았다. 이윽고 그녀는 고통과 환희를 함께 맛보는 것과 동시에 그리스도의 노한 표정을 보았다. 그녀는 그 표정을 보지 않으려고 고개를 가로저었다. 그리고 남자의 가슴에 얼굴을 묻으며 눈물을 흘렸다.

청년은 너무 무리를 했는지 옆으로 몸을 누이더니 앓는 소리를 했다.

"아이고, 머리야……. 아이고, 머리야……."

그녀는 비로소 꿈에서 깨어났다. 그녀가 당황하고 있자 남자가 말했다.

"치료를 해 줘요."

"어떻게 치료를 하죠?"

그녀는 당황해서 물었다.

"약방에 가서 약을 사다가 치료해 줘요. 붕대하고 머큐로크롬을 좀 사와요. 반창고도 좀 사와야 할 거요."

그녀는 밖으로 뛰쳐나갔다.

이제 그녀는 남자에 대해 갈등을 느끼지 않고 있었다. 그녀에게 있어서 그는 이제 절대적으로 보호해야 할 존재로 부각되어 있었다.

그녀는 가까운 약방으로 들어섰다.

약방에는 남자 손님이 한 명 의자에 앉아 신문을 보고 있었다. 젊은 남자였는데 안으로 들어서는 그녀를 힐끗 쳐다본 다음 다시 신문을 읽기 시작했다.

"붕대하고 머큐로크롬을 주세요. 반창고도 좀 주시구요."

신문을 보고 있던 사내의 눈초리가 날카로워졌다.

"아디다 쓸려구요?"

남자 약사가 싱글거리며 물었다. 그들은 아는 사이였다.

"누가 좀 다쳤어요."

그녀는 웃지 않고 냉정하게 대답했다.

"많이 필요한가요?"

"네, 좀 많이 필요해요."

그녀가 물건을 사는 동안 사내는 더 이상 그녀를 쳐다보지 않고 신문에만 눈을 박고 있었다. 이윽고 그녀가 물건을 받아 들고 밖으로 사라지자 사내는 들고 있던 신문을 내려놓고 몸을 일으켰다.

"조금 전 그 아가씨, 뭐하는 아가씨입니까?"

"우체국에 다니는 아가씨인데 아직 시집을 못 가서 환장하고 있지요."

약사는 씩 웃으며 말했다.

"어디에 살고 있나요?"

"그건 잘 모르겠는데요. 우체국 뒤에 살고 있다고 들었는데 정확한 위치는 잘 모르겠는데요."

사내는 약방에 잠복해 있던 형사였다. 형사는 급히 밖으로 나가 명희를 미행하기 시작했다. 그런 줄도 모르고 그녀는 집을 향해 부지런히 걸음을 옮겨 놓고 있었다.

가로등 밑을 지날 때 그녀는 손목시계를 얼핏 들여다보았다. 시간은 8시 반을 막 지나고 있었다. 순경과의 약속 시간은 이제 삼십 분도 채 못 남았다. 얼른 치료를 끝내고 가 봐야겠다고 그녀는 생각했다.

그녀는 갑자기 남자들이 사방에서 자기를 향해 몰려들고 있는 것 같은 기분이 들었다. 남자들에게 둘러싸인다는 것, 그것은 확실히 즐거운 일이었다.

형사는 그녀에게 눈치 채이지 않도록 조심스럽게 그녀 뒤를 따라갔다.

그녀가 골목으로 들어갔다. 형사는 우체국 골목을 확인한 다음 그녀를 따라 골목으로 들어섰다. 이윽고 그녀의 모습이 어느 집 안으로 사라지는 것이 보였다.

형사는 그녀가 사라진 집 앞에까지 따라가 보았다. 조금 기다렸다가 문을 살짝 밀어 보았다. 문은 안으로 잠겨 있었다. 그는 혼자서 집으로 들어가 본다는 것은 아무래도 무리일 것 같은 생각이 들었다.

이윽고 그는 무전기를 꺼내 들고 본부를 불렀다.

"상황1 발생!…… 지원 병력 필요!…… 여기는 우체국 정문 앞……!"

그녀가 방안으로 들어갔을 때 청년은 아까처럼 끙끙 앓고 있었다.

"많이 아프세요?"

그녀는 공손히 물었다. 그리고 남자의 이마를 짚어 보았다. 이마에 열이 있었다.

"빨리 이걸 풀고 새것으로 바꿔 줘요."

남자가 신경질적으로 머리에 감은 붕대를 가리켰다. 그녀는 가위로 때가 낀 붕대를 잘라 낸 다음 머큐로크롬을 듬뿍 발랐다. 상처의 깊이에 그녀는 사뭇 놀랐다.

"이래 가지고는 도저히 안 되겠어요. 빨리 병원에 가는 게 좋겠어요."

"안 돼!"

남자가 소리쳤다.

"병원에 가면 안 돼!"

"이렇게 치료해 가지고는 안 되겠어요. 상처가 더 악화되기 전에……."

여자는 조심스럽게 다시 말했다.

"안 된다니까!"

남자가 버럭 소리를 지르는 바람에 그녀는 멈칫했다.

"있는 대로 빨리 치료해 줘요."

남자는 얼른 말투를 부드럽게 해 가지고 말했다.

그녀는 서툰 솜씨였지만 정성들여 남자의 머리에 붕대를 감아 주었다.

우체국 앞에는 몇 명의 사나이들이 모여 서 있었다. 모두 해서 댓 명쯤 되었다.

이윽고 그들은 발소리를 죽이며 우체국 옆에 나 있는 골목으로 들어섰다. 그들의 움직임이 워낙 조용했기 때문에 개 짖는 소리조차 나지 않았다.

"바로 이 집입니다."

조금 전 명희를 미행했던 형사가 한 집을 가리켰다.

형사 한 명이 엎드리자 몸이 날렵해 보이는 형사가 등을 밟고 올라섰다.

얼마 후 그 형사는 담을 넘어 집 안으로 모습을 감추었다.

조금 있자 대문이 소리 없이 열렸다. 사나이들은 집 안으로 몰려 들어갔다.

그 집에는 방이 모두 세 개 있었다. 두 개의 방에는 불이 꺼져 있었다.

각 방에 두 명씩이 배치되었다.

안방을 맡은 두 명이 먼저 방문을 가만히 노크했다. 방안에서는 아무 기척이 없었다. 방문을 잡아당기자 문이 덜컹하고 열렸다. 그들은 캄캄한 방안을 향해 플래시를 켜 보았다. 방안은 텅 비어 있었다.

그 옆방도 비어 있었다. 마지막으로 뒤꼍에 있는 방이 하나 남았다.

그 방을 맡은 사나이들은 머뭇거리고 서 있었다. 그 방 앞으로 모든 사나이들이 몰려섰다.

"계십니까?"

마침내 그들 중의 한 사람이 방문을 노크하면서 물었다. 대답이 없다.

"계십니까?"

좀 더 큰 소리로 물었다. 여전히 대답이 없다.

"계십니까?"

이번에는 문을 잡아 흔들었다. 문이 획하고 열렸다. 문이 열리는 것과 동시에 피비린내가 확 풍겨 왔다.

방안을 들여다본 사나이들은 주춤했다.

그도 그럴 것이 웬 여자가 피투성이가 되어 방안에 쓰러져 있었던 것이다.

여자는 방문 앞에 쓰러져 있었다. 문 앞에까지 기어왔다가 문을 열지 못하고 그대로 쓰러진 것 같았다. 여자는 엎어져 있었다. 자세히 보니 아직 숨을 거두지 않았는지 앞으로 뻗은 여자의 손끝이 파들파들 떨어 대고 있었다.

"아직 죽지 않았어!"

형사 한 명이 방으로 뛰어들어 여자를 바로 뉘었다.

여자는 목에 상처를 입고 있었다. 목의 앞부분의 길게 갈라져 있었고, 바로 거기서 피가 흘러나오고 있었다. 방바닥은 피로 흥건히 젖어 있었다.

"아가씨! 누가 이랬지? 아가씨! 아가씨?"

형사 한 명이 그녀를 잡아 흔들었다.

그녀는 두 눈을 부릅뜬 채 허공을 바라보고 있었다. 얼굴에는 가늘게 경련이 일고 있었다.

"빨리 병원으로 데려갑시다!"

"이미 늦었어."

"이 아가씨가 집으로 들어간 지 불과 20분밖에 안 됐습니다!"

그녀를 미행했던 형사가 억울하다는 듯 말했다.

"범인은 멀리 도망가지 못했을 겁니다."

"멀리 도망갈 수도 없을 거요."

여자의 얼굴에 일던 경련도 멎었다. 그녀의 손끝은 더 이상 떨리지 않았다.

"죽었어."

무전 연락을 받고 하 반장이 헐레벌떡 뛰어들어 왔다. 그는 상처를 들여다보더니

"바로 우리가 찾고 있는 놈의 솜씨야!"

하고 단언했다.

"그럼 그놈이 여기 숨어 있었다는 말입니까?"

"그런 셈이지."

그 때 순경 하나가 사람들을 헤치고 들어섰다.

그는 경악한 표정으로 시체를 들여다보았다.

"아니, 이럴 수가……"

"아는 사람인가?"

"저하고 9시에 만나기로 했는데 안 오기에 와 본 겁니다."

순경은 자초지종을 이야기했다. 그는 너무 충격이 컸던지 벌벌 떨고 있었다.

이야기를 다 듣고 난 형사들은 한심하다는 듯 젊은 순경을 쳐다보았다.

"당신이 여기에 왔을 때는 아무도 없었단 말이지?"

하 반장이 입을 씰룩거리며 물었다.

"네, 아무도 없었습니다."

순경은 아까의 그 재떨이를 보았다. 하 반장의 시선도 그쪽으로 향했다.

"이건 뭘 의미하지?"

하 반장이 책상 밑에서 재떨이를 꺼내면서 물었다. 정확히 말해 그것은 재떨이라고 할 수 없었다. 접시에 꽁초가 수북이 담겨져 있었기 때문에 재떨이로 보였던 것이다.

"저는 이 여자가 담배를 피우는 줄 알았습니다. 제가 물었을 때 이 여자도 그렇게 대답했습니다."

"이건…… 이 방에 남자가 숨어 있었다는 증거야. 이걸 보란 말이야."

하 반장은 쓰레기통 속에서 피 묻은 붕대를 끄집어냈다.

"어떻게 된 것인지는 잘 모르지만…… 아무튼 이 방안에 범인이 숨어 있었던 게 틀림없어. 피살자가 범인을 숨겨 주었다고 볼 수 있지. 피살자는 범인의 요구대로 약방에 가서 붕대와 약품을 사 가지고 와서 상처를 치료해 줬어. 그러고 나서 살해당한 게 분명해."

하 반장은 이명희의 뒤를 미행했던 형사를 한심하다는 듯이 쳐다보았다.

"자네가 지원 병력이 올 때까지 기다리고 있는 동안에 일이 벌어진 거야. 자네는 대문 앞에 지키고 서 있었나?"

"아닙니다. 집을 확인해 둔 다음 우체국 앞에 가서 지원 병력을 기다리고 있었습니다."

어린 형사는 얼굴을 붉히며 대답했다.

"바로 그 사이에 범인은 이 여자를 살해하고 대문을 통해 유유히 빠져나간 거야. 현장은 그대로 보존해 두고, 빨리 흩어져서 그놈을 찾아 봐. 멀리는 못 갔을 거야. 그리고 두 사람은 이 방을 지키고 있어."

그 때 서문호 형사는 버스 터미널 부근에서 어정거리고 있었다. 두 명의 다른 형사들과 함께 있었는데 그 때까지 택시 운전사들을 상대로 이것저것 캐묻고 다녔지만 아무것도 얻은 것이 없어 좀 맥 풀린 표정으로 서 있었다. 그 때 무전기를 통해 하 반장의 다급한 목소리가 들려왔다.

"살인 사건 발생…… 범인은 도주 중…… 경비를 강화하라!"

서 형사는 그 말에 머리를 한 대 세게 얻어맞은 기분이 들었다. 이렇게 삼엄한 경비 속에서도 살인 사건이 발생했다는 것이 아무래도 믿어지지가 않았다.

그가 망설이며 서 있는데 하 반장이 어디론가 허둥지둥 걸어가는 것이 보였다. 서 형사는 그쪽으로 뛰어갔다.

"어떻게 된 겁니까? 우리와는 상관없는 사건입니까?"

"우리가 쫓고 있는 놈이 여자를 죽였어. 그 여자의 방에서 피 묻은 붕대가 발견됐어."

하 반장은 너무 흥분한 나머지 어쩔 줄을 모르고 있었다.

"부상을 입은 몸으로 사람을 죽였단 말입니까?"

"김옥자를 살해한 솜씨야. 목이 예리한 칼에 잘려서 죽었어. 경찰이 들어갔을 때는 범인은 보이지 않았고 여자는 숨을 거두고 있었어."

바로 그 때 가까운 곳에서

"강도야!"

하고 외치는 소리가 들려왔다. 형사들의 시선이 일제히 소리가 들려온 쪽으로 쏠렸다.

저만큼 떨어진 곳에서 택시가 한 대 막 시동을 걸고 있었다. 운전석에 앉아 있는 사람은 방한모 같은 것을 푹 뒤집어쓰고 있었다.

택시 옆 땅바닥에는 한 사내가 쓰러져 있었다. 그는 피투성이 얼굴을 쳐든 채 다시,

"강도야!"

하고 소리쳤다. 그리고 두 손을 뻗어 택시 문을 움켜잡았다. 거의 동시에 택시가 앞으로 내달렸다. 그 사내는 도로 땅바닥에 나뒹굴었다.

"강도야!"

너무 갑작스레 일어난 일이었기 때문에 형사들은 그저 멀뚱히 쳐다보고만 있었다. 그리고 정신을 차렸을 때는 택시가 그들 쪽으로 돌진해 오고 있었다.

"서라!"

하 반장이 권총을 빼 들고 길 가운데로 뛰어나갔다.

"위험합니다!"

서 형사는 재빨리 하 반장을 길 저편으로 밀어붙였다. 택시는 아슬아슬하게 하 반장을 스치며 달려갔다.

하 반장은 자세를 가다듬은 다음 택시를 향해 연신 방아쇠를 당겼다.

―탕! 탕! 탕!―

총성이 어둠의 적막 속에 잠겨 있던 읍거리를 요란스럽게 뒤흔들었다.

마침 맞은편에서 달려오는 버스의 강렬한 헤드라이트 빛 때문에 눈이 부셔서 하 반장의 권총은 제대로 조준이 되지 않았다. 버스가 지나갔을 때는 범인이 모는 택시는 이미 가물가물 사라지고 있었다.

"바로 그놈입니다! 머리의 붕대를 가리려고 방한모를 뒤집어

썼습니다! 자, 타시죠!"

 서 형사는 굴러 온 택시에 뛰어들었다. 하 반장이 탄 택시가 출발하자 다른 택시들도 그 뒤를 따라 일제히 경적을 울리며 달리기 시작했다.

 서 형사가 탄 택시에는 택시를 강탈당한 운전사도 함께 타고 있었다. 그 운전사는 운전석 옆자리에 앉아 있었는데 수건으로 얼굴에 입은 상처를 누르고 있었다. 그의 얼굴은 온통 피에 젖어 있었다.

 "어떤 놈이 갑자기 다가서더니 차 문을 열고 내 멱살을 움켜잡았습니다. 그리고 아무 말도 없이 칼로 얼굴을 그었습니다. 내가 비명을 지르자 놈은 나를 차 밖으로 동댕이치고는 운전석에 올라타더니 차를 몰고 가 버렸습니다. 내 평생에 이런 짓을 당하기는 처음입니다. 10년 넘게 택시를 몰았지만 이런 일은 처음입니다."

 중년의 운전사는 분을 못 이겨 씩씩거리다가 상처가 아픈지 얼굴을 찡그렸다.

 "병원에 안 가 봐도 되겠습니까?"

 "상처는 깊지 않습니다."

 속도계가 시속 1백 10킬로를 가리키고 있었다. 고속도로도 아닌 국도에서, 그것도 어둠 속을 그런 속도로 달린다는 것은 자살 행위나 다름없었다.

 택시 운전사는 젊었다. 그는 신이 난 듯 어깨를 으쓱거리며 액셀을 밟아대고 있었다.

　외곽 지대를 경비하고 있던 순경들이 멍하니 서서 달려드는 차들을 쳐다보았다. 바리케이드가 한쪽에 나뒹굴어져 있는 것이 보였다.

　바로 다리 앞이었다. 다리를 건너면 길은 양쪽으로 갈라진다. 범인이 탄 차는 보이지도 않았다.

　하 반장은 차를 세우게 했다. 택시는 갑자기 브레이크를 밟는 바람에 끼익하는 소리를 내면서 멈춰 섰다.

　"앞에 간 택시는 어느 쪽으로 갔나?"

　"오른쪽으로 갔습니다."

　집총한 순경이 가까이 다가와 대답했다.

　"저건 그 차가 들이받은 건가?"

　하 반장은 쓰러진 바리케이드를 턱으로 가리켜 보였다.

　"네, 막으려고 했지만 막을 수가……."

　순경이 채 말을 끝내기도 전에 차는 엔진 소리를 요란스럽게 내며 달려가 버렸다.

　"범인은 운전을 매우 잘하는가 보지요?"

　서 형사가 혼잣말처럼 중얼거렸다.

　"제깟 놈이 도망가 봤자지."

　차는 강을 끼고 달렸다.

　오른쪽으로 어둠 속에 잠긴 섬진강 줄기가 어렴풋이 보였다. 강은 저 아래만큼 있었기 때문에 잘못 오른쪽으로 미끄러지는 날에는 수 미터 낭떠러지 아래로 곤두박질칠 것이고 목숨을 구하기는 어려울 것 같았다. 그렇다 해도 차의 속도를 늦출 수는 없었다.

어느 새 눈발이 날리고 있었다. 길가의 가로수들이 휙휙 지나갔다. 윈도 와이퍼는 차창에 달라붙는 눈송이를 규칙적으로 닦아내고 있었다.

"이제 잡았습니다!"

운전사가 들뜬 목소리로 소리쳤다.

과연 헤드라이트 불빛 속에 범인이 몰고 가는 택시의 뒷모습이 조그맣게 막 잡히고 있었다. 범인은 필사적으로 차를 몰아가고 있었다.

서 형사는 뒤를 돌아다보았다. 뒤에서도 택시들이 떨어지지 않으려고 기를 쓰며 따라오고 있었다.

"저런 놈은 때려죽여야 합니다."

택시를 강탈당한 택시 운전사가 몽둥이를 들어 보이며 이를 갈았다.

범인의 뒷모습이 확연히 보일 정도로 사이가 좁혀졌다. 사이는 급격히 좁혀지고 있었다. 운전사는 신이 나서 더욱 힘주어 액셀을 밟아대고 있었다.

"요놈의 새끼, 네가 가면 어디까지 갈 거냐!"

속도계는 시속 1백 20킬로를 가리키고 있었다.

이제 두 차의 사이는 백 미터도 못 돼 보였다. 범인의 차가 급

커브를 긋는 것이 보였다. 바로 그 때 강렬한 헤드라이트 빛이 이쪽으로 쏟아져 왔다.

"브레이크!"

서 형사는 자기도 모르게 악을 썼다. 그 순간 앞에서 쾅하는 둔중한 소리가 들려왔다. 유리 깨지는 소리와 함께 헤드라이트 빛이 사라졌다. 그들이 탄 차는 이십여 미터나 가서야 간신히 멎을 수가 있었다. 오른쪽 앞바퀴는 낭떠러지 끝에 아슬아슬하게 걸려 있었다. 강 쪽으로 무엇인가 육중한 것이 굴러 떨어지는 소리가 들려왔다.

그들 앞에 있어야 할 범인의 차는 보이지 않았다. 그 대신 시커먼 트럭이 그들 앞을 가로막고 서 있었다. 트럭의 앞부분은 조금 일그러져 있었다. 트럭에서 뿌우옇게 먼지를 뒤집어쓴 청년이 내려왔다. 그는 얼빠진 표정으로 그들을 바라보다가 강 쪽으로 시선을 돌렸다.

형사들도 차에서 급히 내려 강 쪽을 내려다보았다.

나무 사이로 차가 처박혀 있는 것이 희미하게 보였다. 물 속에까지 처박히지는 않은 것 같았다. 굴러 떨어진 차에서는 흰 연기가 피어오르고 있었다.

"갑자기 중앙선을 넘어 달려오지 않아요. 어찌나 빨리 달려오던지 피할 수가 있어야죠. 제 차를 들이받고 저 밑으로 굴러 떨어졌죠."

트럭 운전사가 누구에게랄 것도 없이 하는 말이었다.

택시들이 속속 도착했다. 사고 현장에는 금방 사람들로 북적대기 시작했다.

연기가 가라앉고 있는 것으로 보아 차가 폭발할 것 같지는 않았다. 그제야 형사들은 플래시를 켜 들고 강 쪽으로 내려가기 시작했다. 서 형사가 맨 앞에 서서 내려갔다. 강으로 뻗은 경사면에는 나무가 많이 자라고 있었기 때문에 내려가기가 그다지 어렵지가 않았다.

범인이 탄 차는 처참할 정도로 완전히 납작하게 우그러져 있었다. 그것은 차라기보다는 양철을 뭉쳐 놓았다고 보는 것이 옳을 것 같았다.

차 속에는 한 사람이 피투성이가 된 채 우그러진 차체 사이에 끼어 있었다. 머리에 쓰고 있던 방한모는 보이지 않고 흰 붕대로 휘감긴 머리통이 깨어진 창문 밖으로 나와 있었다. 머리에서 흘러나오는 피로 붕대는 검붉게 물들여지고 있었다. 목에 손을 대 보니 이미 숨은 끊어져 있었다.

"비참한 말로군."

서 형사는 중얼거리고 나서 침을 뱉었다.

"이렇게 죽을 걸 가지고…… 망할 자식 같으니……."

하 반장은 분노에 차서 말했다.

몇 사람이 시체를 밖으로 끌어내 보려고 했지만 차체 사이에 끼어 있어 빠져나오지가 않았다.

"안 되겠는데요. 이대로 차와 함께 몽땅 끌어올리는 수밖에 없겠는데요."

"그럼 내버려 둬."

하 반장은 신경질적으로 말했다.

눈송이가 차츰 굵어지고 있었다. 몇 사람이 모닥불을 피우기 시작했다. 그 바람에 주위가 갑자기 환해졌다. 불빛 속에 드러난 시체의 모습은 더욱 끔찍해 보였다.

강가라 날씨가 몹시 추웠다. 사람들은 모닥불 주위로 모여들었다.

"내일쯤이나 돼야 차를 끌어올릴 수 있을 걸요. 이곳에는 크레인이 없기 때문에 다른 곳에서 불러와야 합니다."

그들을 태우고 왔던 택시 운전사가 말했다. 그는 택시 요금을 받지 않으려고 했다.

모닥불이 차츰 커지고 있었다. 몇 사람이 시체를 지키며 밤샘을 하는 수밖에 없었다.

서 형사는 시체의 참혹한 모습에서 눈을 뗄 수가 없었다. 창밖으로 기울어진 머리에서는 핏방울이 뚝뚝 떨어지고 있었다. 이자는 누구일까. 유갑종이라는 이름의 여권을 소지하고 있었다고 했겠다. 그는 몽타주를 꺼내 얼굴 가까이 가져가 보았다. 그러나 붕대를 감은 데다 피투성이라 얼굴을 알아볼 수가 없었다. 피를 닦아내면 어느 정도 알아볼 수는 있겠지만 지금은 그러고 싶은 마음이 추호도 없었다.

그는 피가 묻지 않게 조심하면서 죽은 자의 호주머니를 뒤져

보았다. 이윽고 그는 남자의 여권을 찾아냈다. 모닥불 쪽으로 가지고 가서 펴 보니 유갑종이라는 이름이 보였다. 그러나 거기에 붙어 있는 사진은 유갑종의 사진이 아닌, 몽타주와 비슷한 얼굴의 사진이었다.

어둠 속의 얼굴들

　하 반장 일행이 피곤한 몸을 이끌고 서울의 수사본부로 막 들어서는데 전화벨이 울렸다. 전화를 받은 수사관이 그것을 하 반장에게 넘겼다.
　"외사계에서 온 전화입니다."
　하 반장은 수화기를 빼앗다시피 낚아챘다.
　"전화 바꿨습니다."
　"외사계의 김 계장입니다."
　"아, 네, 미국에서 소식이 있습니까?"
　하 반장은 바짝 긴장해서 물었다.
　"네, 조금 전에 인터폴을 통해 연락이 들어왔는데…… 허문자의 여권을 처리한 사람은 그 여자의 미국인 남편이었답니다. 그 미국인은 그 여권을 전문적으로 위조하는 조직에 돈을 받고 넘긴 모양입니다. 경찰이 그 조직을 급습해서 알아낸 바로는 허문자의 여권을 최종적으로 이용한 자는 노신자라는 여인이었답니다. 노신자는 미국에서 사기 및 마약 사범으로 수배 중인 사람이었습니다."

하 반장은 급히 노신자라는 이름을 적었다. 상대방은 이야기를 계속했다.

"노신자는 지난 68년 5월 미국인과 결혼하여 미국으로 이주했습니다. 시민권도 받았는데…… 위장 결혼이었던지 남편과는 곧 이혼한 것으로 밝혀졌습니다. 나이는 53세이고 장성한 아들이 하나 있습니다."

"아들 이름은 뭡니까?"

"아들 이름은 변효식입니다."

"변효식에 대한 행방은 알아보지 않았나요?"

"그 사람 역시 현재는 행방을 알 수 없다고 합니다. 나이는 27세이고 미국에서 강도범으로 체포되어 3년 간 옥살이까지 한 인물입니다. 출옥 후에는 다시 강간 살인 혐의로 역시 수배 중인 인물입니다. 모자가 다함께 미국 경찰이 쫓는 인물이고, 노신자는 허문자의 여권을 가지고 한국으로 입국한 것이 분명한 것 같습니다."

변효식도 한국에 들어왔을 것이라고 하 반장은 생각했다. 변효식이 바로 유갑종의 여권을 가지고 있는 게 아닐까. 바로 그자가 김옥자와 이명희를 살해하지 않았을까.

"인터폴에서는 계속 자료를 보내 주겠다고 했습니다. 물론 새로운 소식이 있을 경우에 말입니다만……."

"감사합니다. 수고 많았습니다."

형사 두 명이 즉시 노신자와 변효식의 이름을 가지고 외무부로 달려갔다.

하 반장은 전화로 컴퓨터실을 불러 노신자와 변효식 두 사람의 신원을 알아봐 줄 것을 부탁했다. 30분도 못 돼 컴퓨터 조회 결과가 나왔다.

노신자는 1932년생이었다. 본적은 서울이었고 외사계 계장의 말대로 지난 68년 5월에 미국으로 이민을 간 것으로 되어 있었다. 당시 그녀의 나이는 37세. 원래 그녀는 24살 때 변창환이라는 남자와 결혼했고, 그 사이에 변효식이라는 아들을 둔 것으로 나와 있었다.

결혼한 지 3년 후 변창환은 갑자기 죽었다. 노신자는 몇 년 후 김수창이라는 사람을 만나 재혼했다가 1년 후에 이혼했다. 그리고 37세 때 세 번째로 미국인과 결혼하여 아들 변효식을 데리고 미국으로 건너갔다. 이상이 컴퓨터를 통해 나온 대강의 조회 결과였다.

그녀의 외아들 변효식에 관한 신원 조회 결과도 나왔는데, 특별한 것은 없었다. 그의 나이 겨우 열두 살 때 어머니를 따라 미국에 갔으니 국내에서의 이렇다 할 기록이 있을 리 없었다. 미국에 건너갈 당시 그는 초등학교 5학년이었다.

　외무부에 보냈던 형사들이 본부로 돌아온 것은 두 시간쯤 지나서였다.

　서류에 붙어 있는 노신자와 변효식의 사진을 보고 하 반장은 만족할 수가 없었다.

　두 장 모두 16년 전의 사진이었기 때문이다. 그것을 가지고 수사 자료로 삼는다는 것은 너무 무리일 것 같았다. 지금은 얼굴이 변해도 많이 변했을 것이다.

　변효식의 열두 살 때의 사진에서 어제 트럭과 충돌해서 유갑종의 여권을 가지고 있던 자의 모습을 찾아보려고 했지만 허사였다.

　이번에는 두 개의 지문을 대조해 보았다. 하나는 16년 전에 출국하면서 신원 조회서에 찍어 둔 지문이었고 다른 하나는 어젯밤 자동차 사고로 죽은 자의 손에서 채취한 지문이었다.

　두 개의 지문은 일치했다. 이로써 범인 중 남자의 신원이 명확히 밝혀졌다. 그는 16년 전 열두 살의 나이로 엄마 노신자의 손을 잡고 미국으로 건너갔던 변효식이었던 것이다. 그러나 그는 이미 죽었다. 영원히 침묵해 버린 그에게서 무엇을 얻을 수 있겠는가.

　그가 손창시의 죽음, 그리고 오묘화의 실종과 관계가 있다는 것은 이미 어느 정도 드러난 사실이었다. 그리고 그는 김옥자와 이명희를 무참히 살해했다. 그들은 우연히, 정말 재수 없게 미

어둠 속의 얼굴들 · 243

친 자의 손에 개죽음을 당한 것이다.

 허문자의 여권을 위조하여 입국한 노신자의 지문도 16년 전에 작성한 신원 조회 서류에서 확보할 수 있었다. 그러나 노신자가 비록 위조 여권을 가지고 입국했고 변효식의 어머니라 해도 그녀가 범인이라는 결정적인 증거는 아직 없었다. 다만 그녀는 가장 유력한 용의자일 수는 있었다.

 그녀를 빨리 찾아내는 것이 급선무였다. 그런데 그녀를 찾아낼 수 있는 근거라고는 그녀가 허문자의 여권을 가지고 다닐 것이라는 점과 그녀의 16년 전의 사진뿐이었다.

 그 동안 숱한 여자들이 경찰의 불심 검문을 받았음은 물론이다. 경찰은 허문자의 여권을 지니고 있는 여자를 찾아내려고 혈안이 되어 있었다. 그러나 그런 여자는 아직까지 걸려들지 않고 있었다.

 이제 사진을 확보했으니 수사에 진전이 있을 것으로 기대해 보고 싶었다. 그러나 그것은 너무 오래 전의 사진이었다. 하긴 오랜 기간이 흘러도 별로 변하지 않는 사람이 있긴 있다. 노신자도 제발 변하지 않았기를 기대하면서 하 반장은 노신자의 사진을 확대하여 전단을 만들어 줄 것을 부탁했다.

 즉시 수만 장의 전단이 만들어져 전국 방방곡곡에 배포되었다. 경찰 정보원들은 마치 때를 만난 듯 전단을 들고 비슷한 얼굴을 찾아 나섰다.

 그러나 그녀를 찾는 일은 공개적으로 할 수 없는 취약점이 있었다. 따라서 비밀리에 찾아내지 않으면 안 되었다. 게시판에 전단을 붙인다거나 하는 짓은 아직 범인이라고 볼 수 없는 그녀의 명예를 훼손하는 짓이기 때문에 삼갈 수밖에 없었다.

서울로 돌아오기 전, 그러니까 변효식이 자동차 사고로 즉사한 다음 날 서문호 형사는 더 조사할 일이 있었기 때문에 하 반장과 함께 상경하지 못하고 그 곳에 남아 있었다.
그 조사할 일이란 죽은 변효식의 그 곳에서의 행적을 추적하는 일이었다. 택시 기사들을 상대로 탐문 수사를 벌인 끝에 변효식이 죽기 전날 이른 새벽 역 앞에서 택시를 타고 절로 간 것이 확인되었다. 그 택시 기사는 이렇게 증언했다.
"서울서 내려오는 열차 편으로 막 도착한 사람이었습니다. 그 사람은 앞에 가는 택시를 눈치 채이지 않게 따라 가자고 말했지요."
"앞차에는 누가 타고 있었는데요?"
"여러 사람이 타고 있었지요. 모두 남자들이었는데 세 명인가 네 명이었습니다. 그 사람들을 태워 준 기사를 알고 있습니다."
두 번째 기사는 이렇게 증언했다.
"두 사람은 대학생들 같았고 나머지 사람은 중년 남자였습니다. 그들은 일행은 아니었고 방향이 같았기 때문에 함께 택시를 탄 것입니다. 모두 등산 차림인 걸로 보아……."
산에 가기 위해 서울서 내려온 사람들 같았다고 그는 말했다.

"그들은 절 앞에서 차를 내렸나요?"

"네, 그런데 보시다시피 눈이 하도 많이 와서 산에는 올라가지 못했을 겁니다. 지금은 눈이 그쳤지만 그저께는 눈이 많이 내리고 있었으니까요."

산행을 하지 못했다면 그 다음은 어떻게 되었을까?

입구를 지키고 있는 관리인과 경찰을 통해 알아본 결과 그 날 산행은 전면 금지되었다고 한다. 그 날 아침에 일어났던 일에 대해 순경들은 이렇게 말해 주었다.

"저희들이 미처 나오기도 전인 새벽에 몇 사람이 산에 올라간 모양이었습니다. 저희들이 쫓아 올라가자 청년 두 명이 내려오더군요. 서울서 내려온 대학생들이었습니다. 그들 말이 중년 남자 한 명이 산에 올라갔다는 거였습니다. 쫓아 올라가니까 정말 그 남자 혼자서 산에 오르고 있었습니다. 그래서 강제로 하산시켰죠."

서문호 형사는 그 일대의 여관을 상대로 다시 탐문 수사를 벌였다. 그리고 마침내 그 남자가 투숙했던 여관을 찾아냈다.

그 남자를 태워 주었던 택시 기사, 그를 강제로 하산시켰던 순경, 그리고 여관 주인의 증언을 종합해 본 결과 그 사람의 인상은 아무래도 최기봉과 비슷했다.

그 사람이 투숙했던 여관방에서 모종의 사고가 발생했었다는 것을 알아낸 서 형사는 긴장했다. 비로소 궁금한 것이 풀리는 것 같았다.

"한밤중에 자고 있는데 갑자기 '강도야!' 하는 소리가 나기에 뛰쳐나가 보았지요. 그랬더니 그 사람이 깨진 맥주병을 들고 맨발로 마당에 서 있는데 제정신이 아닌 것 같았습니다. 알고 보니 그 방에 강도가 들어온 것을 그 사람이 맥주병으로 후려치자 강도가 도망가 버린 겁니다. 그 사람 말이 강도는 많이 다쳤을 거라고 했습니다."

변효식이 투숙했던 여관을 찾아내는 데에는 그다지 시간이 걸리지 않았다. 그 곳에는 여관이 열 개도 채 못 되었기 때문에 쉽게 그 여관을 찾을 수가 있었다. 그 여관은 최기봉이 투숙했던 여관과는 불과 20여 미터밖에 떨어지지 않은 거리에 자리 잡고 있었다.

그 여관 주인의 말로는 아침 늦게까지 기척이 없어 방문을 열어 보니 손님은 이미 가고 없더라고 하면서 무엇인가 내놓는데 보니 손님이 놓고 간 조그만 여행 가방이었다. 그것은 소지품 정도를 넣을 수 있는 가죽으로 된 간단한 어깨걸이 가방이었다.

"그렇지 않아도 하루쯤 더 기다려 봐서 손님이 찾아가지 않으면 지서에 갖다 주려고 하던 참이었습니다."

"안에 있는 물건에 손을 댔습니까?"

"하나도 손대지 않았습니다."

가방 속에 있는 물건들을 모두 꺼내 하나하나 주의 깊게 살펴보았다. 손수건, 양담배 던힐(그 안에는 12개의 담배가 들어 있었다), 선글라스, 잭나이프, 백 원짜리 동전 아홉 개와 십 원짜리 동전 여덟 개, 그리고 '궁전'이라는 레스토랑에서 만든 휴대용 성냥 1갑, 수첩, 반창고, 볼펜(이것도 궁전 레스토랑에서 만든 것이었다), '마피아'라는 제호의 영어 원서, 칫솔과 치약 등등…….

서 형사는 그것들을 가방 속에 도로 쓸어 담으면서 곰곰 생각해 보았다.

변효식은 서울서부터 최기봉을 미행해 왔다. 그리고 기봉이 투숙한 방에 침입했다가 그에게 병으로 얻어맞고 그대로 도망쳤던 것이 아닐까. 그런데 그는 왜 기봉의 방에 침입했을까. 그를 죽이려고 했던 게 아닐까. 그랬다가 오히려 기봉에게 당하고 말았던 게 아닐까. 왜 그는 이곳까지 따라와서 최기봉을 죽이려고 했을까. 그 이유가 무엇일까. 최기봉은 지금 어디에 있을까. 여관 주인의 말에 따르면 최기봉은 하나도 부상을 입지 않은 것 같다. 정말 다행이라고 서 형사는 생각했다.

열두 살의 어린 나이에 미국으로 건너갔던 변효식은 16년 후에 한국에 돌아와서 최기봉을 죽이려고 했다. 그전부터 그는 최기봉을 알고 있었을까. 16년이라는 단절이 가로놓여 있는데 그렇다면 그 전에, 그러니까 12세 이전에 최기봉을 알았다는 계산이 나온다. 따라서 그 가능성은 거의 희박하다. 그는 최기봉에 대해서 전혀 몰랐을 가능성이 많다. 한국에 돌아와서야 그에 관한 것을 알게 되었을 것이다. 어떤 사람을 통해서 그에 대한 것을 알게 되었을 것이다. 그 어떤 사람은 왜 변효식에게 최기봉에 대한 것을 말해 주었을까? 이유는 간단하다.

  최기봉을 제거하기 위해서는 그에 관한 것을 알려 주지 않으면 안 되었던 것이다. 결론적으로 말해 변효식은 그 어떤 사람으로부터 최기봉을 제거해 달라는 부탁을 받고 그를 제거하려고 했던 것이다.

  그렇다면 그 어떤 사람, 즉 배후의 인물을 찾아내지 않으면 안 된다. 이 사건의 배후 인물 — 주범은 누구일까? 그의 어머니인 노신자일까? 그렇다면 노신자는 왜 최기봉을 죽이려고 했을까? 노신자와 최기봉은 원래부터 아는 사이였을까? 거듭되는 의문에 서 형사의 머릿속은 멍해져 왔다.

  서울로 돌아온 서 형사는 노신자의 지난 16년간의 출입국 관계를 조사해 보았다. 출입국 관리사무소의 컴퓨터는 불과 5분 만에 노신자에 관한 것을 토해 냈다.

  그녀는 68년 미국으로 건너간 이후 무려 열다섯 번이나 한국에 왔었음이 드러났다. 그러나 이 횟수는 그녀가 본명으로 입국했었던 기록이다. 따라서 위조 여권으로 입국했던 것까지 합치면 실제 드러난 것보다는 그 횟수가 훨씬 많을 것이다. 본명으로 입국한 것을 연도별로 살펴보면 69년 5월에 최초로 입국한 것으로 되어 있었다. 그 이듬해에는 2월과 8월 두 차례에 걸쳐 입국했다. 71년에는 6월에 한 번, 72년에 1월과 9월에, 73년과 74년에는 각각 한 차례씩, 75년에는 무려 3번이나 입국했는데 그 해에는 사업이 번창했던 모양이다. 그리고 76년부터 79년까지는 해마다 한 번씩 입국했다. 79년 이후부터는 본명으로 입국한 사실이 컴퓨터에 나와 있지 않았다.

열다섯 번 모두 미국의 출발지가 일정치 않았다. 로스앤젤레스, 샌프란시스코, 뉴욕, 하와이 등지에서 출발한 것으로 나와 있었다.

아무튼 이해되지 않는 점이 많은 여자이다. 무슨 일로 그렇게 한국에 드나들었을까. 일단 이민을 가면 자리가 잡힐 때까지는 여간해서 고국에 돌아오기 힘든 것이다. 그런데 그녀는 그야말로 뻔질나게 드나들었다. 그 많은 여비는 어디서 났을까. 그녀가 많은 재산을 물려받았다는 증거는 없었다. 그녀는 직업이 없는 사람으로 나와 있었다.

서 형사는 인터폴을 통해 들어온 정보 중 다음 사항, 즉 '노신자는 미국에서 사기 및 마약 사범으로 수배 중인 사람'이라는 점에 주목했다. 어떤 변칙적인 일 때문이 아니고는 그렇게 뻔질나게 한국에 드나들 수는 없었을 것이다. 그 변칙적인 일이란 바로 그 사기와 마약 관계가 아닐까. 그녀는 그 관계에 있어서 미국과 한국 사이를 연결해 주는 루트가 아닐까.

서 형사는 자신의 생각을 하 반장에게 이야기해 보았다. 이야기를 흥미 있게 듣고 난 하 반장은 고개를 끄덕이면서
"음, 그럴 듯한 이야기야."
라고 동감을 표시했다.

"사기는 개인적으로 혼자서도 할 수 있는 일이지만 마약은 조직의 힘이 필요합니다. 아무래도 마약 쪽이 더 가능성이 크다고 봅니다."

"그럼 그쪽 방면을 조사해 보지."

"알겠습니다. 그리고 오늘 저녁에는 여기에 한 번 가보고 싶습니다. 함께 안 가시겠습니까?"

서 형사는 하 반장에게 성냥갑을 꺼내 보였다.

"거기가 어디야?"

"죽은 변효식의 가방 속에서 나온 겁니다. 궁전이라는 레스토랑입니다."

하 반장은 성냥갑을 들여다보고 나서 고개를 끄덕였다.

서 형사는 볼펜을 꺼냈다.

"이것도 그 레스토랑에서 만든 겁니다. 변효식은 그 곳에 자주 간 것 같습니다. 자신은 없지만 혹시 모르니까 거기에 한 번 가보죠."

레스토랑 '궁전'은 강남 쪽에 위치해 있었다.

그들이 그 곳에 도착했을 때 그것은 높은 언덕 위에서 강물을 굽어보며 앉아 있었다. 건물을 둘러싸고 있는 넓은 창문으로는 따뜻한 느낌을 주는 불빛들이 은은하게 흘러나오고 있었다. 붉은 벽돌로 현대적인 감각을 살린, 지은 지 얼마 안 된 것 같은 그 레스토랑은 얼른 보기에도 꽤나 고급스러워 보였다.

주차장에는 고급 승용차들이 즐비하게 늘어서 있었다. 초라

한 차림의 형사들로써는 기세 있게 안으로 들어서지 못한 채 그 앞에서 자연 머뭇거려졌다.

"이건…… 고급 사교 클럽 같은데요."

서 형사가 하 반장의 눈치를 살피며 말했다.

"잘못 온 것 같은데……."

하 반장은 이맛살을 찌푸려 보였다.

"여기까지 왔으니까 한 번 들어가 보죠."

"가진 돈이 얼마 없어."

"먹지 말고 버텨 보죠 뭐."

그들은 조심스럽게 안으로 들어섰다. 발에 밟히는 카펫의 촉감이 부드러웠다.

실내는 드넓으면서도 아늑한 느낌을 주었다. 밖에서 얼었던 몸이 안으로 들어서는 순간 확 풀리는 것 같았다.

앉으면 푹 파묻힐 것 같은 고급 가죽 소파가 대리석 벽을 따라 놓여 있었고, 중간의 공간에서는 몇 쌍의 남녀가 서로 끌어안은 채 춤을 추고 있었다. 품위 있고 고급스런 실내 장식과 분위기에 두 형사는 그만 압도되는 느낌이었다.

음악도, 춤도, 말소리도 모두 조용했다. 다른 데서는 보지 못했던 사치스런 조용함이 그 곳에는 있었다. 손님들은 고급스런 대화만 나누고 있는 것 같았다. 큰 소리를 낸다는 것은 그야말로 무례한 짓일 것 같았다.

두 형사는 자신들이 잘못 들어왔다는 것을 깨달았지만 그렇다고 머쓱해져서 돌아 나간다는 것도 자존심 상하는 일이라 나가 지도 못하고 자리를 잡는다는 것은 엄두도 내지 못한 채 그저 머뭇거리고 있었다.

"숨 막히는데요."

"아무래도 잘못 들어왔어."

두 사람은 주위의 눈치를 살피며 작은 소리로 속삭였다.

그들은 거기에는 전혀 어울리지 않는 이방인이었고 침입자들이었다.

"회원이십니까?"

아니나 다를까, 입구를 지키고 있던 남자가 그들에게 정중하게 물었다. 깍듯이 예의를 지키면서 묻는 말이었지만 그의 표정 속에는 그들 침입자들을 탐색하려는 빛이 번득이고 있었다.

"아닙니다."

서 형사는 그러면 그렇지 하고 생각했다. 그 곳은 아무나 들어올 수 있는 곳이 아닌, 회원제로 운영되는 고급 사교 클럽임이 분명했다.

"회원이 아니면 좀 곤란합니다."

나비넥타이를 맨 중년 사나이의 얼굴에서 갑자기 미소가 싹 사라졌다.

"알고 있습니다. 우리는 용무가 있어서 왔습니다."

하 반장이 정색을 하고 말했다.

"무슨 용무신가요?"

하 반장은 사내의 귀 가까이 접근했다. 그리고 낮은 소리로 말했다.

"경찰에서 왔습니다."

"아, 그렇습니까. 무슨 일로……."

사내는 아래위로 새삼스럽게 그들을 살펴보았다.

눈은 내리지 않았지만 그 대신 바람이 몹시 불어 대고 있었다. 거리의 먼지들이 날리는 바람에 눈을 제대로 뜰 수가 없었다. 그는 아까부터 바람을 막고 서 있었지만 먼지만은 피할 수가 없었다. 눈을 비비면서 그는 맞은편의 큰 빌딩을 올려다보았다.

20층의 흰 대리석 빌딩 안이 갑자기 환해졌다. 불이 들어온 것이다. 거리에는 어둠이 내리고 있었다.

기봉은 왜 자신이 그 곳에 서 있는지 알 수가 없었다. 자신도 모르는 사이에 그 곳까지 온 것이다.

"오빠, 가요. 추워요."

누이동생 수미가 어깨를 움츠리며 말했다.

누이동생을 만난 것은 서너 시간 전이었다. 집으로 전화를 걸어 동생을 불러냈던 것이다. 지리산에 다녀온 후 그는 아직까지 집에 안 들어가고 있었다. 어머니와 동생들이 걱정할까 봐 하루에 한 번씩 전화를 걸어 주고 있었지만 아직 집에는 안 들어가고 있었다.

"저게 바로 언니 집안에서 하는 회사 빌딩이다."

그는 묘화의 어머니가 경영하는 회사 빌딩을 턱으로 가리켜 보였다.

"어머, 그래요?"

수미는 입을 딱 벌리고 빌딩을 바라보았다.

"일을 하나 보지요?"

"집안에 사고가 있어도 회사는 운영해야 하니까."

그는 담배를 뽑아 물고 불을 붙였다. 성냥개비를 여러 개 허비하고 나서야 겨우 불을 댕길 수가 있었다.

"이제 가요. 저녁 먹으러 가요."

너무 추웠기 때문에 그녀는 따뜻한 곳이 그리웠다. 그러나 기봉은 얼른 뜨려고 하지를 않았다.

"가만있어 봐."

"왜 그래요?"

여기 서서 빌딩을 쳐다보고 있어 봐야 기분만 상할 것이 아니냐고 그녀의 눈은 묻고 있었다.

"넌 추운데 저 빌딩 지하 다방에 들어가 있어라. 난 잠시 다녀올 데가 있으니까."

"어디 가시려고요?"

"저 안에 좀 들어갔다 오겠다."

"저기는 뭐 하시려구요?"

수미는 걱정스러운 눈으로 오빠를 바라보았다. 그녀는 오빠가 무슨 행동을 할지 불안했다. 그녀가 보기에 오빠는 모든 것을 자포자기 한 듯 보였지만 그것이 오히려 태풍의 눈처럼 불안해 보였던 것이다.

"그럴 일이 있어."

"그러지 말고 집에 들어가 쉬세요."

그녀는 오빠의 팔을 잡아당겼다.

"시키는 대로 하란 말이야. 다방에 가서 기다리고 있어."

그가 갑자기 엄한 목소리로 말하는 바람에 수미는 그만 쑥 들어갔다.

수미가 길을 건너 건물 밑에 있는 다방으로 들어가는 것을 보고 그도 길을 건너갔다. 자신도 모르게 주위가 살펴졌다. 주위를 둘러본 다음 계단을 몇 개 올라가 스윙 도어 앞으로 걸어갔다. 손목시계가 5시 15분을 가리키고 있었다.

문을 밀고 안으로 들어가자 드넓은 홀이 그를 맞이했다. 홀 저쪽 벽 밑에 수위가 앉아 있었고 많은 사람들이 왔다 갔다 하고 있었다.

빌딩이 워낙 컸기 때문에 그 곳에는 다른 업체들도 들어와 있었다. 업체들의 이름이 벽에 나란히 붙어 있었다.

묘화의 어머니가 회장으로 있는 S그룹은 10층 이상을 모두 사용하고 있었다. S건설, S통운, S유통, S식품, S…….

그것을 보고 있는 동안 기봉은 절로 입이 딱 벌어지지 않을 수 없었다. 기업이 꽤 크다는 것은 알고 있었지만 이처럼 방대할 줄은 미처 모르고 있었던 것이다.

다행히 수위는 그를 주목하지 않았다. 하기는 여러 업체에 관계가 있는 사람들이 끊임없이 드나들고 있으니 수위라고 일일이 신경을 쓸 수도 없을 것이다. 그저 안내 정도 맡고 있는 것이 고작일 것이다.

묘화의 어머니 민혜령은 지금 집에 몸져누워 있을 것이다. 그녀의 남편 오명국은 아내 밑에서 사장직을 맡고 있었다. 오명국은 회사에 나와 있을 가능성이 크다. 묘화의 친아버지가 아니므로 민혜령처럼 비탄에 잠겨 있을 까닭이 없다.

민혜령이 S그룹의 회장이 된 것은 남편이 갑자기 세상을 떠났기 때문이다. 묘화에게 들은 바에 따르면 그녀의 아버지는 암에 걸려 세상을 떠났다고 했다. 당시 그의 나이는 49세였고 민혜령은 45세였다.

민혜령은 남편이 죽은 지 1년 만에 건설 파트의 상무로 있는 지금의 남편과 결혼했다. 오명국은 묘화의 죽은 아버지와 먼 일가뻘 되는 사람이었다. 그 역시 전처소생의 자식이 둘 있었다. 그의 전처는 지금 정신병원에 수용돼 있는 것으로 기봉은 알고 있었다.

오명국은 아내 덕분에 사장 자리까지 올라가 있었다. 그러나 그 사장이란 것은 그룹 내의 건설 회사 사장에 불과했다. 그리고 그 이상은 올라가지 못하고 있었다. 그의 머리 위에 민혜령이 떡 버티고 있으니 그럴 수밖에 없는 일이다. 그는 사장 자리에 과연 만족하고 있을까. 과연 남자로서, 그리고 남편으로서 그 자리에 만족할 수 있을까.

 민혜령은 왜 남편에게 자리를 물려주지 않는 것일까. 아내가 더 높은 지위에 있는 상황에서 그 부부는 과연 원만한 관계를 유지할 수 있을까.

 기봉은 항상 그 점이 궁금했다. 그러나 그 점에 대해 묘화에게 들어 본 적은 없었다. 묘화도 그에게 집안 일, 또는 회사에 대해 얘기한 적이 없었다. 그녀는 그런 것에 대해서는 도통 관심이 없는 것 같았다.

 그는 벽면에 붙어 있는 회사 이름들을 가만히 바라보았다. S건설은 15층에 있었다. 그는 엘리베이터 앞으로 접근했다. 엘리베이터 문이 열리더니 많은 사람들이 쏟아져 나왔다. 퇴근 시간이 되려면 아직 좀 더 있어야 했다.

 기봉은 엘리베이터 안으로 들어갔다. 안에는 혼자뿐이었다. 미모의 엘리베이터 걸이 몇 층에 가느냐고 물었다. 그는 15층을 부탁한다고 말한 다음 S건설 사장 오명국 씨가 퇴근했느냐고 물었다. 엘리베이터 걸은 잘 모르겠다고 머리를 흔들었다.

 이윽고 15층에서 내린 기봉은 잠시 복도에서 서성거렸다. 복도에는 사람 하나 보이지 않았다. 대리석이 깔린 복도는 쥐죽은 듯 조용하기만 했다. 복도는 미로처럼 이리저리 구부러지고 있었다.

 그는 화살표가 그려진 안내판을 보고 먼저 남자 화장실로 들어갔다. 화장실도 온통 수입대리석으로 발라져 있었다. 그는 세

면대 앞에 다가서서 따뜻한 물에 얼굴과 손을 씻었다. 기분이 상쾌했다.

화장실을 나오던 그는 멈칫했다. 오명국이 막 화장실 앞을 지나치고 있었던 것이다. 그의 뒤에는 비서로 보이는 사람이 부지런히 따르고 있었다. 그들이 엘리베이터 앞에 서는 것을 보고 기봉은 화장실 안으로 도로 들어갔다. 잠시 후 나와 보니 그들의 모습은 보이지 않았다.

엘리베이터는 모두 네 대였다. 그는 재빨리 여기 저기 버튼을 눌렀다. 그리고 제일 먼저 도착한 엘리베이터를 탔다.

1층에 내린 그는 홀을 가로질러 밖으로 재빨리 나가 보았다.

오명국과 비서는 정문 앞에 서 있었다.

기봉은 누이동생이 들어간 다방으로 급히 내려가 보았다. 수미는 출입구 쪽을 향해 다소곳이 앉아 있었다. 기봉은 찻값을 치르며 누이에게 빨리 나오라고 손짓했다.

"저 차 안에 바로 내 장인 되는 사람이 타고 있어. 이름은 오명국이라고 하지."

그는 누이의 귀에다 대고 낮게 속삭이면서 급히 밖으로 나와 콜택시를 집어탔다.

"알아요. 예식장에서 봤어요."

"이제부터 저 사람을 따라가 보는 거다."

그는 운전사에게 앞에 가는 일제 차를 따라가자고 일렀다.

"뭣하려고요?"

수미가 불안한 표정을 감추지 못하고 물었다.

"넌 잠자코 있어."

그는 팔짱을 끼면서 정면을 응시했다. 그의 결심이 굳은 것을 보고 수미는 입을 다물었다.

일제 로열살롱은 남산 순환도로로 접어들었다. 차 안에는 운전사와 오명국 두 사람뿐이었다. 오명국은 뒷자리에 깊숙이 앉아 있었다.

"저분…… 댁에 가시는 거 아니에요?"

"아니야, 집 방향과는 반대쪽이야."

기봉은 운전사에게 눈치 채이지 않게 조심해서 미행해 달라고 부탁했다. 운전사는 씩 웃으면서 백미러로 그를 힐끗 쳐다보았다.

오명국의 차는 이태원 쪽으로 방향을 바꾸었다. 싸구려 보세품 가게가 즐비하게 늘어선 곳에서 차는 멈춰 섰다.

거리에는 이제 완전히 어둠이 내려와 있었다. 일제 로열살롱은 움직이지 않고 그 자리에 한참 동안 서 있었다. 오명국도 차속에 그대로 앉아 있었다. 콜택시도 라이트를 끈 채 어둠 속에 가만히 서 있었다.

"누가 차에 접근하고 있어요."

수미가 다급하게 속삭였다.

과연 한 사람이 카페에서 나와 살롱으로 접근하고 있는 것이 보였다. 남자였는데 캡을 푹 눌러쓰고 있어서 인상을 파묻고 있는 것이 될수록 얼굴을 드러내지 않으려고 애쓰는 것 같았다.

차의 뒷문이 열리더니 캡의 사나이는 차 안으로 모습을 감추었다. 이윽고 다시 차가 움직였다. 콜택시도 따라 움직였다. 로열살롱은 로터리를 돌아 남쪽으로 굴러갔다.

"계속 미행할까요?"

콜택시 운전사가 물었다.

"네, 계속합시다."

기봉은 단단히 결심한 듯 말했다. 수미는 불안한 표정으로 오빠를 한 번 바라다보고 나서 다시 앞으로 눈을 돌렸다.

콜택시 운전사는 운전 솜씨가 탁월했다. 적당한 간격을 두고 앞차를 미행한다는 것이 쉽지 않은 데도 그는 그것을 잘 해내고 있었다. 걱정이 있다면 택시비가 엄청나게 불어 가고 있다는 점이었다.

로열살롱은 강변도로로 접어들었다. 일단 강변으로 접어들자 속력을 내서 달리기 시작했다. 콜택시 운전사는 자세를 고쳐 앉은 다음 액셀을 힘주어 밟았다. 로열살롱과 콜택시 사이에는 세 대의 차가 달리고 있었다. 그 차들이 이쪽의 존재를 막아 주는 역할을 하고 있어서 다행이었다.

잠시 후 그들은 잠수교 위를 달리고 있었다. 잠수교를 건너간 로열살롱은 왼쪽으로 커브를 그었다. 그리고 다시 강변도로를 달려갔다.

"미행해야 할 일이라도 있어요?"

수미는 참을 수 없다는 듯 물었다. 기봉은 머리를 좌우로 흔들었다.

"그렇지도 않아."

"그럼 왜 따라가는 거예요?"

"나도 모르겠어. 무슨 일인가 해야겠기에 따라나선 거야. 그대로 있을 수는 없잖아."

"하지만 왜 하필 저분을……."

수미는 아무래도 모르겠다는 표정으로 그를 쳐다보았다.

기봉은 코트 주머니 속에서 무엇인가를 꺼냈다. 그것은 검정색 운동모였다. 모자 앞에는 흰색의 'K' 자가 붙어 있었다.

"그건 무슨 모자예요?"

"우연히 내 손에 굴러 들어온 모자지. 내가 여관방에서 자고 있는데 어떤 놈이 몰래 들어왔어. 나는 그놈을 물리쳤지. 놈은 이걸 떨어뜨리고 도망쳤어. 나는 이걸 조사해 봤어. 이걸 보라구."

그는 모자 옆에 박힌 작은 금박 글자를 가리켰다. 차 안이 어두웠기 때문에 수미는 그것을 읽을 수가 없었다. 그 때 뒤따라오는 차의 헤드라이트 불빛이 차안으로 쏟아져 들어왔다. 수미는 재빨리 글자를 읽었다.

그것은 'K컨트리클럽'이라는 글귀였다.

"이게 뭐예요?"

"골프 클럽 이름이야. 알아 봤더니 이 모자는 그 클럽 정회원에게 나누어준 거야. 창설 10주년을 기념해서 말이야. K클럽은 이른바 상류사회 명사들만 출입하는 클럽이야. 그러니까 군소 골프 클럽하고는 다른 국내 최고의 골프 클럽이라고 할 수 있지. 그런데…… 나를 해치려고 했던 자는 아주 젊은 청년이었어. 확실히 보지는 못했지만 젊은 청년이었던 것 같아. 만일 청년이 맞다면 그 나이에 K클럽 회원일 리가 없지. 따라서 이 모자가 아니었을 거란 말이야. K클럽 정회원의 모자를 훔쳤던가 빌렸던가, 아니면 얻었던가 했을 거란 말이야."

차가 정지했다. 현대적인 감각을 최대한 살려 지은 듯한 멋진 건물이 차를 가로막고 있었다. '궁전'이라는 이름의 레스토랑이었다.

오명국과 캡이 차에서 막 내리고 있는 것이 보였다.

"안으로 들어가지 말고 저쪽에다 세워 주십시오!"

콜택시는 궁전 앞을 지나쳐 조금 가다가 멈춰 섰다. 두 사람은 택시에서 내려섰다.

강바람이 매섭게 얼굴을 할퀴며 지나갔다. 그들은 레스토랑 건물을 올려다보았다. 5층 건물이었다.

"추워 죽겠어요."

수미가 기봉에게 매달리며 발을 동동 굴렸다.

"어떡하지?"

기봉은 주위를 둘러보았다. 부근에는 몸을 녹일 만한 찻집 하나 보이지 않았다. 하는 수 없이 그는 누이를 데리고 축대 밑으로 가서 바람을 피했다. 그렇지만 춥기는 마찬가지였다.

"할 수 없다. 안에 들어가서 뭐 하나 먹도록 하자."

"그분하고 만나면 어떡하려구요?"

수미는 잔뜩 불안해하며 물었다.

"부딪쳐도 할 수 없는 거지 뭐. 여기 있다가는 얼어 죽겠다. 자, 이럴 줄 알았으면 약간 변장을 하는 건데……."

그는 누이의 손을 잡고 정문 쪽으로 돌아갔다. 정문을 통과해서 공지를 가로질러 갔다.

현관 스윙문은 두꺼운 유리로 되어 있었다.

문을 밀고 들어가자 나비넥타이를 맨 기품 있는 중년 사내가 상체를 약간 구부리며 그들을 맞았다.

"어서 오십시오. 회원이십니까?"

"아닌데요."

기봉은 당황해서 말했다.

"회원이 아니면 곤란합니다. 여기는 회원제입니다."

사내는 깔보듯이 그들을 바라보았다.

"아, 그런가요."

기봉은 실내를 둘러보았다.

은은한 조명 밑에서 멋지게 차려입은 신사와 숙녀들이 품위 있는 모습으로 테이블 주위에 둘러앉아 조용히 술잔을 기울이고 있었다.

그들 중 오명국의 모습은 보이지 않았다.

"실례했습니다."

기봉은 허둥대며 돌아서 나오려다가 용기를 내어

"조금 전에 들어오신 두 분은 어디 계십니까? 모자를 쓰신 분하고 뚱뚱하신 분하고 말입니다."

하고 물었다.

"그분들은 위로 올라가셨습니다."

"아, 그래서 안 보이는군요. 몇 층에 올라가셨나요?"

"왜 그러시죠?"

사내가 경계의 눈빛으로 그를 바라보며 물었다.

"아, 좀 아는 분이라 그냥 물어 본 것뿐입니다. 그분들은 여기 회원이신가요?"

"오 사장님만 회원이시고 다른 한 분은 회원이 아닙니다."

"회원이 아닌데도 들어가나요?"

수미가 당돌하게 물었다.

"회원하고 함께 오면 들어갈 수 있습니다."

"그럼 우리도 회원을 데리고 와야겠네요."

그녀가 빈정거리자 사내는 문을 열었다.

"나가 주십시오. 통행에 방해가 됩니다."

정중하면서도 상당히 모욕적인 말이었다. 그들 오누이는 입술을 깨물며 그 곳을 나왔다.

이제는 정말 갈 곳이 없었다. 그러나 기봉은 돌아가지 않고 아쉬운 듯 그 앞을 맴돌았다.

"오빠, 그만 가요. 추워 죽겠어요."

"좀 더 기다려 봐. 좋은 수가 있을 거야."

그 때 택시 한 대가 다가오는 것이 보였다. 빈 택시였다. 기봉은 손을 들어 차를 세웠다. 택시가 서자 그들은 그 안으로 뛰어 들었다.

"여기 주차장으로 들어갑시다."

기봉은 궁전 주차장을 가리켰다.

택시는 주차장 안으로 들어갔다. 기봉은 후미진 곳을 가리키면서 거기다가 차를 세워 달라고 부탁했다.

"한 시간이 될지 두 시간이 될지 모르겠습니다만 이 차를 지금부터 내가 전세 내도록 합시다. 요금은 충분히 드릴 테니까. 어떻습니까?"

운전사는 표정이 환해졌다. 사실 그는 몹시 피로했고 벌이가 신통치 않아 우울하던 참이었다. 기봉이 시간당 만 원씩 주겠다고 하자 그는 쾌히 승낙했다.

"춥지 않게 히터를 좀 틀어 주시오."

손님의 말이 떨어지기 무섭게 운전사는 히터를 틀었다. 차 안은 금방 훈훈해졌다.

"자, 이제 춥지 않지?"

기봉은 누이를 쳐다보며 미소를 지어 보였다.

"여기서 기다리실 거예요?"

"그럼. 따뜻해서 좋다."

운전사가 라디오 스위치를 틀었다. 음악이 흘러나오기 시작했다.

"아까 하다가 만 이야기해 주세요."

"무슨 말을 했지?"

"K클럽 모자 이야기하셨잖아요."

수미는 검정색 운동모를 흔들어 보였다.

"아, 그렇지. 그 이야기를 하다 말았지. 어디까지 이야기를 했지?"

"오빠를 해치려고 했던 청년은 K클럽 회원일 리가 없다. 그 클럽은 상류사회 명사들이 모이는 클럽이다. 따라서 그 청년은 이 모자를 K클럽 정회원한테서 빌렸던가 훔쳤던가 얻은 게 틀림없다는 데까지 말씀하셨어요."

"음, 그래서 말이야. 나는 가까이 있는 사람들 중 혹시 K클럽 회원이 없을까 생각해 보았지. 당연히 두 사람이 떠올랐어. 그 두 사람이 누구이겠어?"

"K클럽 회원이라면 상류사회 명사일 거고…… 거기에는 돈 많은 재벌급 인사도 들어가겠죠?"

"그야 물론이지."

"그런 사람으로 가까운 사람이라면…… 저 안으로 들어가신 오명국 사장님밖에 더 있겠어요?"

"그렇지. 넌 역시 명석해. 그분이 제일 먼저 생각나더란 말이야. 그렇다면 또 한 사람은 누구일까?"

수미는 고개를 갸우뚱했다.

"잘 생각나지 않는데요."

"묘화의 어머니 민혜령이야."

"그분도 골프를 치시나요?"

"그럼. 요즘은 여자들도 골프를 치지. 두 사람에 대해서 K클럽에 알아보았더니 역시 내가 생각했던 대로 그 두 분은 거기 정회원이었어."

"그럼 그 두 분한테서 이 모자가 흘러나왔다는 건가요?"

"아니……."

기봉은 자신이 없는 투로 머리를 흔들었다. 그는 초조하게 담배를 피워 물고 나서 말을 이었다.

"그 두 분한테서 이 모자가 흘러나왔다고 단정할 만한 아무런 증거도 지금은 없어. 나는 단지 가능성을 보고 뒤쫓아 온 것뿐이야."

라디오에서는 영화 빠삐용의 주제가가 흘러나오고 있었다. 그들은 그 음악이 끝날 때까지 입을 다물고 있었다.

"나는 빠삐용 같다는 생각이 들어."

음악이 끝나자 기봉이 중얼거렸다. 수미는 눈물이 나오려는 것을 참으며 오빠의 손을 잡았다. 오빠의 손은 얼음장처럼 차가웠다.

"그런 생각하지 마세요."

"나는 빠삐용처럼 나한테 씌워진 굴레에서 기어코 벗어나 보이고 말겠어. 처음에는 모든 것을 잊어 보려고 해 보았어. 그러나 그럴 수 없다는 것, 그것이야말로 자기기만이고 도피라는 것을 알게 되었다. 그래서 부딪쳐 보기로 한 거야."

"오빠, 오빠는 누명을 벗었잖아요."

"법적으로야 그렇지. 하지만 그보다 더 무서운 굴레가 내 목에 씌워져 있어. 나는 그 굴레에서 헤어나지 못하면 다시는 사회생활을 할 수 없을 것 같아. 가장 무서운 굴레는 오묘화야. 그녀의 실종이야말로 나를 가장 불안하게 만드는 요인 중의 하나야. 그녀의 실종을 모른 체하고는 아무 일도 할 수 없을 것 같아. 내 양심이 그것을 허락지 않아. 묘화가 밤마다 나를 부르고 있는 것 같아. 그녀의 영혼이 나를 애타게 찾고 있는 것 같아."

"그 여자는 나쁜 여자예요."

수미는 분연히 말했다.

"그렇지 않아."

수미가 분연히 말한 것만큼 기봉도 강한 어조로 부인하고 나왔다.

"오빠는 그 여자 때문에 신세를 망친 거예요. 왜 그런 여자를 옹호하시는 거예요?"

"옹호하는 게 아니야. 그 여자는 나쁜 여자가 아니야. 나는 그 여자를 이해할 수 있어."

"전 그 여자도 오빠도 이해할 수 없어요. 두 사람 다 이상한 분들이에요."

"잠깐!"

기봉은 손을 들어 수미를 제지했다. 택시 한 대가 주차장 안으로 들어와 현관 앞에 멈춰 서더니, 두 남자가 차에서 내렸다. 하 반장과 서 형사였다.

"아니, 저 사람들이 여긴 왜 왔지?"

기봉은 적이 놀라지 않을 수 없었다.

"설마 우리를 찾으러 온 건 아니겠죠."

그들은 수미에게도 낯선 얼굴들이 아니었다. 이윽고 그들은 현관문을 밀고 안으로 사라졌다.

그들이 고급 사교 클럽의 회원일 리는 없다고 기봉은 생각했다. 그렇다면 수사를 위해 온 것이 틀림없다. 형사들이 무엇인가 포착한 것이 틀림없다. 여기서 형사들을 보게 된 것은 우연의 일치일지는 모르지만, 한편 생각하면 우리는 어떤 공통의 목표를 쫓고 있는지도 모른다.

"저분들 만나지 마세요."

수미가 걱정스러운 듯 말했다.

"만나지 않을 거야."

혹시 그들은 오명국을 만나러 온 것이 아닐까. 그 말고 또 달리 만나야 할 사람이 있을까.

"우리 이제 돌아가요."

수미가 다시 걱정스러워 하는 눈치를 보이며 말했지만 그는 움직이려 들지 않았다. 그는 확실한 것이 손에 잡힐 때까지 차

속에 앉아 기다릴 생각이었다. 택시 운전사는 그들의 대화에는 관심이 없는지 상체를 뒤로 젖힌 채 잠을 청하고 있었다.

지배인은 난감한 표정으로 앉아 있었다. 탁자 위에는 변효식의 사진이 놓여 있었다.

형사들은 술잔에는 손도 대지 않고 지배인이 입을 열기만을 기다리고 있었다. 그러나 지배인은 좀처럼 입을 열려고 하지 않았다. 기다리다 못해 하 반장이 신경질적으로 말했다.

"솔직히 말해 주지 않으면 당신을 연행해갈 수밖에 없어. 여기서 말해 주겠소, 아니면 우리와 함께 가겠소?"

지배인은 불안한 기색으로 주위를 살핀 다음 가까스로 입을 열었다.

"사실은…… 몇 번 온 적이 있습니다. 그런데 그 사실을 비밀로 해 달라고 했기 때문에……."

"누가 그런 부탁을 했나요?"

"……."

지배인은 다시 입을 다물었다.

"이 청년은 살해됐습니다."

서 형사의 말에 지배인은 흠칫 놀라는 표정이 되었다.

"그래도 입을 다물 셈인가요?"

"오…… 오 사장님이 그러셨습니다. 이 청년이 여기 오는 것을 비밀로 해 달라고 신신당부하기에……."

형사들의 표정이 딱딱하게 굳어졌다.

"오 사장이라니…… 오명국 사장 말이오?"

그렇게 묻는 하 반장의 눈이 세모꼴로 변했다.

"네, S건설의 오 사장 말입니다."

"이 청년과 오 사장이 여기서 자주 만났나요?"

"자주는 아니고 가끔 만났습니다."

"언제부터 만났나요?"

"한 두어 달 됐습니다."

박수 소리가 조용히 일었다. 눈에 익은 여자 가수가 노래를 부르기 시작했다. 지배인은 불안한 기색을 감추지 못한 채 주위를 흘끔거리고 있었다. 형사들의 귀에는 여가수의 노랫소리 따위는 들어오지 않았다.

"요 위에는 VIP룸이 있습니다. 거기서 두 분은 만나곤 했습니다."

지배인이 손가락으로 위를 가리켰다.

"언제나 두 사람만 만났나요? 아니면 다른 사람도 있었나요?"

"있었습니다. 남자 한 분이 또 있었습니다. 그분은 항상 모자를 쓰고 다니는 분인데 뭣하는 분인지는 모르겠습니다."

"이곳 회원은 아닌가요?"

"아닙니다."

"오 사장의 부인인 민혜령 씨도 여기 회원인가요?"

"네, 회원이십니다."

"그분은 여기 오지 않나요?"

"가끔 오십니다. 하지만 요즘은 보지 못했습니다."

"민 여사도 여기서 이 청년을 만났나요?"

"아닙니다. 여기 오실 때는 항상 오 사장님을 비롯해서 여러 분과 동행이었습니다. 아마 회사 일 때문에 만나는 사람들 같았 습니다."

오묘화가 실종된 후부터 민혜령은 거의 집에서 두문불출하고 있다. 그러니 여기에 왔을 리가 없다. 그러나 오명국은 달랐다. 그는 계속 회사에 출근하고 있었고, 그 동안 이곳 레스토랑에도 들락거린 것으로 되어 있었다.

그런데 지배인이 다시 놀라운 사실을 알려 주었다.

"지금 오 사장님이 여기 와 계십니다. 그 모자를 쓰신 분하고 위층에 와 계십니다. 얼마 전에 오셨습니다."

"그래요?"

"이층 VIP룸에서 술을 마시고 계십니다. 제가 이런 말했다는 것은 비밀로 해 주십시오."

"비밀로 하고말고. 당신도 우리가 여기 찾아왔다는 것을 입 밖에 내서는 안 돼요. 절대……."

"절대로 말 안 하겠습니다."

"그들은 항상 그 방에서만 술을 마시나요?"

"그렇지는 않습니다."

"부탁 하나 합시다."

하 반장이 갑자기 근엄한 표정으로 말했다.

"무슨 부탁인가요?"

"이건 당신과 우리 사이의 약속인데 아주 중요한 일이오. VIP 룸에다 도청 장치를 해야겠는데 협조해 주시오."

"지금 당장 말입니까?"

지배인이 곤혹스런 표정으로 물었다.

"지금 당장은 아니고 내일쯤 설치하겠소."

지배인은 하는 수 없다는 듯 고개를 끄덕였다.

"경찰에서 필요하다는데 협조해 드려야죠."

"고맙소. 앞으로 오 사장이 오면 도청 장치가 되어 있는 방으로 안내하시오. 그건 가능하겠지요?"

"네, 가능합니다. 항상 오시기 전에 미리 전화를 주시고 오시니까 그건 얼마든지 가능합니다."

"오늘 밤 우리는 여기서 기다리고 있겠소. 오 사장이 자리를 뜨면 알려 주시오."

"알겠습니다."

"바쁠 텐데 가보시오."

두 형사는 칵테일 한 잔씩을 앞에 놓고 앉아 있었다.

여 가수가 들어가고 이번에는 남자 가수가 나왔다. 남자 가수는 기타를 치며 노래를 불렀다.

"변효식이 여기서 오 사장을 가끔 만났다는 것은 정말 뜻밖인데요."

하 반장은 고개를 끄덕이며 술잔을 입으로 가져갔다.

"이제야 비로소 윤곽이 좀 잡히는 것 같아."

"오 사장이 배후 인물일까요?"

"그럴 가능성이 없지 않지."

"오묘화의 친아버지가 아니니까 그렇다는 겁니까?"

"그렇지. 그리고 그는 부인 밑에서 어디까지나 월급을 받아먹는 일개 사장에 불과하거든. 그러니 문제가 발생 안 할 수 없게 돼 있었지. 구조적으로 말이야."

서 형사는 거기에 동조하는 기색을 보이지 않았다.

"그 점은 처음부터 고려에 넣었던 사항 아닙니까? 그리고 그 가능성이 없는 것으로 판단되었기 때문에……."

하 반장은 손을 들어 그를 제지했다.

"우리의 수사가 오명국의 술수를 따라가지 못했기 때문에 그렇게 된 거야. 아무튼 좀 더 두고 보면 가면이 벗겨지겠지."

그 때 지배인이 급히 다가왔다.

"오 사장님이 곧 떠나실 겁니다."

서 형사는 택시를 잡기 위해 먼저 밖으로 급히 나왔다. 빈 택시가 얼른 눈에 띄지 않았다.

주차장 구석진 곳에 택시 한 대가 불을 끈 채 서 있는 것이 보였지만 왠지 곧 움직일 택시 같지가 않았다. 그래도 그는 운전사가 앉아 있는 것을 보고 급히 가 보았다.

운전사는 잠들어 있었다.

뒷자리에는 손님들이 앉아 있었는데, 어두워서 잘 알아볼 수가 없었다. 그는 운전석 문을 두드렸다. 운전사가 눈을 비비며 상체를 일으켰다.

"이 차, 안 가는 겁니까?"

"안 갑니다."

운전사는 머리를 흔들며 길게 하품했다.

"왜 안 가는 겁니까?"

"대절했습니다."

운전사는 창문을 내렸다가 도로 올렸다.

마침 자가용 승용차 한 대가 들어와 멎었다. 차에서 두 남녀가 내렸다.

승용차는 주차장에 머물지 않고 차도로 나가려 했다. 서 형사는 뛰어가 그 차를 세웠다.

"이 차 좀 실례합시다. 수고비는 충분히 드리겠소."

젊은 남자는 순순히 응했다.

알고 보니 그 차는 자가용 영업 행위를 하고 있는 차였다. 그렇다고는 하지만 급한 김에 그런 것 저런 것 따지고 있을 겨를이 없었기 때문에 두 형사는 그 차를 집어탔다.

잠시 후 오명국과 캡을 눌러쓴 사나이가 현관 밖으로 나왔다. 일제 로얄살롱이 현관 앞으로 미끄러지듯 다가갔다.

"저 모자 쓴 사람…… 본 적 있나?"

하 반장이 눈을 번뜩이며 물었다.
"처음 보는 사람인데요. 모자를 눌러쓰고 있어서 잘 알아볼 수도 없습니다. 상당히 주위에 신경을 쓰고 있는 것 같습니다. 눈에 띄는 것을 싫어하는 모양입니다."
형사들은 별로 기대하지 않고 찾아왔던 곳에서 의외의 사실을 알게 되었기 때문에 꽤나 흥분해 있었다.
오 사장의 외제차가 주차장을 빠져나갔다.
"저 차를 따라갑시다. 들키지 않게 조심해서 따라가 주시오."
운전사에게 지시를 내린 다음 형사들은 앞을 주시했다. 그들이 탄 차가 출발하고 나자 이번에는 그 때까지 구석 쪽에 얌전히 서 있던 택시가 슬그머니 미끄러져 나왔다.
"형사들이 오 사장님을 미행하나 봐요."
어둠 속에서 수미의 긴장된 목소리가 들려왔다.
"일이 이상하게 돌아가는구나. 우리가 맨 마지막에 미행하게 되다니……."
긴장하고 있기는 기봉도 마찬가지였다. 사태가 어떻게 돌아가고 있는지 그는 짐작조차 할 수 없었다. 단지 사태가 막바지에 다다른 것처럼 숨 가쁘게 돌아가고 있다는 것만 피부로 느끼고 있을 뿐이었다. 그런 점에서 보면 그는 막판에 운 좋게 뛰어든 입장이라고도 볼 수 있었다.
세 대의 차는 강변을 따라 달리고 있었다. 물론 세 대의 차가 꼬리를 물고 달리고 있는 것은 아니었다. 그런 식으로 미행하다가는 금방 발각이 되기 때문에 세 대의 차 사이에는 다른 차들이 끼어 있었다.

"내가 먼저 내려야 할 일이 생길지도 모른다. 아니면 네가 먼저 내려야 할지도 몰라. 그런 경우에 대비해서 마음의 준비를 하고 있어라."

"무서워요."

수미는 겁이 나는지 오빠의 팔짱을 끼었다.

"겁낼 건 없어. 너한테 무리한 건 시키지 않을 테니까 걱정하지 않아도 돼."

얼마 후 일제 고급 승용차는 이태원 쪽으로 접어들었다.

"아까 그 곳으로 왔어."

로열살롱이 속력을 줄이기 시작했다. 이윽고 로열살롱이 멈춰 섰다.

문이 열리고 캡의 사나이가 내려섰다. 손에는 007가방이 들려 있었다. 아까는 못 보던 것이었다. 형사들이 타고 있는 차에서 한 사람이 내리는 것이 보였다.

"자, 너도 내려."

기봉이 수미를 밀었다. 수미는 당황해 하며 머뭇거렸다.

"모자 쓴 사람을 미행할 수 있는 데까지 미행해 봐. 물론 형사의 눈에 띄어서는 안 돼. 난 얼굴이 팔려서 더 이상 따라갈 수 없어. 일을 끝내거든 집으로 돌아가 있어. 이따가 전화를 걸 테니까. 자 이건 필요할 때 써."

그는 손에 잡히는 대로 지폐를 꺼내서 수미의 손에 쥐어 준 다음 그녀를 밖으로 밀어냈다.

엉겁결에 차에서 떠밀리다시피 내린 수미는 어쩔 줄 모르며 서 있다가 캡의 사나이가 길 건너편 모퉁이로 사라지는 것을 보고 재빨리 그쪽으로 걸어갔다. 기봉은 걱정스러운 눈으로 여동생의 뒷모습을 한동안 바라보고 있다가 택시를 출발시켰다.

일제 승용차 속에는 이제 운전사와 오명국만이 타고 있었다. 그 뒤를 하 반장을 태운 국산 승용차가 따르고 있었고, 또 그 뒤를 기봉이 탄 택시가 쫓아가고 있었다.

일제 승용차가 밤새 굴러다녔다면 나머지 다른 두 차량도 포기하지 않고 똑같은 궤도를 달렸을 것이다. 그런데 그 차는 곧장 집 쪽으로 달려가더니 미행자들을 비웃기라도 하는 듯 집 안으로 들어가 버리고 말았다.

기봉은 재빨리 차에서 내려 하 반장의 동태를 살폈다. 하 반장은 차에서 내리지 않고 한참을 그 집 앞에서 기다리고 있더니 이윽고 차에서 내려 대문 앞으로 다가섰다.

조금 후 대문이 열렸고, 그는 안으로 사라졌다.

기봉은 수미가 걱정이 되었다. 그래서 도로 택시를 잡아타고 이태원으로 돌아가 보았다. 아까 헤어졌던 곳에서 차를 내려 부근을 돌아다녀 보았지만 수미를 찾을 수는 없었다. 집으로 전화를 걸어 보았지만 그녀는 아직 집에 돌아와 있지 않았다. 기봉은 더욱 불안해졌다.

하 반장이 집 안으로 들어갔을 때 오명국은 채 옷도 갈아입지 않은 채 소파에 앉아 있다가 그를 맞았다. 수사관들이 수시로 시간을 가리지 않고 그 집에 드나들고 있었기 때문에 하 반장이 갑자기 나타났다고 해서 이상해 할 것은 없었다.

"이제 들어오셨나 보군요."

하 반장이 인사를 하자 오 사장은 미간을 찌푸리며 고개를 끄덕했다. 그는 수사관들을 노골적으로 멸시하고 있었고, 또 불신하고 있었다. 경찰이 사건을 빨리 해결하지 못한다는 이유 때문이었다.

그런 것이야 언제나 당하는 일이었기 때문에 수사관들은 모른 체 묵살해 버리는 것이었지만 내심 불쾌한 것만은 사실이었다.

거실에는 민혜령도 앉아 있었다. 그녀는 거의 몰라볼 정도로 메말라 있었다. 아름답던 모습은 간 곳 없이 너무 말라 광대뼈가 튀어나와 있었고, 두 눈은 초점 없이 허공을 맴돌고 있었다. 머리는 헝클어져 있었고, 가끔씩 입가에 묘한 미소를 떠올리곤 했다. 옷은 아무렇게나 걸쳐 입고 있었는데, 검은 치마 위에 보라색 재킷을 걸치고 있었다.

그녀는 하 반장을 보고도 보는 둥 마는 둥 했다. 시선이 마주치자 멀뚱히 그를 바라보다가 허공으로 시선을 돌리면서 슬그머니 미소를 지어 보였다. 그것을 보고 하 반장은 어안이 벙벙해졌다.

그 동안 하 반장은 바삐 돌아다니느라고 민혜령을 만나 볼 기회가 적었었다. 그녀의 집에 와 봐야 그녀는 거의 식음을 전폐한 채 자리에 누워 있었기 때문에 그녀를 상대로 이야기를 나눌 기회가 거의 없었다.

 세상에 사람이 이렇게 변해 버릴 수 있을까. 이건 완전히 돌아 버린 모양인데. 얼마나 충격이 컸으면 이렇게 변했을까. 감정이 무딘 그도 민혜령이 너무나 측은해 보였다.

 가정부가 커피를 끓여 내왔다. 60대의 꽤 나이 들어 보이는 가정부로 언제나 다른 사람과 눈이 마주치는 법이 없이 눈을 밑으로 내려 뜨고 매우 조용히 그리고 공손히 움직였다. 깡마른 얼굴에는 거의 표정이 없었는데 남의 집 가정부로 살아가야 한다는 사실 자체를 숙명으로 받아들인 것 같은 달관의 빛이 거기에는 서려 있었다. 머리는 희끗희끗했고 눈썹이 거의 없었다.

 찻잔을 내려놓고 조용히 사라지는 그녀의 뒷모습을 바라보고 있다가 하 반장은 문득

 "저분은 이 댁에서 일한 지 얼마나 됐습니까?"
라고 물었다.

 민혜령은 허공을 쳐다보고 있었고 오 사장은 미간을 찌푸려 보였다. 한참 후 그는 마지못해 하면서

 "한 1년 남짓 됐을 겁니다."
라고 말했다.

 "가족은 없나요?"

 하 반장이 다시 물었다.

"아마 그런가 봐요. 그러니까 저 나이에 남의 집에서 가정부 노릇을 하고 있죠."

오 사장은 상대가 민망할 정도로 쌀쌀맞게 말했다.

"둘이서 이야기 좀 나누었으면 합니다만……."

"무슨 할 이야기가 또 있나요?"

오 사장은 눈을 부라렸다.

"미안합니다."

하 반장은 미안해하는 표정을 지어 보였다.

"이리 들어오세요."

오 사장은 거실 한쪽에 나 있는 문을 열고 들어갔다. 그 곳은 홈바가 있었다.

맞은편 벽에는 각종 양주가 빽빽이 들어차 있었다. 그리고 한쪽 벽면은 완전히 거울로 되어 있었다. 오 사장은 스탠드 안쪽으로 들어가 하 반장을 바라보았다.

"뭘 드시겠습니까?"

"스카치 한 잔 주십시오."

하 반장은 주눅이 들어 말했다. 경제력이란 이렇게 대단한 것인가 하고 그는 생각했다. 오 사장은 스카치를 두 잔 따라 한 잔은 하 반장 쪽으로 밀어 놓았다.

"드십시오."

"고맙습니다."

하 반장은 잔을 들어 입으로 가져갔다. 오 사장은 와이셔츠 바람에 넥타이를 느슨하게 풀어놓고 있었다.

"수사는 중단됐습니까?"

오 사장이 이쪽은 쳐다보지도 않은 채 불쑥 물었다.

"아, 아닙니다. 계속하고 있습니다."

하 반장은 입에 묻은 술을 손등으로 쓱 닦았다. 오 사장은 잔뜩 불신에 찬 눈으로 하 반장을 쏘아보았다.

"이제 우리 집안은 망했습니다. 봐서 알겠지만 우리 집사람은 이제 완전히 얼이 빠져 버렸어요. 말도 알아듣지 못하고 말을 할 줄도 몰라요. 묘화 때문에 받은 충격이 그렇게 심대할 줄은 몰랐어요."

"저도 민 여사를 보고 깜짝 놀랐습니다. 저 정도로 심각한 줄은 몰랐습니다."

하 반장은 조심스럽게 상대방의 눈치를 보며 말했다.

"사실 하나밖에 없는 딸 아닙니까. 내 피를 받은 자식은 아니지만 집사람한테는 묘화밖에 없었어요. 애지중지 길러 온 딸이 신혼여행 중에 실종돼 버렸으니 그녀가 실성한 것도 무리는 아니에요."

오 사장의 얼굴이 일그러지는가 싶더니 금방 두 눈에 눈물이 글썽인다.

그야말로 비탄에 빠진 모습이었다.

"어떻게 해야 할지 모르겠어요."

그는 절망적으로 머리를 흔들다가 잔을 들더니 독한 술을 쭉

들이켰다.

"병원에 입원시켜야 하지 않겠습니까?"

"그렇지 않아도 그 생각을 안한 것이 아닙니다. 하지만 뻔 한 것 아닙니까. 묘화가 나타나기만 해 주면 지금이라도 당장 좋아질 텐데, 병원에 입원시킨다고 해서 좋아질 리가 있겠습니까?"

"그래도 더 악화되기 전에 입원시키는 게 좋을 겁니다."

"입원시키려면 정신 병원에 넣어야 하는데 어떻게 내 손으로 저 사람을 그런 곳에 집어넣을 수가 있겠습니까. 난 차마 그런 짓은 못해요."

그는 잔에 술을 따라 다시 쭉 들이켰다. 몹시 괴로워하는 표정이었다. 그러다가 갑자기 눈을 크게 뜨면서

"그…… 최기봉이란 놈은 어떻게 됐습니까?"

하고 물었다.

"그 사람에 대해서는 우리도 소식을 모릅니다. 혼자서 멀리 여행을 떠났다는데 어디로 갔는지 도무지 알 수가 없습니다."

"죽일 놈 같으니!"

그는 이를 갈며 기봉을 저주했다.

"그 사람을 몹시 미워하시는군요?"

하 반장은 넌지시 그의 반응을 떠보았다. 아니나 다를까. 그는 하 반장의 말이 떨어지기가 무섭게 발끈했다.

"미워하지 않게 됐어요?! 생각해 보세요! 난 경찰이 큰 실수를 했다고 생각해요! 그놈이 범인이라는 나의 생각은 변함이 없

어요! 경찰이 그놈을 풀어 준 이유를 나는 알 수가 없어요!"

"그 사람이 범인이라면 얼마나 좋겠습니까. 하지만 그는 범인이 아닙니다."

"어떤 근거에서 그놈이 범인이 아니란 말이오?!"

"우리가 수사한 바에 의하면 그는 범인이 아닙니다. 그렇기 때문에 그를 풀어 준 겁니다."

"앞으로 크게 후회할 날이 있을 겁니다."

"글쎄요."

오 사장은 아직 변효식의 죽음을 모르고 있다. 변효식의 죽음은 현재 극비에 붙여져 있었다. 하 반장은 그 사실을 말하고 싶은 것을 꾹 참으며

"우리는 지금 범인으로 생각되는 한 청년을 쫓고 있습니다."

라고 말했다.

"그 청년이 누굽니까?"

오 사장은 눈을 빛내며 물었다.

"그 자가 체포되는 것은 시간문제입니다."

"글쎄, 그자가 누굽니까?"

"아직 말씀드릴 수 없습니다. 수사상 극비에 속하는 일이기 때문에 당분간 말씀드릴 수 없습니다. 미안합니다."

오명국은 그러나 포기하지 않고 그 인물을 알려고 했다.

"조만간 알게 될 겁니다."

하 반장은 대답을 피하면서 상대방의 눈치를 살폈다. 오 사장

은 내색을 하지 않으려고 하는 것 같았지만 얼굴에는 초조한 기색이 역력히 나타나고 있었다.

"나한테 할 말이 있다고 했는데 무슨 말입니까?"

"두 분이, 그러니까 오 사장과 민 여사께서는 재혼하신 걸로 알고 있는데, 그게 언제였습니까?"

느닷없는 질문에 오 사장은 멈칫하는 것 같았다.

"이제 와서 왜 새삼스럽게 그런 걸 묻습니까?"

"미안합니다. 특별한 이유가 있는 건 아니고 그냥 좀 알고 싶어서 그럽니다. 뭣하시면 말씀 안 하셔도 좋습니다."

하 반장이 짐짓 뒷걸음질을 치려고 하자 오 사장은 냉큼 입을 열었다.

"알고 싶다면 말씀드리지요. 다들 알고 있는 일인데 숨길 것도 없지요. 우리가 재혼한 것은 그러니까…… 에또…… 한 7, 8년 됐을 겁니다. 그 때 묘화는 여고 3학년인가 그랬을 겁니다."

"어떻게 해서 재혼하게 되셨나요?"

"집사람의 전 남편 되시는 분이 돌아가셨지요. 오시헌(吳時憲) 씨라고 원래가 지금의 S그룹 회장님이셨는데, 병으로 갑자기 떠나시는 바람에…… 그 부인이, 지금은 제 안사람입니다만, 그 사람이 대신 회장직을 맡게 되었지요. 그 때 나는 건설 부문의 상무직을 맡고 있었는데…… 가까이서 일을 돕다 보니까 서로가 필요한 입장이라 재혼을 하게 됐던 겁니다."

"그렇군요. 돌아가신 오회장과 친척 관계가 된다고 들었습니다만······?"

"먼촌 형님뻘이 되지요. 그 인연으로 S그룹에 들어왔고, 그 때문에 집사람은 나에게 모든 어려운 일을 상의해 오곤 했지요. 그러다 보니 정도 들고 해서 재혼하게 됐던 겁니다."

"오 사장께서는 그 당시 홀몸이셨던가요?"

"네, 그렇습니다. 자식 둘이 있는 홀아비였습니다."

"원래 부인과 헤어지셨나요, 아니면?"

오 사장의 얼굴빛이 어두워졌다. 그는 생각하기가 괴롭다는 듯 한숨을 내쉬었다.

"그 사람과는 헤어졌습니다. 어쩔 수 없이 헤어졌지요."

"그 이유를 좀 알고 싶군요."

오 사장은 한숨을 내쉬고 나서 다시 술 한 잔을 입 속에 털어 넣었다. 그런 다음 그는 입을 열었다.

"아내한테는 아주 몹쓸 병이 있었습니다. 함께 살 수 없는 병이었지요. 그래서······ 할 수 없이······ 이제 그런 이야기는 그만 합시다."

그는 괴롭다는 듯이 손을 휘휘 내저었다. 그러나 하 반장은 쉽게 물러나려고 하지를 않았다.

"몹쓸 병이란 무슨 병입니까?"

"그만둡시다."

"그러지 말고 말씀해 주십시오."

오 사장은 하 반장을 쏘아보았다.

"아무리 형사라고 하지만, 당신이란 사람은 너무 하군요."

"직업이 그러니 할 수 없습니다. 미안합니다."

오 사장은 손가락으로 자기 머리를 가리켜 보였다.

"정신병입니다. 불치의 정신병입니다."

하 반장이 다음 질문을 던지기까지는 한참 시간이 걸려야 했다. 그 동안 무거운 침묵이 흘렀다.

"그 부인과는 정식으로 이혼하셨나요?"

"아직도 물을 게 있나 보군요. 정식으로 이혼하지 않고 어떻게 재혼할 수가 있겠습니까."

"그분은 지금 어디 있습니까?"

오 사장은 머리를 흔들었다.

"소식을 모르십니까? 그래도 그 부인이 낳은 자식이 둘이나 있는데, 자식들이 찾아보지도 않나요?"

"그 애들은 자기 엄마를 잊은 지 이미 오랩니다. 왜냐하면 그 사람은 이미 죽었으니까요."

"아, 그렇군요. 그럼 장례식에도 참석하였겠군요?"

"참석하지 못했습니다. 수 년 전 외국에 가 있을 때 죽었다는 소식을 들었으니까요."

"그랬군요. 쓸데없는 것을 물어서 미안합니다. 한 가지만 더 묻겠습니다. 자제분들은 지금 모두 외국에 나가 있다고 들었는데……?"

"네, 큰애는 미국에서 공부하고 있고, 둘째는 독일에서 공부하고 있습니다. 다행히 둘 다 공부를 잘하고 있습니다."
 하 반장은 마지막으로 한 가지 더 알아보고 싶은 것이 있었다. 그것은 다름이 아니라, 퇴근 후 어디서 무엇을 하다 돌아왔느냐 하는 것이었다. 그러나 그 질문에 대한 대답은 그에게 물어 보기보다는 스스로 찾아야 될 것 같았다.

 한편, 수미는 조마조마한 마음으로 앉아 있었다. 그녀는 지금 어느 클럽 안에 있었다. 그 클럽은 미군 상대의 클럽이었지만 한국인들도 꽤 많이 들어와 있었다.
 귀청이 떨어져 나갈 듯 음악 소리가 몹시 시끄러웠다. 담배 연기가 자욱했고, 술 취한 주정뱅이들의 혀 꼬부라진 소리가 또한 몹시 귀에 거슬리고 있었다.
 플로어에는 많은 사람들이 미친 듯이 몸을 흔들어 대고 있었다.
 수미는 백 속에서 안경을 꺼내 끼었다. 시력이 나빠 필요할 때 꺼내 쓰는 안경이었다. 그것으로 어느 정도 위장이 되면 다행이고 형사에게 들키면 할 수 없다고 생각하면서 캡의 움직임을 주시했다. 누구를 미행해 보기는 난생 처음이었다. 자못 드릴을 느끼면서도 은근히 겁도 났다.
 캡의 사나이는 혼자 구석진 자리에 앉아 술을 마시고 있었다. 그는 여전히 캡을 깊이 눌러쓰고 있어서 얼굴 모습을 뚜렷이 알아볼 수가 없었다.

코트도 입은 채였다. 맥주잔을 앞에 놓고 벽에 기대앉아 있는 모습이 완전히 방관자처럼 보였다.

그런 사람이 또 한 명 있었다. 캡을 미행해 온 젊은 형사였다. 그 형사도 맥주잔을 놓고 플로어 쪽을 바라보고 있었다. 그러나 그는 곁눈질로 가끔씩 캡 쪽을 살피는 것을 잊지 않고 있었다.

저 사람은 누구일까? 왜 오 사장을 만났을까? 이번 사건에 관계가 있는 사람인가 아닌가? 시간이 흐를수록 수미는 의혹의 수렁 속으로 빠져들고 있었다.

팬티가 보일 듯 말 듯 짧은 미니스커트를 입은 여급이 다가와 마실 것을 주문하지 않겠느냐고, 깔보듯이 그녀를 내려다보면서 물었다.

"맥주 주세요."

"안주는?"

"낙엽처럼 말라 버린 걸로……."

여급이 입을 삐쭉거리며 돌아섰다.

갑자기 음악이 뚝 그쳤다. 플로어에 있던 사람들이 각자의 자리를 향해 우르르 흩어지고 있었다. 머리를 길게 기른 키 큰 아가씨 한 명이 캡을 향해 웃으면서 다가갔다. 몸에 착 달라붙은 청바지가 찢어질 듯 팽팽했다. 키가 장대 같은 백인이 옆에 바싹 붙어 그녀를 에스코트하고 있었다.

키 큰 아가씨가 자리에 앉는 것과 동시에 캡의 손이 올라갔다. 아가씨의 뺨에서 철썩 하는 소리가 났다. 백인이 발끈해서 캡에게 달려드는 것을 아가씨가 손으로 막았다. 아가씨가 백인을 물러가라고 쫓는 것 같았다. 백인은 그만 머쓱해져서 저쪽으로 가 버렸다.

　재미있는 광경이었다. 형사 쪽을 보니 그도 호기심 어린 눈으로 캡 쪽을 바라보고 있었다.

　따귀를 얻어맞은 아가씨는 오히려 캡 옆에 찰싹 달라붙어 애교 어린 웃음을 흘리고 있었다. 뭐라고 부지런히 속삭이는 것이 변명을 늘어놓고 있는 것 같았다.

　수미는 그들에게 가까이 접근해서 그들이 나누는 이야기를 자세히 듣고 싶었다. 그러나 사람들 눈에 드러날까 봐 차마 그럴 수가 없었다. 무엇보다도 독수리 같은 형사의 눈초리가 마음에 걸렸다.

　어느 새 아가씨는 캡의 품에 안겨 있었다. 캡의 얼굴이 아가씨의 얼굴 위로 포개졌다. 그들은 남들이 보거나 말거나 조금도 아랑곳하지 않고 키스에 열중하고 있었다.

　수미는 얼굴이 화끈거려 차마 똑바로 쳐다볼 수가 없었다. 그런 곳에서의 키스나 애무 행위 따위는 보통 있는 일인지 다른 사람들은 거들떠보지도 않고 있었다.

　갑자기 다시 음악이 터져 나왔다. 동시에 실오라기 하나 걸치지 않은 완전 나체의 여인이 플로어로 나와 몸을 흔들어 대기 시작했다. 팔등신 미녀였다.

　수미는 그만 숨이 컥 막혀 왔다. 그런 것은 난생 처음 보는 광경이었다. 미녀의 풍만한 젖가슴과 엉덩이가 경련하듯 흔들리고 있었다. 너무도 충격적인 장면이었기 때문에 추잡스럽다는 생각도 들지 않았다. 그보다도 그녀는 워낙 춤을 잘 추고 있었기 때문에 차츰 멋지다는 느낌이 들기 시작했다.

플로어는 완전히 그녀의 독무대였다. 사람들은 황홀한 표정으로 미녀의 춤추는 모습을 넋이 빠져 바라보고 있었다. 아무도 감히 플로어로 나가서 춤을 추려고 하는 사람이 없었다.

미녀는 온몸에 기름을 발랐는지 몸을 움직일 때마다 번들거리고 있었다. 그녀는 흔들고 뒤틀고 뛰면서 플로어를 완전히 지배했다. 그녀에게는 오히려 그 넓은 플로어가 좁은 것 같았다.

춤이 절정에 달했을 때 더는 참을 수 없다는 듯 흑인 남자 한 명이 플로어 위로 뛰어 나갔다. 흑인도 춤을 잘 추는 편이었다. 흑인과 미녀는 기묘한 자세를 취하면서 미친 듯 돌아갔다. 플로어로 몇 사람이 더 나갔다. 그것을 보고 너나 할 것 없이 일어서기 시작했다.

어깨를 건드리는 바람에 수미는 깜짝 놀라 고개를 돌렸다. 건장한 흑인이 두꺼운 입술 사이로 흰 이를 드러내 보이면서 웃고 있었다.

흑인은 엄지손가락으로 플로어를 가리키면서 뭐라고 영어로 말했다.

아마 함께 춤을 추자는 말인 듯했다. 수미는 기겁해서 머리를 흔들었다. 흑인이 다시 뭐라고 말했다. 그녀가 불안한 표정으로 몸을 도사리자 흑인이 능글맞게 웃으면서 그녀의 옆자리에 엉덩이를 올려놓았다. 수미는 그의 말을 한 마디도 알아들을 수 없었다.

"대학생인가?"

겨우 그 말만은 알아들을 수 있었다. 수미는 얼결에 고개를 끄덕였다.

흑인은 그 곳에 오는 한국 아가씨들은 다 그렇고 그런 여자들인 줄 알고 있는 것 같았다. 이를테면 외국인이라고 하면 반색을 하고 몸을 던져 오는 그런 부류들 가운데 하나쯤으로 그녀를 알고 있는 것 같았다.

흑인의 입에서 술 냄새가 물씬 풍겨 왔다. 수미는 단단히 마음을 다져 먹으면서 방어 태세를 취했다.

아니나 다를까. 흑인의 넓적한 손이 슬그머니 그녀의 허벅지 위로 올라왔다. 탁자 위에는 10달러가 놓여 있었다. 그녀가 질겁을 하며 손을 밀어내려고 하자 흑인은 재빨리 그녀의 허리에 팔을 둘렀다.

"어머나!"

시끄러운 음악 소리가 그녀의 조그만 외침을 집어삼켰다. 그녀는 발딱 몸을 일으켰다. 그러나 흑인의 팔이 뱀처럼 휘어 감겨 있어 옴짝달싹할 수가 없었다. 어떻게나 팔 힘이 센지 허리가 끊어지는 것만 같았다.

몸을 비틀어 댈수록 그녀는 흑인의 품 안에 안겨 갔다. 흑인의 얼굴이 괴물처럼 위에서 그녀를 내려다보고 있었다. 두꺼운 입술은 열려 있었고, 그 사이에서 술 냄새가 풍겨 나왔다. 그대로 있으면 입을 덮쳐 올 것 같았다.

큼직한 손이 그녀의 젖가슴을 덥석 쥐었다. 그녀는 자지러지게 놀라면서 재빨리 주위를 살폈다. 아직 이쪽을 주목하고 있는 사람은 없는 것 같았다.

형사도 플로어 쪽에 넋을 빼앗기고 있었다. 사람들의 시선을 끌지 않고 이자를 물리칠 수 있는 방법이 없을까 하고 그녀는 재빨리 생각해 보았다. 예상했던 대로 흑인의 입술이 밑으로 내려왔다.

"개새끼!"

그녀는 날카롭게 쏘아붙이며 맥주잔을 들어 흑인의 얼굴에다 술을 뿌렸다.

"어?! 푸푸……."

흑인은 머리를 흔들면서 그녀를 밀치고 뒤로 물러앉았다. 그녀는 맥주병을 움켜쥐고 그를 흘겨보았다. 그는 두 손을 들어 그녀를 막는 시늉을 했다.

"이거 가져가!"

수미는 10달러짜리 지폐를 집어 그의 얼굴에다 던졌다. 흑인은 얼굴을 손으로 문질러 닦은 다음 돈을 집어 들고 머리를 흔들었다. 보기보다는 여간내기가 아니라는 뜻 같았다.

"미…… 안…… 합…… 니…… 다……."

흑인은 의외로 순순히 사과하고 물러났다. 한 대 맞을 각오를 하고 있던 수미는 맥이 탁 풀리는 것 같았다. 흑인은 보기보다는 순한 놈이었다.

그런데 아주 놀라운 일이 일어났다. 캡의 사나이가 그녀를 향해 술잔을 들어 보이지 않는가! 그러니까 흑인을 아주 썩 훌륭하게 물리친 데 대한 축하 인사 같았다. 그러고 보니 흑인과의 실랑이를 지켜보고 있었던 모양이다. 수미는 얼결에 잔을 들어 보였다. 캡이 미소를 던져 왔다. 수미도 미소를 지어 보였다. 사태가 이상하게 돌아가는 것 같다고 그녀는 생각했다.

그런데 다음에 더욱 놀라운 일이 일어났다. 그녀는 자신의 눈을 믿을 수가 없었다. 남자인 줄만 알았던 캡이 갑자기 여자로 돌변한 것이다.

그녀가 여자라는 사실은 코트를 벗었을 때 알아볼 수 있었다. 그녀는 코트 안에 목까지 올라오는 검정색의 폴라셔츠를 입고 있었는데 코트를 벗는 순간 젖가슴이 묵직하게 흔들리는 것이 보였던 것이다. 처음 수미는 자기 눈에 이상이 있는 게 아닌가 하고 생각했다. 그래서 눈을 똑바로 뜨고 노려보았다. 그러나 그것은 아무리 보아도 남자의 가슴이 아니었다. 여자의 젖가슴 치고도 아주 풍만한 가슴이었다.

"어머나! 저럴 수가……."

멀거니 쳐다보고 있는데 이번에는 그녀가 캡을 벗었다. 운동선수처럼 머리를 짧게 깎은 머리통이 나타났다.

그녀는 수미 쪽을 보고 한 번 씨익 웃은 다음 아까 뺨을 때린 아가씨의 손을 잡고 일어섰다. 그리고 함께 플로어 쪽으로 걸어갔다.

걸어가는 모습이 완전한 여인의 몸이었다. 허리가 가늘었고 둔부가 좌우로 흔들리고 있었다. 살랑살랑 걷는 모습이 매력적이었다.

춤도 눈에 띄게 잘 추었다. 추면서 계속 수미 쪽에 미소를 던졌다. 수미는 혼란을 느꼈다. 혹시 이쪽의 정체를 알고 그러는 게 아닐까 하는 불안한 생각이 들었다.

수미는 재빨리 서 형사 쪽을 살폈다. 그는 아직 이쪽의 정체를 모르고 있는 것 같았다. 그녀는 재빨리 그쪽으로 등을 돌리고 앉았다.

캡은 계속 춤을 추면서 자주 수미 쪽으로 시선을 던져 오곤 했다. 캡을 벗어 흔들다가 도로 쓰기도 하면서 더욱 적극적인 사인을 보내오고 있었다. 무슨 꿍꿍이속이 있어서 그러는 것인지 알 수 없었다.

수미는 얼른 결정을 내려야 한다는 것을 알고 있었다. 상대방을 묵살해 버리든가, 아니면 적극적으로 응해 주든가 해야 할 판이었다.

그녀는 캡을 향해 활짝 웃어 주었다. 적극적으로 응해 주기로 마음먹은 것이다. 위험한 일이었지만 그렇게 하지 않고는 캡에게 자연스럽게 접근할 수가 없을 것 같았다. 절호의 기회라는 생각이 그녀로 하여금 모험에 뛰어들게 한 것이다.

  수미의 웃음은 대단한 효력이 있었다. 캡은 입이 째지도록 웃었다. 그리고 한 손을 번쩍 들고 흔들었다. 함께 춤을 추던 아가씨도 수미 쪽을 바라보았다. 그녀는 웃지 않았다. 웃는 대신 질투 어린 눈길을 보내왔다.

  격렬하게 흔들고 나서 음악이 느린 템포로 바뀌자 캡과 아가씨는 플로어를 내려왔다. 캡은 놀랍게도 곧장 수미 쪽으로 걸어와 고개를 까닥 하더니 앉아도 되겠느냐고 물었다. 수미는 갑자기 대담해졌다. 여유 있게 웃으면서

  "네, 좋아요. 앉으세요."

하고 말했다. 캡은 맞은편 자리에 걸터앉아 요염한 눈으로 수미를 바라보았다.

  키 큰 아가씨도 머뭇거리다가 캡 옆에 붙어 앉았다. 캡은 마른 얼굴에다 광대뼈가 튀어나와 있었다. 눈은 컸지만 어쩐지 흐리멍덩해 보였다.

  "첫눈에 반했어요. 난 미스터 킴이라고 해요."

  캡은 혀 짧은 소리로 말했다. 그녀는 여자이면서도 남자 행세를 하고 있는 것 같았다. 레즈비언인 모양이라고 생각하자 수미는 섬뜩한 느낌이 들었다.

  "미스 박이라고 해요."

  수미는 아무렇게나 둘러댔다.

  "여기 자주 와요?"

"아뇨. 처음이에요. 여기서 친구하고 만나기로 약속했어요. 한 시간이 지났는데도 오지 않는 거 보니까 아마 오지 않을 모양이에요."

"바람맞은 모양이군."

캡은 동정어린 말투로 말했다.

"그런 것 같아요."

그녀는 웃으며 고개를 끄덕거렸다.

"학생이에요?"

"네, 학교에 다니고 있어요."

"어느 학교?"

"S여대에 다니고 있어요."

수미는 거침없이 흘러나오는 자신의 거짓말에 스스로도 놀랐다.

"대학생인 줄 알았지. 내가 술 한 잔 사도될까?"

"네, 좋아요."

수미는 쾌활하게 말했다. 캡은 맥주 두 병과 안주를 시켰다. 먼저 수미의 잔에 술을 따르고 나서 자기 잔에 따르려는 것을 수미가 병을 빼앗다시피 들고 그녀의 잔에 술을 따라 주었다. 캡은 그것을 보고 아주 흡족한 표정이었다.

키 큰 아가씨는 완전히 묵살 당하고 있었다. 그래도 그녀는 자리에서 창백한 표정으로 버티고 앉아 있었다. 캡이 코트를 가지러 아까의 자리로 갔을 때 아가씨가 수미에게 재빨리 말했다.

"저 사람한테 걸리면 좋지 않아요. 저 여자는 레즈비언이에요. 레즈비언 중에서도 악질이라구요. 여기 있지 말고 빨리 나가요."

"걱정해 줘서 고마워요. 정말 고마워요. 하지만 괜찮아요. 마음의 준비가 되어 있으니까 걱정하지 마세요."

수미는 생글거리며 말했다. 그러자 아가씨의 표정이 차갑게 굳어졌다.

캡이 돌아오자 그녀는 발딱 일어섰다. 캡은 그녀를 거들떠보지도 않았다. 아가씨는 캡을 쏘아보면서 날카롭게 쏘아붙였다.

"이걸로 마지막인 줄 알아요!"

"얼른 꺼져."

캡은 남자처럼 말했다.

"다시는 만나지 않을 거예요."

그녀는 휙 하니 돌아서서 출입구 쪽으로 걸어갔다.

"아듀!"

그녀의 뒤에다 대고 캡이 소리를 질렀다.

느린 템포의 블루스 곡이 흘러나오기 시작했다. 캡이 일어서면서 수미에게 손을 내밀었다. 수미는 망설이다가 냉큼 그녀의 손을 잡고 일어섰다.

플로어에 나가 마주 서 보니 캡이 수미보다 훨씬 더 컸다. 수미는 상대가 징그러웠다. 그것을 내색하지 않고 춤을 추자니 역겨워서 미칠 것 같았다. 참을 수 있을 때까지 참아 보기로 하고 그녀가 하는 대로 이끌려 갔다.

처음에는 정상적으로 추는 것 같았다. 그러나 5분쯤 지나자 몸을 밀착해 오기 시작했다. 캡은 두 팔로 아예 수미의 허리를 안았다. 두 사람의 몸이 완전히 밀착되었다.

"첫눈에 반했어. 미스 박은 매력적이야."

귀에다 대고 속삭인다. 귓가에 뜨거운 입김이 와 닿는다. 수미는 상체를 뒤로 젖혔다. 그럴수록 캡은 힘을 주어 그녀의 허리를 끌어안았다. 마침내 그녀의 목에 입술이 닿았다.

"아—."

수미는 몸을 바르르 떨었다. 소름끼치는 전율이 머리끝에서 발끝까지 전해져 왔다.

"이러지 마세요. 이러면 싫어요. 사람들이 보잖아요."

수미는 재빨리 속삭였다.

"신경 쓸 것 없어."

구석 쪽으로 몰아가더니 엉덩이를 애무한다. 수미는 기가 막혀 말이 나오지 않았다. 그녀는 캡의 어깨 너머로 형사를 살폈다. 형사는 술잔을 앞에 놓고 앉아 이쪽을 주시하고 있었다. 형사가 버티고 있다는 생각에 수미는 어느 정도 위안이 되었다. 여차하면 형사한테 도움을 청하면 된다. 무서워할 것 없다. 같은 여자 아닌가.

"내가 싫어?"

"아뇨. 싫으면 이러겠어요? 좋으니까 함께 춤을 추지요."

"난 말이야. 화끈한 게 좋아. 그리고 스피디한 게 좋구. 서로 눈치 보면서 시간 끄는 건 질색이야. 미스 박 생각은 어때?"

"저도 그래요."

캡은 서른은 훨씬 넘은 성싶었다. 젊어 보이려고 애쓰는 것 같았지만 나이를 속일 수는 없었다. 이 징그러운 레즈비언은 오 사장과 어떤 관계일까. 어떤 관계이기에 궁전에서 은밀히 만났을까. 이 여자는 이번 사건에 과연 관련이 있는 인물일까. 관련이 있다면 어느 정도일까. 수미는 상대방의 눈치를 보기에 바빴다. 먼저 캡이 접근해 온 이유를 알아야 했다. 단순히 레즈비언의 대상으로서 그녀를 낚으려고 접근한 것인지, 아니면 미행자임을 알고 유혹하는 것인지 알 수 없었다. 아직은 그것을 알아낼 도리가 없었다.

"두 손을 어깨 위에만 올려놓지 말고 내 목을 끌어안으라구."

캡은 자세까지 일러 주었다. 수미는 눈을 감으며 상대방의 목을 두 팔로 끌어안았다. 이제 두 사람의 육체는 빈틈없이 밀착되었다. 가슴과 가슴이 비벼지고, 캡은 부지런히 수미의 엉덩이를 쓰다듬었다. 입김이 뜨겁게 목 주위로 쏟아지다가 급기야 조명이 약해지는 순간을 타서 수미의 입술을 덮쳤다.

"아, 안 돼요."

수미는 낮게 부르짖으면서 얼굴을 돌렸다. 그러나 캡은 놓치지 않고 집요하게 그녀의 입을 농락했다. 그 시간이 2분 정도 되었다. 그러나 수미는 한참 동안 강간을 당한 기분이었다. 조명이 다시 밝아 오자 그녀는 마치 지옥에서 벗어난 기분이 들었다. 그녀는 숨을 몰아쉬면서 비틀거렸다.

"자리로 돌아가요."

그녀는 캡의 부축을 받으며 자리로 돌아왔다.

이제 캡은 완전히 연인처럼 굴고 있었다. 안주를 그녀의 입 속에 넣어 주기도 하고 정감 어린 눈으로 쳐다보면서 손을 만지작거리기도 하고 탁자 밑으로 손을 내려 허벅지를 쓰다듬기도 했다. 말소리는 간지러울 정도로 달콤했다.

"잠깐 전화 좀 걸고 오겠어요."

"어디다 전화를 걸려구?"

"집에요. 늦겠다고 말하겠어요."

"그래. 늦겠다고 말해요."

그녀의 전화를 받은 그녀의 언니 수희는 펄쩍 뛰었다. 오빠한테서 여러 번 전화가 걸려 왔다는 것이었다.

"너 집에 돌아오지 않고 뭘 하고 있는 거니?"

"오빠 일 도와주고 있어."

"오빠가 빨리 전화 걸어 달래."

수미는 언니가 불러 주는 전화번호를 재빨리 머릿속에 외워 두었다.

"빨리 들어오란 말이야. 엄마가 걱정하고 있어."

"알았어. 걱정하지 마."

언니가 알려 준 전화번호는 어느 여관의 전화 번호였다. 잠시 후 최기봉이 나왔다.

"어떻게 된 거니? 어디 있니?"

"이태원에 있어요. 스포츠클럽이라는 외국인 전용 클럽에 있어요. 그 사람하고 술 마시고 있어요. 춤도 췄어요."

"형사 말이냐?"

"아뇨. 그 모자 쓴 사람 말이에요."

"뭐, 뭐라구?! 지금 너 무슨 말하는 거냐?!"

"정말이에요."

"너 지금 정신이 있는 거니 없는 거니?!"

"그렇게 됐어요."

수미는 그렇게 된 경위를 이야기해 주었다. 이야기를 듣고 난 기봉은 누이의 당돌한 행동에 어처구니없어 했다.

"너 그러다가 큰일 난다. 빨리 거기서 빠져나와!"

"괜찮아요."

"내 말대로 하란 말이야!"

"오빠, 더 놀라운 일이 있어요. 그 사람 남자가 아니고 여자예요. 레즈비언 같아요. 그래서 저한테 접근한 것 같아요."

"여자라구?"

"네, 정말이에요. 그래서 제가 겁이 안 나는 거예요. 걱정하지 마세요."

"그래도 안 돼! 빨리 빠져나와! 만일 위험하면 형사한테 도움을 청해!"

금방이라도 누이가 죽는 줄 아는지 그는 숨 가쁘게 말했다.
"제가 알아서 할 테니 걱정하지 마세요."
자리로 돌아오자 캡이 무슨 전화를 그렇게 오래 하느냐고 물었다. 조금은 의심스러운 눈치였다.
"왜 늦느냐고 꼬치꼬치 캐묻지 않아요. 거짓말 꾸며대느라 혼났어요."
"여기서 이럴 게 아니라 우리 다른 데로 가서 술 한 잔 더 할까?"
"어디로 가려구요?"
"우리 집에……. 여기서 아주 가까워."
수미는 당황했다. 이제 정말 호랑이 굴속으로 들어가느냐 마느냐 결정해야 할 때라고 생각했다.
"우리 집에 가면 좋은 술이 많이 있어. 음악도 있고 분위기도 좋아. 우리 술 마시면서 이야기나 해."
캡이 그녀의 손을 잡아끌었다. 그녀를 바라보는 눈빛이 이글거리고 있었다. 수미는 마지 못하는 척하고 일어섰다.
"잠깐 들렀다 가겠어요."
"그래. 나도 오래 붙잡을 생각은 없어."
서 형사는 두 사람이 밖으로 나가는 것을 토끼눈을 하고 쏘아보았다. 그들이 완전히 밖으로 나가자 그는 재빨리 일어나 뒤따라 나갔다.
밖으로 나오자 캡은 수미를 껴안고 걸었다. 마치 연인들처럼.

수미는 모퉁이를 돌아갈 때 얼른 뒤를 돌아보았다. 저만치 형사가 따라오는 것이 보였다. 그녀는 비로소 마음이 조금 놓였다. 가는 데까지 가 보도록 하자. 그녀는 마음을 굳혔다.

10분쯤 비탈길을 꼬불꼬불 올라가자 아파트 건물이 나타났다. 두 채가 나란히 서 있었는데 아주 고급스러워 보였다.

주위는 숲으로 둘러싸여 있었다. 여름이면 녹음이 짙을 것 같았다.

"외국인 전용 아파트야. 하지만 한국인들도 많이 살고 있어."

캡은 그런 곳에 자신이 살고 있는 것이 자랑스럽다는 듯이 말했다. 그들은 엘리베이터를 타고 9층으로 올라갔다. 캡의 아파트는 905호였다.

"여기 아파트 이름이 뭐죠?"

"로즈 맨션."

그녀의 아파트는 크고 호화로웠다. 어림잡아 50평은 넘을 것 같았다. 바닥에는 모두 값비싼 카펫이 깔려 있었고 외제 호화 가구며 장식품들이 가득 들어차 있었다. 수미는 눈이 휘둥그레졌다. 곳곳에 놓여 있는 스탠드의 불빛이 집안 분위기를 아늑하게 만들어 주고 있었다.

"여기서 혼자 사세요?"

"응……."

"혼자 살기에는 너무 크지 않아요?"

"그렇지도 않아. 오히려 좁은 걸."

캡이 수미의 손을 잡아끌었다. 그녀는 몸이 푹 파묻히는 가죽 소파로 수미를 이끌고 갔다. 캡은 그녀의 뺨에 가볍게 키스하고 나서

"뭘 마실 거야?"

하고 물었다.

"슬로우진 한 잔 주세요."

캡은 주방 쪽으로 사라졌다.

수미는 재빨리 실내를 살폈다. 무엇이라도 좋으니 참고가 될 만한 것을 찾고 싶었다. 그러나 물건은 많았지만 그럴 만한 것이 눈에 띄지 않았다.

캡이 술잔 두 개를 들고 왔다.

"난 스카치로 마실 거야."

"고마워요."

수미는 술잔을 받아 들었다.

"자, 건배해요."

캡은 음악을 틀었다. 무드음악이라 좀 딱딱하던 분위기가 금방 누그러졌다.

"우리 춤출까? 그거 모두 마셔요. 춤추게."

캡은 수미가 잔을 모두 비우는 것을 지켜보고 나서야 그녀의 손을 잡고 일어섰다.

두 사람은 깊이 포옹한 채 음악에 맞추어 스텝을 밟아 나갔다. 입술과 입술이 부딪치고 열린 입술 사이로 간간이 신음 소리가

흘러나왔다.

수미는 정신이 몽롱해지기 시작했다. 눈꺼풀이 무거워지면서 머리가 어지러워 왔다. 다리가 풀리면서 몸을 지탱하기가 어려워졌다. 나중에는 완전히 상대방에게 매달려 움직이지 않으면 안 되었다.

"어지러워요. 좀 쉴래요."

그녀는 카펫 위로 무릎을 꿇었다. 캡이 눈을 빛내면서 그녀를 소파로 부축해 갔다.

수미는 손끝 하나 움직일 수가 없었다. 술에다 약을 탔구나 하고 생각하면서도 움직일 수가 없었다. 상대가 무슨 짓을 해와도 꼼짝할 수 없을 것 같았다. 저 여자가 나를 해칠 모양이야. 어쩌지? 캡이 그녀의 뺨을 찰싹찰싹 갈겼다.

"기다려, 극락세계로 보내 줄 테니까."

캡은 안으로 들어가더니 무엇인가 조그만 상자 같은 것을 들고 왔다.

수미는 캡을 따라오는 것이 아니었는데 하고 생각했다. 그러나 그녀는 손도 입도 움직일 수가 없었다. 이상하게도 의식은 아직 좀 남아 있었다. 그녀가 워낙 건강하기 때문이었다.

캡이 상자를 열었다. 주사기와 약병, 그리고 고무줄 같은 것들이 들어 있었다.

"아, 안 돼요.

수미는 외쳐 보았지만 목소리는 입 안에서만 맴돌 뿐 밖으로 새어 나오지는 않았다.

"얌전히 누워 있어. 곧 황홀해질 테니까. 나한테 감사하게 될 거야. 이걸 맞으면 공중으로 훨훨 날아다니는 기분이지. 부끄러움도 없어지고 말이야."

캡이 조그만 병뚜껑을 열었다. 주사기로 병 속의 액체를 뽑아냈다. 물같이 투명한 액체였다. 수미는 공포에 젖은 눈으로 그것을 지켜보면서 발버둥 쳤다. 그러나 그녀의 손발은 꼼짝도 하지 않았다.

캡의 입가에 차가운 미소가 감돌았다. 그것은 악마 같은 웃음이었다. 기다란 손가락이 상자 속에서 고무줄을 집어냈다. 수미의 팔을 걷어 올리더니 고무줄로 팔뚝을 감았다. 곧 혈관이 부풀어 올랐다.

"안 돼! 안 돼요!"

주사 바늘이 사정없이 혈관을 파고 들어갔다. 주사기 속의 액체가 조금씩 줄어들기 시작했다.

수미는 기분이 평안해지는 것을 느꼈다. 불안감이 없어지고 금방 기분이 가벼워지는 것 같았다. 이윽고 혈관에서 주사 바늘이 뽑혔다.

"이제 기분이 좋아질 거야. 기분이 좋아지면 우리 함께 목욕하는 거야."

캡은 욕탕으로 들어갔다. 물을 받아 놓기 위해서였다.

수미는 황홀한 꿈속으로 잠겨 드는 것 같았다. 그런 기분은 난

생 처음 맛보는 것 같았다. 자신이 지금 어디에 누워 있는지. 어떻게 해서 그 곳까지 오게 되었는지 하는 것 따위는 전혀 생각되지도 않았다. 논리적 사고라는 것 자체가 이미 존재하고 있지 않았다. 다만 황홀한 기분만이 존재하고 있을 뿐이었다.

캡이 욕실에서 나왔다. 그녀는 주사기로 다시 약을 뽑아 이번에는 자신의 팔에 스스로 바늘을 찔렀다. 주사 바늘이 꽂힌 팔뚝 주위가 무수한 바늘 자국으로 푸르스름하게 변색되어 있었다. 그녀는 자신의 혈관 속으로 약을 주입시킨 다음 일어서서 천천히 옷을 한 꺼풀씩 벗기 시작했다. 음악이 화려한 음조를 띠고 있었다.

벌거벗은 캡의 몸뚱이는 몹시 깡말라 볼품이 없어 보였다. 그러나 수미의 눈에는 상대방의 육체가 더없이 아름다워 보였다. 추하다는 느낌은 전혀 없었다.

캡은 한동안 음악에 맞추어 춤을 추었다. 그것은 난생 처음 보는 놀랍도록 아름다운 춤이었다.

"자, 일어나서 옷을 벗어요. 땀을 흠뻑 흘리고 나서 우리 목욕을 해요."

그녀가 수미의 손을 잡아당기며 말했다. 수미는 마치 로봇 같았다. 캡의 말이 떨어지기가 무섭게 그녀는 소파에서 몸을 일으켰다. 불과 얼마 전까지만 해도 움직이지 않던 몸이 가볍게 움직여졌다.

마치 공중에 붕 뜬 기분이었다. 수미는 옷을 벗었다. 이제 상대방이 징그럽지도 두렵지도 않았다. 그녀는 캡의 요구에 순순히 응하는 한 마리의 길들인 개 같았다.

　두 사람은 서로 사랑한다는 말을 무수히 나눈 다음 욕실로 들어갔다.

　그들은 함께 욕조 속에 몸을 담갔다. 캡이 뒤에서 끌어안자 수미는 간지러워 깔깔거리고 웃었다. 이윽고 그녀는 캡의 품에 안겨 눈을 감았다. 오래오래 그러고 있고 싶었다. 그녀는 끊임없이 웃고 있었다. 캡이 말했다.

　"난 남자보다 여자가 더 좋아. 남자는 징그러워. 우리 변하지 말고 오래 오래 사랑해."

　수미는 몸을 돌려 상대방의 목에 매달렸다.

　"저를 버리지 말아요."

　그들은 서로의 몸을 정성들여 씻어 주었다.

　목욕이 끝나자 캡은 수미를 데리고 침실로 들어가며 말했다.

　"자, 이제부터 축제의 밤이 시작되는 거야."

마지막 카드

추위는 뼛속까지 스며들고 있었다. 너무 추워 더 이상 견디기 어려울 지경이었다. 서 형사는 하는 수 없이 그 곳을 떠나 급히 공중전화를 찾았다. 가까운 곳에 마침 공중전화가 있었다.

하 반장은 자지 않고 기다리고 있다가 그의 전화를 받았다.

"캡을 쓴 사람은 남자가 아니고 여자였습니다. 지금 어떤 젊은 여자와 함께 아파트에 들어가 있습니다. 제가 보기에는 캡은 레즈비언인 것 같습니다."

"레즈비언이라니?"

"여자끼리 동성 연애하는 사람들 말입니다."

서 형사는 그 동안 있었던 일들을 대충 이야기해 준 다음 지원을 요청했다.

"내가 가지."

한 시간 후, 하 반장은 부하 네 명을 데리고 나타났다. 그들 중에는 여 형사도 한 명 끼어 있었다.

수미는 눈을 떴다. 머리가 지근지근 아파 왔다. 그녀는 두 손으로 머리를 짚으면서 상체를 일으켰다. 처음에는 무엇이 어떻게 된 것인지 갈피를 잡을 수 없었다. 한참 동안 주위를 둘러보고 나서야 가까스로 지난밤의 일들이 단편적으로 생각났다. 그 단편적인 생각들을 한 줄로 꿰어 맞추기는 그다지 어렵지가 않았다.

그녀가 앉아 있는 침대 옆자리에는 벌거벗은 여인이 누워 있었는데, 몹시 말라 갈비뼈가 앙상히 드러나 있었다. 그녀는 세상모른 채 잠들어 있었다.

수미는 자신도 벌거벗겨져 있는 것을 알고는 소스라치게 놀랐지만 이미 지나간 일이었다. 간밤에 무슨 일이 벌어졌는지는 흐트러진 침대와 어질러진 실내가 충분히 말해 주고 있었다.

침대 밑으로 내려서다 말고 그녀는 힘없이 무릎을 꺾고 주저앉았다. 도저히 무릎에서 힘이 빠져 서 있을 수가 없었던 것이다. 벽을 짚고 겨우 몸을 일으킨 다음 창가로 다가가 커튼을 젖혔다. 창문 앞은 걸리는 것 하나 없이 완전히 트여 있었기 때문에 옷을 벗고 있다고 해서 누구에게 들여다보일 염려 같은 것은 없었다.

밖은 온통 흰색이었다. 밤새 눈이 내린 모양이었다. 지금도 눈발이 조금씩 날리고 있었다.

풀린 다리에 겨우 힘이 돌아온 것 같아 탁자 쪽으로 걸어가 소파에 털썩 주저앉았다. 탁자 위에 널려 있는 것들이 눈앞을 어지럽혔다. 주사기와 약병, 고무줄, 그런 것들이 무시무시한 모습으로 널려 있었다. 그것들을 하나하나 들여다보는 동안 그녀는 오싹 소름이 돋는 것을 느꼈다. 그녀는 얼른 자신의 왼팔을 들여다보았다. 틀림없는 주사 자국 같은 것이 검은 점처럼 하나 거기에 나 있었다. 말로만 듣던 마약 주사를 맞았다는 사실이 그녀를 다시 한 번 소름끼치게 했다. 그녀는 숨을 몰아쉬다가 재빨리 옷을 주워 입었다. 장식장 선반 위에 놓여 있는 탁상용 시계를 보았다. 아침 8시 20분을 가리키고 있었다. 캡이 깨어나기 전에 도망쳐야 한다고 생각했다. 그녀는 대충 얼굴을 매만진 다음 백을 집어 들고 현관 쪽으로 허둥지둥 걸어갔다. 신발을 신으면서 곰곰 생각해 보았다. 도망칠 것 같으면 무엇하러 호랑이 굴속에 들어왔었는가.

마약을 맞으면서까지, 그리고 그 치욕적인 짓을 감내하면서 이곳에서 하룻밤을 보낸 이유가 어디 있는가. 사실 아직까지 아무것도 얻은 것이 없지 않은가. 이왕 이렇게 된 바에야 끝장을 봐야 하지 않겠는가.

그녀는 신었던 신발을 도로 벗고 거실로 돌아왔다. 그녀에게는 당돌한 데가 있었다. 그 당돌함은 용기로 나타나고 있었다.

그리고 그녀는 젊었다.

그녀는 발소리를 죽이며 조심스럽게 방으로 들어가 보았다. 캡은 아직 깊은 잠 속에 빠져 있었다. 가까이 다가가 잠이 들어 있는 모습을 보니 쉬이 깨어날 것 같지는 않았다.

그녀는 거실로 나와 수화기를 내려놓았다. 혹시 전화벨 소리에 캡이 잠을 깰지도 모른다고 생각했기 때문이다.

캡이 깨어나기 전까지의 시간을 유용하게 활용해야 할 것 같았다. 이런 기회는 좀처럼 찾아오지 않을 것 같았다.

그녀는 마침내 집안을 뒤지기 시작했다. 먼저 거실을 살펴보았다.

탁자 위에 전화번호를 적어 놓은 명부가 놓여 있었다. 탁자에 있는 작은 서랍을 열어보았다. 서랍은 두 개였는데 하나에는 화투며 트럼프 같은 것들이 들어 있었고 다른 하나에는 조그만 수첩만이 달랑 들어 있었다. 수첩을 꺼내 펴 보았다. 그것 역시 이름과 전화번호를 적어 놓은 것이었다.

줄잡아 수십 명은 되는 것 같았다. 특이한 것은 각자의 이름 옆에 별명이 적혀 있는 점이었다. 그와 함께 종로책 을지로책 용산책 대구책 하는 식으로 직명이 명기되어 있었다. 자세히 들여다보니 전국적인 규모의 조직을 보여 주는 전화번호 책인 것 같았다. 수미는 망설이다가 그것과 함께 백을 들고 화장실로 들어갔다.

안으로 문을 잠근 다음 변기 위에 앉아 백 속에서 자신의 수첩과 볼펜을 꺼냈다. 이윽고 수첩에다 캡의 전화 번호 수첩에 적혀 있는 것들을 재빨리 베껴 쓰기 시작했다. 갑자기 너무 긴장해서 쓰는 바람에 글씨는 엉망이었고 손놀림이 자유롭지 못했다. 그런대로 모두 베껴 냈을 때는 20분이 지나 있었다.

밖으로 나와 보니 캡은 자고 있었다. 수첩을 제자리에 도로 넣어 둔 다음 다시 이곳저곳을 뒤지기 시작했다. 한참 동안 정신없이 여기저기를 살펴보았지만 이렇다 하게 눈에 들어오는 것이 없었다.

마지막으로 부엌 쪽으로 가 보았다. 부엌에 딸린 조그만 방에 들어가 벽장문을 열어 보았다. 벽장 속에는 웬 상자가 잔뜩 들어 있었다. 모두 똑같은 것들이었는데, 하나를 집어내려 보니 R화장품 회사의 화장품 상자였다. 상자 뚜껑을 열어 보았다. 화장품이 잔뜩 들어 있었다. 화장품 하나를 꺼내 들고 뚜껑을 또 열어 보았다. 하나도 손을 대지 않은 새 화장품이었다. 상자 속에는 갖가지 화장품들이 여덟 가지 정도 들어 있었다. 상자는 모두 21개였다. 화장품 외판을 하는 모양이라고 생각하면서 그것을 도로 제자리에 올려놓다가 당황한 나머지 그것을 그만 떨어뜨리고 말았다. 상자 속에 들어 있던 화장품들이 방바닥 위로 와르르 쏟아졌다. 더욱 당황해진 수미는 방바닥에 뒹굴고 있는 화장품들을 주워 담기 시작했다.

그런데 여덟 개의 화장품들 가운데 한 개가 박살이 나 있었다. 그것은 방바닥에 있던 병에 부딪치는 바람에 그렇게 깨진 것 같앉다. 방바닥에는 빈 양주병 하나가 뒹굴고 있었던 것이다. 깨지지 않은 화장품들만 상자 속에 담아 벽장 속에 쌓여 있는 상자들을 들어내고 맨 밑에다 놓았다. 다시 그 위에 상자를 쌓았다.

깨진 화장품을 치우려고 보니 이상한 점이 눈에 띄었다. 그것은 크림 병이었는데 깨진 것을 헤치고 들여다보니 이중 장치가 되어 있었다. 쏟아져 나온 크림 밑에 또 하나의 물건이 들어 있었던 것이다. 그것은 플라스틱으로 만든 곽이었다. 그녀는 크림을 닦아낸 다음 플라스틱 곽을 열어 보았다. 놀랍게도 그 안에는 크림이 아닌 하얀 분말이 들어 있었다.

"이럴 수가……."

처음 그녀는 그것을 내버리려고 했었다. 그러나 생각을 바꿔 쏟아진 크림이며 깨진 병 조각들, 그리고 플라스틱 곽들을 모두 손수건에다 쌌다.

그녀가 거실로 나왔을 때 침실 쪽에서 그녀를 부르는 소리가 들려왔다.

"미스 박…… 미스 박…… 어디 있어?"

그것은 피곤에 절은 것 같은 아주 작은 목소리였다. 수미는 억지로 미소를 지으며 침실로 들어갔다.

"아, 미스 박…… 난 도망간 줄 알았지. 이리 와."

캡은 벌거벗은 몸을 가리려고도 하지 않은 채 두 팔을 벌렸다. 수미는 눈을 감으며 그녀의 품에 안겼다.

로즈맨션 일대를 포위하고 있는 수사진은 새로 교체되었다. 그러나 하 반장과 서 형사는 그대로 꼬박 밤을 지새운 채 거기서 떠나지 않고 있었다. 그들은 로즈 맨션으로 통하는 유일한 길목에 차를 세워 놓고 그 안에서 밤을 지새웠던 것이다.

최기봉은 그 시간에 여전히 여관방에 누워 있었다. 그는 미칠 것 같은 심정으로 수미의 전화를 기다리고 있었다. 지금까지 소식이 없는 것으로 보아 누이한테 무슨 사고가 생긴 것이 틀림없는 것 같았다. 이러지도 저러지도 못한 채 그는 무슨 소식이 있기만을 기다리고 있었다.

수미는 캡이 만들어 준 토스트를 커피에 찍어 먹었다. 캡이 그렇게 먹는 것을 보고 그대로 흉내 내고 있었다. 캡은 만족한 듯이 수미를 바라보며 식사를 하고 있었다.

"오늘 바빠?"

"아뇨. 시간 많이 있어요."

"그럼 내 심부름 하나 해 줄래?"

캡은 깊은 눈길로 수미를 바라보며 물었다.

"무슨 일인데요?"

수미는 일부러 가벼운 어조로 되물었다.

"아주 간단한 일이야. 물론 공짜로 해 달라는 게 아니고 수고비는 충분히 주겠어. 물건을 어떤 사람한테 전해 주기만 하면 되는 거야. 해 주겠어?"

"그런 일이라면 해 드리겠어요. 하지만 수고비는 싫어요."

그는 머리를 흔드는 수미를 귀여운 듯이 바라보고 있었다.

"아르바이트로 생각하고 내 부탁을 들어 달란 말이야. 일하는 것을 봐서 앞으로 계속 부탁하려고 그래. 아르바이트로는 아주 좋을 거야. 시간도 많이 걸리지 않고 힘도 별로 드는 일이 아니니까 말이야. 수고비를 받아야 나도 계속 떳떳하게 일을 부탁할 수 있을 거 아니야."

식사가 끝나자 그들은 거실로 자리를 옮겼다.

수미가 지켜보는 데서 캡은 탁자에 있는 서랍을 열고 조그만 수첩을 꺼냈다. 수첩을 들여다보고 나서 그녀는 어디론가 전화를 걸었다.

"여기는 공작인데…… 원숭이 좀 바꿔요."

수화기에 그렇게 말해 놓고 수미를 돌아보면서 한쪽 눈을 찡긋해 보였다.

"아, 원숭이? 지금 누가 물건을 가지고 갈 거니까 쓰레기를 준비해 놔요…… 그거야 물론 한 장이지…… 점점 구하기가 힘들어지고 있어요…… 있을 때 확보해 놓으라구요. 예쁜 여대생이 가지고 갈 거야…… 물론 믿을 만하니까 보내는 거지…… 그런 걱정은 하지도 마…… 이쪽이 그렇게 어수룩한 줄 알아…… 물론 혼자가 아니야…… 보디가드를 데리고 갈 거야…… 지금 9시 40분이니까 11시 정각에 만나기로 해요…… 장소는 그쪽에서 정해요…… 찾아가기 쉬운 곳으로 해요…… 어디?…… 알았어요…… 거기라면 안전할 거예요……."

전화를 끊고 난 그녀는 부엌방으로 가더니 조금 뒤 화장품 상자를 하나 들고 돌아왔다. 그녀는 그것을 예쁜 보자기에 쌌다.

"그거 화장품 아니에요?"

수미는 천연덕스럽게 물었다.

"응, 화장품이야. 이걸 갖다 주면 그쪽에서 가방을 하나 줄 거야. 그걸 좀 가져다 줘. 별로 무거운 가방은 아니야. 11시까지 가야 해. 장소는 Y병원 509호실이야. 자, 이건 수고비야."

그러면서 그녀는 빳빳한 만 원권 지폐 열 장을 내놓았다. 그것을 보고 수미는 그만 눈이 휘둥그레졌다.

"어머나, 이렇게 많이 줘요! 화장품 하나 갖다 주는데 무슨 돈을 이렇게 많이 주는 거예요?!"

"그게 아니야. 아무 말 말고 주는 대로 받아. 갈 때는 택시를 타도록 해. 올 때도 물론 택시를 타고."

수미는 머뭇거리다가 돈을 챙겨 들었다.

"아니 저 아가씨는……?!"

서 형사는 뒤로 젖히고 있던 상체를 벌떡 세우며 정면을 뚫어지게 쏘아보았다. 졸고 있던 하 반장이 눈을 비비며 상체를 일으켰다.

"왜 그래?"

그러나 하 반장이 정신을 차리고 앞을 보았을 때 수미는 이미 차 앞을 지나쳐 걸어가고 있었다.

"저 아가씨, 누군데 그래?"

"최기봉 씨 여동생입니다."

"뭐, 뭐라구?!"

하 반장은 놀라서 펄쩍 뛰었다.

"어떻게 된 일이야?"

"글쎄 잘 모르겠습니다. 우연의 일치라고 보기에는……."

두 사람은 차에서 내려 비탈길을 내려갔다. 수미의 모습이 막 모퉁이로 사라지고 있었다.

"최 교수의 누이동생이 분명해?"

하 반장이 아무래도 미심쩍은 듯 물었다.

"네, 분명합니다. 이제야 겨우 생각이 납니다. 어젯밤 캡하고 함께 아파트에 들어갔던 여자가 수미 양이었던 것 같습니다."

"저 아가씨 이름이 최수미 양인가?"

"네, 그렇습니다. 최수미 양입니다. 제일 막냇동생인데 지금 대학생이죠. 헌데 어떻게 해서 지난밤에 클럽에서 캡과 어울리게 됐는지 도무지 이해할 수가 없는데요."

차도에 이른 수미는 택시를 잡기 위해 한참 동안 서 있어야 했다. 택시를 기다리는 사람들이 많아 차 잡기가 쉽지 않은 것 같았다. 거의 20분이 지나서야 그녀는 가까스로 차를 잡았다.

택시가 출발하자 길가에 서 있던 은색의 자가용이 곧 뒤따라갔다. 차 안에는 남자들이 잔뜩 타고 있었다.

"저건 우리 패가 아니잖아?"

하 반장이 놀라서 물었다.

"네, 우리하고는 거리가 먼 작자들 같습니다. 수미 양을 미행하는 것 같은데요."

그들은 뒤따라온 차를 집어탔다. 하 반장은 무전기로 다른 조의 차를 불러 뒤따라오라고 일렀다.

Y병원 앞에서 택시를 내린 수미는 손목시계를 들여다보았다. 11시 3분 전이었다. 병원 안으로 급히 들어선 그녀는 엘리베이터를 타고 5층으로 올라갔다.

509호실은 특실이었다. 특실이라는 표지가 문에 붙어 있었다. 문을 노크하자 안으로부터

"네, 들어오세요."

하는 여자 목소리가 들려왔다.

수미는 떨리는 가슴을 진정하면서 복도를 한 번 휙 둘러보았다. 의사와 간호원이 웃으며 지나갔다. 그들 외에는 아무도 보이지 않았다. 문을 열었다.

"아!"

그녀의 입에서는 절로 탄성이 흘러나왔다. 캡이 그녀를 향해 활짝 웃고 있었다.

"놀랐지?"

"어떻게 된 일이에요?"

그녀는 재빨리 방안에 있는 사람들을 훑어보았다.

환자복을 입은 중년의 남자는 침대 위에 비스듬히 누워 있었다. 인상이 험악하게 생긴 30대의 남자 두 명은 침대 가에 걸터앉아 있었다.

"놀려 주려고 먼저 온 거야. 난 장난을 좋아하거든."

"오실 거면 제게 이런 심부름 시키지 않아도 되잖아요."

그녀가 눈을 흘기자 캡은 즐거운 듯 웃으며

"심부름을 제대로 하나 안 하나 보러 왔지."

라고 말했다.

남자들은 웃지 않고 근엄한 표정으로 수미를 쏘아보고 있었다. 수미는 온몸이 오싹해지는 것을 느끼면서 화장품 상자를 캡에게 내밀었다.

"수고했어."

캡은 화장품을 받아 들더니 그것을 침대 위에 누워 있는 사나이의 배 위에다 턱하니 올려놓았다.

"확인해 보세요."

침대 위 사나이의 시선이 수미의 얼굴에 머물렀다.

"저 아가씨는 내보내도 되지 않아요?"

하고 사나이가 물었다. 캡이 고개를 끄덕이고는 수미를 돌아보았다.

"이제 됐어. 수고했어. 이따가 저녁때 어젯밤 그 클럽에서 만나. 나올 수 있지?"

"나가도록 해 볼게요."

수미는 고개를 끄덕이며 병실을 나왔다.

"꼭 나와야 해."

그녀의 등에다 대고 캡이 간곡히 말했다.

"수미가 나오는데요."

서 형사는 담배를 비벼 끄면서 턱으로 수미를 가리켰다. 그들은 사람들이 와글거리는 병원 대기실에 앉아 있었다.

수미는 사람들 사이로 급히 걸어오다 말고 공중전화 앞으로 다가가 전화를 걸었다.

기봉은 수화기를 움켜쥐었다.

"저 수미예요."

누이의 숨 가쁜 소리를 듣는 순간 그는 정신이 혼미해져 왔다.

"너 어떻게 된 거니? 괜찮니?"

"전 괜찮아요. 오빠는 어때요?"

"지금까지 네 전화만 기다리고 있었다. 어떻게 된 것이냐?"

"기막힌 일들이 있었어요. 전화로는 말씀드릴 수 없어요. 만나서 말씀드리겠어요."

기봉은 여관 위치를 일러준 다음 수화기를 내려놓았다. 바로 뒤에서 여 형사가 통화를 엿들은 것도 모른 채 수미는 수화기를 내려놓고 돌아섰다. 여 형사가 급히 하 반장에게 와서 통화 내용을 보고했다.

"어떻게 할까요?"

서 형사가 하 반장에게 급하다는 듯 물었다.

"자넨 저 아가씨를 미행해. 난 캡을 쫓아야겠어."

서 형사는 여 형사를 데리고 출구 쪽으로 급히 향했다.

캡은 수미가 떠난 지 30분쯤 지나 나타났다.

그녀 뒤로 조금 떨어져서 인상이 험악하고 건장하게 생긴 남자 두 명이 따라 걷고 있었다. 그 중 한 명은 검정색 007가방을 들고 있었다. 병원 안팎에서 대기하고 있던 형사들이 일제히 움직였다.

밖으로 나간 캡과 남자들은 대기하고 있던 은색의 자가용 승용차에 몸을 실었다.

여관방에 들어선 수미는 오빠의 가슴에 안기면서 참고 참았던 울음을 터뜨렸다. 그녀는 주먹으로 오빠의 가슴을 치면서 오빠가 밉다고 수없이 말했다.

"미안하다. 정말 미안하다. 내가 정말 나빴어. 너한테 그런 일을 시키다니, 정말 미안해. 자, 울지 말고 대체 어떻게 된 일인지 말해 봐."

오빠의 가슴에 안겨 실컷 울고 난 수미는 한참 후에 얼굴을 쳐들었다. 그리고 오빠를 올려다보면서 씩 하고 웃었다.

"죽는 줄 알았어요. 하지만 오빠를 위하는 일이라면 무슨 일이나 해야 한다고 생각했어요. 그런 생각을 하니까 무섭지가 않았어요."

그녀는 지금까지 일어났던 일들을 이야기하기 시작했다. 그것은 정말 신나는 이야기였다. 누이의 대담한 행동에 어이없는 표정으로 이야기를 듣고 있던 기봉은 누이가 이야기를 끝낸 뒤에도 한동안 얼빠진 듯 누이의 얼굴을 쳐다보기만 했다.

"정말 큰일 날 뻔했구나. 정말 큰일 날 뻔했어."

"도움이 될지 모르겠어요. 혹시나 해서 가져왔는데 한 번 보세요."

그녀는 백 속에서 수첩과 손수건에 싼 것을 내놓았다.

"여기에 전화번호를 적어 놓았어요. 한번 보세요. 이상한 전화 번호 같아서 적어 놓았어요."

기봉은 수미가 보여 주는 일련의 전화번호를 들여다보았다.

"별명까지 적혀 있는 걸 보니까 이상하긴 이상하구나. 이게 무슨 전화번호지?"

기봉은 고개를 갸우뚱했다.

"이걸 보세요. 이건 더 이상한 거예요."

수미는 손수건을 펼쳐 보였다.

"벽장 속에 R화장품 상자가 스물한 개나 쌓여 있었어요. 저는 그 여자가 화장품 장사를 하는 줄 알았어요. 그런데 이걸 보세요. 위에는 크림이 들어 있었고 밑의 플라스틱 곽 속에는 이런 하얀 가루가 들어 있었어요. 이게 뭐죠?"

기봉은 하얀 분말 가루를 손으로 만져 보다가 그것을 혀끝에 대 보았다. 아무런 맛도 느껴지지 않았다.

"그게 뭐죠?"

"글쎄, 마약 같은데……."

"제가 맞은 것도 마약일까요?"

수미가 핼쑥해져서 물었다.

"글쎄, 내가 보기에는 너한테 마약 주사를 놓은 것 같다."

"어머나 그럼 어떡하죠? 마약 환자가 되면 어떡하죠?"

수미는 울상이 되어 오빠를 바라본다.

"그렇게 걱정하지 않아도 될 거야. 한 번 주사를 맞아 중독이 되지는 않을 거야. 내 생각에는 그 여자가 너를 중독 환자로 만들어 앞으로 너를 써먹으려고 한 것 같다. 일단 중독 환자로 만들어 놓으면 로봇처럼 자기 마음대로 조종할 수가 있으니까 말이야. 마약은 아주 무서운 거야."

"소름이 끼쳐요."

수미는 몸서리가 처지는지 어깨를 움츠렸다.

"몰랐으니까 그렇게 접근할 수 있었겠지. 알고는 자진해서 당할 수는 없을 거야."

"하지만 몇 번 더 그 여자를 만나 보겠어요."

"안 돼! 큰일 난다!"

기봉은 천부당만부당하다는 듯 손을 내저었다.

"하지만 아직 도움이 될 만한 것을 알아내지는 못했잖아요. 좀 더 가까이 접근해 보면 결정적인 어떤 것이 나올 것 같아요. 위험하긴 하지만……."

"안 돼! 그 정도면 됐어. 앞으로는 절대 그 여자를 만나서는 안 돼."

"전 괜찮아요. 조심만 하면 얼마든지 그 여자를 속일 수가 있어요. 그 여자는 지금 저를 단단히 믿고 있어요."

"안 된다니까!"

기봉은 버럭 고함을 질렀다. 누이의 어리석음이 참을 수가 없었던 것이다.

그 때 문을 두드리는 소리가 들렸다.

"누구요?!"

기봉은 긴장한 얼굴로 문을 쏘아보았다. 다시 노크 소리가 들려왔다.

"누구요?"

기봉은 낭패한 표정으로 누이를 바라보았다.

"어떡하죠?"

수미가 걱정스러운 얼굴로 물었다.

"할 수 없지, 뭐."

기봉은 일어나 문을 열었다. 문 앞에 서 형사가 여자 형사와 함께 긴장한 표정으로 서 있었다.

"오랜만입니다."

라고 서 형사가 조금은 머쓱한 표정으로 말했다.

"용케 알고 찾아오셨군요."

기봉은 그들이 들어올 수 있게 한쪽으로 비켜서 주었다.

Y병원 509호실 출입문 양쪽으로 수사관들은 쫙 갈라섰다. 모두 여덟 명이었다. 형사 한 명이 고개를 끄덕이자 간호원이 긴장된 모습으로 문을 노크했다. 문은 안으로 잠겨 있었다.

"누구요?!"

안으로부터 날카로운 물음이 튀어나왔다.

"담당 간호원이에요. 문 열어 주세요."

문이 조금 열리면서 날카로운 두 눈이 바깥을 살폈다. 안심한 듯 문이 넓게 열리는 순간 가장 힘이 세 보이는 형사가 문을 박차면서 안으로 뛰어들었다. 뛰어드는 것과 동시에 문을 가로막고 있는 사내의 면상을 주먹으로 후려갈겼다. 뒤따라 나머지 형사들도 안으로 우르르 뛰어들었다.

"꼼짝 마라! 경찰이다! 모두 손들어!"

너무나 돌발적으로 일어난 일이었기 때문에 그들은 미처 손을 쓸 여유가 없었다. 두 명은 형사들에게 깔렸는데, 침대 위에 누워 있던 자가 머리맡을 더듬어 권총을 뽑아 들었다. 그러나 미처 바로 잡기도 전에 형사의 주먹이 그의 손을 후려쳤다. 그 바람에 권총이 침대 밑으로 굴러 떨어졌다.

병실은 수라장이 되었다. 그러나 그것도 잠시였다. 세 명의 손목에 수갑을 채우고 나자 실내는 갑자기 조용해졌다. 사내들이 도대체 무슨 이유로 그러는 거냐고 항의했지만 형사들은 거기에는 대꾸도 하지 않고 실내를 샅샅이 뒤지기 시작했다.

이윽고 형사들은 화장실에서 화장품세트를 하나 들고 나왔다. 그 동안 형사들이 들이닥치기 전까지 일일이 점검하고 있었던 듯 화장품은 모두 내용물이 드러나 있었다.

"그건 안 돼요!"
기봉은 단호하게 말하면서 머리를 흔들었다. 그는 자못 흥분해 있었다. 경찰의 요구는 도저히 받아들일 수 없는 것이었다. 그런데도 상대방은 집요하게 요구해 오고 있었다.
그 요구란 수미를 계속 보내 중요한 정보를 빼내 오는데 이용하겠다는 거였다. 누이를 사랑하는 기봉으로서는 천부당만부당한 요구였다.
"물론 거절하실 줄 알았습니다. 위험한 적지에 누이동생을 보내는 오빠란 없을 테니까 말입니다. 하지만 솔직히 말씀드려 우리로서는 이 좋은 기회를 놓치고 싶지 않습니다."
서 형사는 기봉과 수미를 번갈아 쳐다보았다. 기봉은 단호히 거절하고 나왔지만 당사자인 수미는 아직 아무 말이 없다. 그녀는 눈을 반짝이며 앉아 있었다.
"그건 경찰 사정이고…… 나는 절대 동의할 수 없습니다. 그러다가 큰 변이라도 당하면 어떡합니까. 그런 말은 꺼내지도 마십시오."
기봉의 태도는 여전히 단호하다.
"그렇게 위험하지는 않을 겁니다. 우리가 뒤에서 감시를 하고 있을 거니까. 너무 걱정하지 않아도 될 겁니다. 사전에 대비를 해 놓으면 염려할 거 없습니다."

그 때 문이 열리면서 하 반장이 들어왔다.

"화장품 속에서 발견된 흰 가루는 헤로인으로 밝혀졌어. 아주 진품이야. 여덟 개 중 네 개에만 헤로인이 들어 있었어. 아마도 국내 최대의 마약 조직인 듯싶어."

하 반장은 감동 어린 눈길로 수미를 바라보았다.

"이 학생의 공적이 절대적이었어. 이 학생이 없었다면 어림없는 일이었어. 이 학생이 가져온 전화번호를 추적해서 지금 모두 체포하고 있는데…… 그 전화번호에 나온 인물들은 모두 마약 조직의 대표자들이었어. 일망타진되는 것은 시간문제야. 정말 이 학생의 공이 대단해."

수미는 믿어지지 않는다는 표정으로 그 형사를 쳐다보았다.

정말 그것은 믿어지지 않는 일이었다. 자신이 그렇게 무시무시한 조직에 뛰어들어 그런 귀중한 정보를 빼내 왔다는 사실이 아무리 생각해도 믿기지가 않았다. 그녀는 마치 꿈을 꾸고 난 기분이었다.

모두가 감동적인 표정을 하고 있는데 반해 최기봉은 어처구니가 없다는 얼굴을 하고 있었다. 그는 언짢은 듯 하 반장에게 이렇게 말했다.

"경찰한테는 도움이 됐는지 몰라도 수미한테는 목숨을 건 모험이었습니다. 다시는 그런 위험한 모험에 뛰어들지 못하게 하겠습니다."

"그렇지 않아도 그 문제를 놓고 최 교수님과 한참 이야기하고 있었습니다. 저는 수미 양한테 계속 수고를 좀 해 달라고 부탁하고 싶은데 이렇게 반대하고 나오니 여의치가 않습니다."

서 형사가 하 반장에게 고충을 이야기했다. 그러자 하 반장이 기봉을 상대하고 나섰다.

"반대하시는 건 당연한 일이죠. 하지만 이제 막 일이 시작되었다고 볼 수 있습니다."

"그 레즈비언을 체포해 버리면 될 거 아닙니까. 그러면 내 동생을 동원할 필요도 없을 거 아닙니까."

하 반장은 손을 내저었다.

"지금 그 여자를 체포할 수는 없어요. 마약 조직을 일망타진하기 위해서는 그 여자를 당장 체포하는 게 좋겠지요. 하지만 우리의 목적은 마약 조직을 일망타진하는 게 아닙니다. 그 여자를 체포해 버리면 오 사장과의 루트가 끊어져 버릴 우려가 있습니다. 그래서 우리는 그 레즈비언을 체포하지 않은 채 두고 볼 생각입니다. 결정적인 순간이 올 때까지 말입니다."

"이유야 어떻든 이 애를 동원할 생각은 하지 마십시오."

기봉은 협조하지 않을 뜻을 분명히 밝혔다. 그의 말이 끝나기가 무섭게 수미가

"전 하고 싶어요."

라고 큰 소리로 말했다.

형사들은 깜짝 놀라면서도 반가운 기색을 감추지 못했고, 기

봉은 기가 막힌다는 듯 입을 벌리고 누이동생을 멀거니 쳐다보기만 했다.

"할 수 있어요. 수사에 도움이 되면 얼마든지 할 수 있어요."

수미는 자신에 넘쳐 말했다. 처음의 멋모르고 한 행동이 의외의 결과를 가져왔기 때문에 그녀는 자기도 모르는 사이에 의기양양해져 있었던 것이다.

"네가 지금 제정신으로 하는 소리냐?"

기봉은 당혹감에 사로잡혀 누이를 쏘아보았다. 수미는 손을 뻗어 오빠의 소맷자락을 붙잡았다.

"오빠, 너무 걱정하지 마세요. 뒤에서 형사 아저씨들이 지켜 주시겠다고 하잖아요. 너무 걱정하지 마세요."

"제발 엉뚱한 생각하지 마! 이건 네가 뛰어들 일이 아니야!"

수미는 반발이라도 하듯 머리를 세차게 흔들었다.

"전 해 보겠어요. 해 보이고 말겠어요."

서 형사는 기회를 놓치지 않고 워키토키를 꺼내 놓았다.

"이걸 잘 이용하면 위험은 방지할 수 있습니다."

"당신들은 목적을 위해서는 수단 방법을 가리지 않는군요."

기봉은 분노를 누르며 말했지만 서 형사는 그를 묵살한 채 수미에게 워키토키를 작동하는 법을 가르쳐 주었다. 그것은 손바닥 안에 들어오는 아주 작은 것이었다.

"이건 성능이 좋은 최신형입니다. 1킬로 이내에서는 송수신이 가능합니다. 우리는 항상 가까이에 있으니까 위험하다거나 필요할 때면 연락을 주십시오. 신호를 보내려면 안테나를 뽑은 다음 이 버튼을 누르십시오. 그러고 나서 이야기하면 됩니다."

"우리가 신호를 보내면 여기서 삐이 하는 소리가 납니다. 따라서 적지에선 적들한테 발각될 우려가 있기 때문에 수신이 불가능합니다. 우리는 신호를 보내지 않겠습니다. 필요하면 수미 씨가 연락을 주십시오."

수미는 형사가 가르쳐준 대로 몇 번이고 워키토키의 작동 법을 연습했다.

그 날 밤 8시 조금 지나 캡은 궁전의 스윙 도어를 밀고 급하게 안으로 들어갔다. 출입구를 지키고 있던 웨이터가 그녀를 알아보고 205호실로 가라고 일러 주었다. 205호실에는 오명국이 초조한 모습으로 앉아 있었다.

"큰일 났어요!"

캡은 숨 가쁘게 헐떡이며 말했다. 오명국은 무서운 눈으로 그녀를 쏘아보았다.

"뭐가 큰일이라는 거야!"

"지금 모두 붙잡혀 가고 있어요! 우리 물건을 팔아 주고 있는 조직책들이 거의 동시에 체포되고 있어요! 알다가도 모를 일이에요!"

오명국의 살찐 얼굴이 씰룩거렸다.

"어떻게 된 일이야!"

"글쎄, 어떻게 된 일인지 저도 잘 모르겠어요. 갑자기 사방에서 비상 전화가 걸려 오고 있어요. 어떡하죠?"

캡은 완전히 울상이었다. 오명국의 표정은 어느 새 납덩이처럼 굳어 있었다.

"너 여기 오는데 누가 미행해 오지 않았어?"

"아뇨, 그렇지 않아도 주의해서 관찰했는데 미행자는 보이지 않았습니다."

"네가 체포되는 건 시간문제야. 모두 체포되는데 너만 무사할 리는 없어."

"알고 있어요. 어떡하죠?"

"명단을 가지고 있는 사람은 너하고 나뿐이야. 그 명단이 흘러 나갔다고밖에 볼 수 없는데 내가 가지고 있는 명단은 절대 안전한 곳에 넣어 두었기 때문에 나한테서 흘러 나갔을 리는 없어. 내 명단은 은행 금고에 있단 말이야."

오명국은 잡아먹을 듯이 캡을 노려보고 있었다. 캡은 조그맣게 움츠러들고 있었다.

"그, 그럼 저한테서 그것이 흘러 나갔다는 거예요?"

"논리적으로 따져 볼 때 그렇다는 거야."

"그럴 리가 없어요! 제가 가지고 있는 명단은 하나도 없어지지 않았어요!"

캡은 머리를 흔들며 변명했다.

"이 바보 멍텅구리 같으니! 그 명단을 고스란히 훔쳐 가는 바보가 어디 있어?! 복사하던가 베껴 가지 그걸 고스란히 가져가면 금방 들통이 날 거 아니야?!"

"아니면 누가 아파트에 몰래 침입했다는 말씀인데……."

"아니면 네가 배신했던가……."

오명국의 눈이 살기를 띠며 번득였다. 캡은 펄쩍 뛰었다.

"배신이라니, 생각할 수도 없는 일이에요! 저를 오해하시는군요!"

"그럼 왜 너는 건재하지? 모두가 체포되는 판에 너만 왜 건재하지?"

"그걸 제가 어떻게 알아요?"

"그 명단을 어디다 두었지?"

"거실에 있는 탁자 서랍에 두었어요."

"바보 같은 년! 그런데다 두니까 그렇지. 요즘 아파트에 이상한 놈이 출입하지 않았어? 계집이나 아니면……."

그 말이 끝나기도 전에 캡의 얼굴이 흐려졌다.

"어젯밤 클럽에서 계집애를 하나 사귀었어요. 여대생인데 집에 데리고 가 잤어요."

"바로 그 애야!"

오명국은 주먹으로 탁자를 쳤다.

어리둥절해 하는 그녀를 노려보다가 오 사장은 캡의 모자를 벗기더니 그것으로 그녀의 얼굴을 후려쳤다.

"자세히 이야기해 봐! 어떻게 해서 그 계집애를 알게 됐는지 말해 보란 말이야!"

캡은 얻어맞아 벌겋게 된 뺨을 한 손으로 누른 채 어젯밤에 있었던 일을 자세히 이야기했다. 이야기를 듣고 난 오명국은 다시 한 번 그녀를 후려갈겼는데 이번에는 모자가 아닌 주먹으로 때렸다.

"바보 같은 년! 너 같은 것은 죽어 없어지는 게 나아! 너 때문에 조직이 풍비박산이 된 거야!"

"용서해 주십시오! 제가 실수했습니다. 용서해 주십시오."

캡은 손이 발이 되게 빌었지만 오 사장의 살기 어린 표정은 풀릴 기미를 보이지 않았다.

한참 동안 잡아먹을 듯이 상대방을 노려보고 있던 오 사장은 이렇게 말했다.

"그년을 잡아! 잡아서 족쳐. 꼭 정체를 밝히란 말이야!"

"네 네, 알겠습니다."

그녀는 남자처럼 대답했다.

"어떻게 해서든지 그년을 찾아서 잡아 놓으란 말이야! 그리고 준비를 해. 언제라도 미국으로 뜰 수 있게 준비를 하고 있어!"

"네 네, 알겠습니다."

"빨리 꺼져! 조심해서 가. 그리고 그년을 잡는 즉시 나한테 알려 줘."

밖으로 나온 캡은 주차해 놓은 차를 미친 듯이 몰고 갔다. 그녀는 거의 제정신이 아니었다. 만약에 그 여대생이 클럽에 나타나지 않으면 큰일이라는 생각이 그녀를 더없이 불안하게 만들어 주고 있었다.

그녀는 차를 몰면서 백미러를 통해 연방 뒤를 흘끔흘끔 살폈지만 미행하는 차는 없는 것 같았다.

아파트에 도착한 그녀는 제일 먼저 부엌방으로 가서 벽장 속에 들어 있는 화장품들을 끌어내 하나하나 점검해 보았다. 맨 마지막 세트에서 화장품 한 개가 비어 있는 것이 발견되었다. 여기저기에 크림이며 분말이 묻어 있는 것이 보였다. 캡은 입술을 깨물며 몸을 바르르 떨었다.

수사 요원들은 녹음된 목소리를 다시 한 번 들어 보고 나서 녹음기를 껐다.

"수미 양이 위험해지겠는데요."

"경호를 강화해. 그리고 공항에도 경비를 세워야겠어. 경비에 들어가기 전에 오 사장과 캡의 얼굴을 익히도록 해. 그들이 공항에 나타나면 무조건 체포하도록 해!"

하 반장이 사뭇 흥분해서 말했다. 그가 흥분하는 것도 무리는 아니었다.

그 때 전화벨이 울렸다. 서 형사가 전화를 받았다가 하 반장에게 수화기를 건네주었다. 그것은 캡에 대한 조사를 맡았던 형사로부터의 전화였다. 마약 담당 형사, 체포된 조직책들, 그리고 컴퓨터 조회를 통해 그녀에 대해 알아본 결과에 대해 그 형사는 전화에다 대고 이렇게 보고했다.

"그 여자에 대한 조사 결과가 나왔습니다. 이름은 김미령, 나이는 35세, 마약 사범으로 7년 전에 1년 동안 복역한 전과가 있습니다. 2년 전부터는 뻔질나게 외국을 다녀왔습니다. 미국을 비롯해서 동남아 일대를 두루 다닌 것으로 나타났습니다. 조직 책들을 문초한 결과 김미령은 운반책으로 드러났습니다. 이번 조직의 이름은 물론 암호명입니다만 실크로드라고 합니다. 그리고 두목은 아직 밝혀지지 않았습니다. 그들도 두목의 정확한 이름은 모르고 있는 것 같았습니다."

"실크로드라고? 두목이 누군지 모른다고?"

"네, 아무도 두목의 얼굴을 본 사람이 없답니다."

"김미령은 알고 있겠지."

하 반장은 수화기를 내려놓고 통화 내용을 부하들에게 이야기해 주었다. 그리고 결론을 내리듯

"국제 마약 조직인 것 같아."

라고 말했다. 그 때 다시 전화벨이 울렸다.

"캡이 마침내 클럽에 나타났습니다!"

전화 저쪽에서 형사가 다급하게 말했다.

"수미 양은?"

"아직 나타나지 않았습니다."

"곧 가겠소."

서 형사는 수화기를 내려놓고 좌중을 둘러본 뒤 말했다.

"김미령이 클럽에 나타났다고 합니다."

수미는 조심스럽게 클럽의 문을 밀고 안으로 들어섰다. 담배 연기가 자욱한 실내에는 이미 사람들이 가득 들어차 있었다.

수미가 사람을 찾아 두리번거리고 있는데 구석진 곳에서 손을 번쩍 쳐드는 사람이 있었다. 캡이었다. 수미가 가까이 다가가자 캡은 입술을 뒤틀며 웃었다.

"와 줘서 고마워."

수미가 앉자마자 캡이 그녀의 손을 잡으며 말했다.

"오지 않으려고 했는데 그럴 수가 없었어요."

"그건 무슨 말이지?"

"오고 싶어서 혼났다는 말이에요."

"오늘따라 여긴 공기가 너무 탁해. 여긴 못 쓰겠어. 우리 좋은 데로 가."

"어디루요?"

"글쎄, 따라와 봐."

캡은 수미의 손을 잡고 일어섰다. 수미는 머뭇거리다가 따라 일어섰다.

밖으로 나온 캡은 수미를 그녀의 차에 태웠다. 수미가 뒷자리에 오르자마자 갑자기 어둠 속에서 두 명의 남자가 나타나 양쪽 문을 열고 밀고 들어왔다.

"찍소리 하지 말고 그대로 있어!"

수미가 미처 뭐라고 입을 열기도 전에 턱으로 주먹이 날아왔다. 연이어 이쪽저쪽으로 주먹이 들어왔다. 그녀가 얼굴을 감싸 쥐고 있는데 차가 앞으로 달리기 시작했다.

오른편에 앉은 자가 그녀의 턱 밑으로 무엇인가를 들이밀었다. 자동차 불빛에 그것은 번쩍번쩍 빛을 뿜었다.

"소리치면 얼굴을 그어 버릴 테다!"

수미는 흐윽 하고 숨을 들이켰다.

"엎드려!"

왼쪽에 앉아 있는 자가 소리치면서 자기 쪽으로 그녀의 머리통을 잡아끌었다. 그의 허벅지 위에 수미의 얼굴이 처박혔다.

"꼼짝 말고 그대로 있어! 움직이면 죽인다!"

팔꿈치로 등을 꽉 찍는 바람에 그녀는 고통을 못 이겨 상체를 뒤틀었다. 이대로 죽는 모양이라고 생각하자 눈앞이 캄캄해져 왔다. 오빠의 말을 듣지 않은 것이 몹시 후회스러웠다. 무전기 생각이 났으나 그것을 꺼내 사용한다는 것은 어림도 없는 일이었다. 형사들이 과연 나를 구해 줄 수 있을까. 정신을 잃어서는 안 된다. 호랑이한테 물려 가도 정신만 바짝 차리면 된다.

스쳐 가는 자동차 소음이 줄어들고 있는 것이 교외로 빠져나가고 있는 것 같았다. 도중에 차는 한 번 정차했고 앞자리에 또 한 명의 사나이를 태운 다음 다시 출발했다.

차가 기우뚱하는 것 같더니 오르막길로 접어드는 것 같았다. 차의 속도가 떨어지고 있었다. 커브가 많아지는 것 같았다.

"시간을 끌지 말고 빨리 족쳐서 입을 열게 해. 인정사정 볼 것 없어."

캡이 말했다. 이윽고 평지에 이른 것 같았다. 한 바퀴 돌더니 차가 멈춰 섰다. 수미는 끌어내려졌다. 주위를 둘러보니 캄캄한 어둠이었다. 나뭇가지 사이로 별빛이 유난히도 차가와 보였다. 깊은 산 속 숲을 헤치며 지나가는 삭풍 소리가 매서웠다.

저만큼 가느다랗게 불빛이 흘러나오는 데가 있었다. ㄱ자로 된 단층 건물이 어둠 속에서 무슨 괴물처럼 웅크리고 있었는데, 불빛은 바로 거기서 새어 나오고 있었다. 수미는 그 건물 쪽으로 끌려갔다. 그 곳이 어디쯤인지 그녀는 가늠을 잡아 보려고 했지만 도무지 알 수가 없었다.

이윽고 그녀는 견고하게 생긴 문 안으로 디밀어졌다. 희미한 전등불이 복도를 밝혀 주고 있었다. 이상한 신음 소리와 웃음소리, 그리고 비명 소리가 복도를 가득 채우고 있었다. 방음벽이 되어 있어서 그런 소리들은 밖으로 잘 새어 나가지 않고 있는 것 같았다.

복도를 따라 견고한 철문들이 달려 있었고, 문의 윗부분에는 조그만 구멍이 나 있었다. 사람의 머리 하나 정도 크기의 그 구멍은 쇠창살로 막혀져 있었다. 그 쇠창살을 붙잡고 머리를 산발한 여인 하나가 울부짖고 있었다. 여인은 입에 거품을 뿜으며 살려 달라, 주사를 놔 달라고 울부짖고 있었다.

수미는 오싹 소름이 끼쳐 제대로 걸음을 옮기기조차 어려웠다. 그녀는 지하실로 끌려 내려갔다. 비명 소리는 거기서 올라오고 있었다. 그녀는 호주머니 위로 손을 더듬어 무전기를 찾았다. 그것을 꺼낼 수가 없었기 때문에 옷 위로 송신 단추만을 눌러 댔다. 그 밖에 그녀는 위급을 알리는 어떠한 짓도 할 수가 없었다.

수사진은 산 밑에 있었다. 캡 일당을 미행해 온 그들은 외진 산길에 이르러 미행을 그만두지 않을 수 없었던 것이다. 차량의 통행이 없는 산길을 따라간다는 것은 바로 미행을 알리는 것밖에 되지 않기 때문이었다.

그 산길은 개인이 했는지 콘크리트로 포장이 되어 있었고, 입구에는 '주말농장'이라는 조그만 간판이 세워져 있었다. 서울서 북쪽으로 한 시간 가까이 차를 달려온 그 곳은 의외로 숲이 울창했다.

세 대의 차에 나누어 타고 미행해 온 수사진은 모두 12명이었다. 하 반장은 그 수로는 적들을 상대하기가 부족하다는 것을 깨달았다. 적들의 아지트에 과연 몇 명이 있는지는 알 수 없는 일이었다. 더구나 산 속이었고 어두운 밤이었다. 이런 곳에서는 적들이 유리할 수밖에 없었다.

하 반장이 가지고 있는 무전기에서 '삐삐' 하는 소리가 났다. 그는 재빨리 무전기를 꺼내 귀에다 댔다. 상대방을 급히 불러 보았지만 계속 '삐삐' 하는 신호 소리만 들려올 뿐이었다.

"어떻게 된 일이지?"

"위급한 모양입니다. 그래서 말은 못하고 신호만 보내는 모양입니다."

서 형사가 걱정스러운 표정으로 말했다. 그들은 주말농장의 입구를 똑같이 쳐다보았다.

"아직 신호를 보낼 수 있다는 건 덜 위급하다는 게 아닐까. 아직 몸을 뒤지지 않았다는 증거가 아닐까?"

"그걸 빼앗기는 건 시간문제입니다."

그것을 말해 주기라도 하는 듯 신호 소리가 끊어졌다.

"나는 지원을 요청할 테니까 서 형사는 몇 사람 데리고 접근해 봐. 개가 있을지 모르니까 조심해."

"네, 알았습니다. 이곳 지리를 잘 아는 관할서의 요원들을 부르십시오."

말을 마친 서 형사는 다른 형사 다섯 명과 함께 농장으로 통하는 길로 접어들었다. 물론 차는 그대로 버린 채로였다.

포장된 길을 따라 조금 걸어 올라가자 철문이 앞을 가로막았다. 문은 안으로 잠겨 있었다. 길을 벗어나 숲 속으로 들어서려고 했지만 견고한 철조망이 쳐져 있어서 함부로 들어갈 수가 없었다. 철조망이 뻗어 간 각도로 보아 주말 농장의 크기가 꽤 넓은 것 같았다.

형사 한 명이 준비해 온 절단기로 철망을 하나하나 끊었다. 사람이 충분히 드나들 수 있는 크기로 끊은 다음 모두 그 곳을 통해 안으로 잠입했다.

 숲 속에는 눈이 무릎 깊이까지 쌓여 있었다. 그들은 산개해서 위로 위로 올라갔다.

 수미의 옷가지는 갈가리 찢겨 나갔다. 그들은 옷을 벗기지 않고 무자비하게 찢어발겼다.

 그녀는 그런 공포 분위기 속에서도 조마조마한 마음으로 호주머니 속에 감추어 둔 워키토키에 자꾸만 신경이 쓰였다. 그것만은 제발 발견되지 말았으면 하고 기구했는데, 그녀의 그런 기구가 먹혀들어 갔는지 그녀의 상의를 찢어 낸 사내는 그것을 구석 쪽으로 집어던졌다.

 그 곳은 상당히 깊이 자리 잡고 있는 지하실이었다. 방이 여러 개 있었는데 그녀는 그 중의 한 방에 끌려와 있었다.

 방은 습기에 차 있었고 곰팡이 냄새로 가득 차 있었다. 바닥은 시멘트가 그대로 노출되어 있었다.

 수미는 완전히 벌거벗겨진 채로 시멘트 바닥 위에 동댕이쳐졌다. 가혹한 행위가 시작되기도 전에 그녀는 이미 의식을 반쯤 잃고 있었다. 차라리 이럴 때는 정신을 빨리 잃어버리는 게 낫겠다고 생각하는데 최초의 고통이 그녀의 몸에 가해졌다. 가죽 혁대를 움켜쥔 사내가 그것을 휘두를 때마다 그녀의 몸에서는 철썩철썩하는 소리가 났다.

 "아……."

비명을 지르지 않으려고 했지만 그녀의 입에서는 절로 고통스러운 신음 소리가 새어 나왔다.

"넌 누구지? 누구의 부탁을 받고 나에게 접근한 거지?"

캡이 팔짱을 낀 채 눈을 부라리며 물었다. 그녀의 얼굴은 표독스럽게 굳어 있었다.

"아……."

가죽 혁대가 몸에 휘감길 때마다 그녀의 몸에는 시뻘건 자국이 길게 맺히곤 했다. 수미는 시멘트 바닥을 뒹굴며 입술을 깨물었다.

"바른대로 말하지 않으면 죽여 놓고 말 테다! 너 같은 거 하나 죽이는 것쯤이야 파리 새끼 죽이는 거보다도 간단해. 넌 전화번호도 베껴 갔고 화장품도 가지고 갔어. 넌 도대체 누구니?"

캡이 물고 있던 담배를 손에 들고 수미 쪽으로 가까이 다가섰다. 담뱃불이 얼굴 가까이 접근했다. 수미는 그것을 피해 얼굴을 돌렸다. 그러자 뒤에서 사내가 움직이지 못하게 그녀를 끌어안았다. 담뱃불은 코밑에서 멎었다.

"담뱃불이 뜨겁다는 것은 알고 있겠지. 이것으로 코를 지지면 어떻게 되는지 알겠지?"

캡이 입가에 싸늘한 냉소를 흘리며 말했다. 뒤에서 목을 휘어감고 있었기 때문에 수미는 머리를 움직일 수가 없었다.

"자, 바른대로 빨리 말해. 1분 여유를 주겠다. 그 이상은 안 돼. 넌 누구지? 누구의 지시로 우리한테 접근했지?"

수미는 1분 안에 결정하지 않으면 자신의 얼굴이 만신창이가 된다는 것을 알고 있었다. 캡의 살기 어린 표정이 그것을 말해 주고 있었다. 마침내 그녀는 단안을 내렸다. 이런 상황에서 더 이상 버틴다는 것은 무의미하다는 것을 깨달았던 것이다.

"말하겠어요. 이 목을 좀 풀어 줘요."

캡이 사인을 보내자 그녀의 목을 휘어 감고 있던 자가 팔을 풀었다. 수미는 목을 만지며 캑캑 기침을 했다. 일부러 시간을 끌기 위해 허리를 굽히고 한참 동안 기침을 했다. 그들은 참을성 있게 기다려 주었다.

"시간이 없어. 빨리 말해!"

캡은 더 이상 기다릴 수 없다는 듯 날카롭게 소리쳤다. 수미는 벽에 기대섰다. 그리고 기진한 모습으로 거기에 서 있는 사람들을 바라보았다. 바른대로 말하면 이들은 나를 죽일까. 설마 그렇게 빨리 나를 죽이지야 않겠지.

"오빠의 부탁을 받고 당신을 미행했던 거예요. 어젯밤 궁전에서부터 미행했던 거예요."

"오빠라고? 오빠가 누구야?"

"최기봉 씨예요. 바로 오명국 사장의 사위 되는 사람이죠."

"아, 그 철학교수 말이야?! 그 사람이 네 오빠란 말이야?!"

"네, 그래요."

캡은 놀란 나머지 한동안 입을 다물지 못하고 그녀를 쳐다보기만 했다.

"그럼 내가 궁전에서 오 사장 만난 것도 알고 있단 말이지?"
"알고 있어요."
"경찰도 알고 있어?"
"알고 있어요. 당신들은 지금 포위되어 있을 걸요."
"거짓말 말아!"

그렇게 소리치면서도 캡의 얼굴은 공포로 굳어지고 있었다. 거기에 있는 사내들의 얼굴에도 불안한 빛이 나타나고 있었다.

"멍청이들 서 있지 말고 나가 봐!"

캡이 소리치자 사내들은 밖으로 우르르 뛰쳐나갔다. 캡은 잡아먹을 듯한 눈으로 수미를 노려보다가,

"넌 운이 좋았어."

라고 내뱉은 다음 급히 밖으로 뛰쳐나갔다. 수미는 재빨리 안으로 문을 잠근 다음 구석에 처박힌 옷 속에서 워키토키를 꺼내 들었다. 그리고 송신 버튼을 힘주어 눌렀다.

"여기는 이슬……. 여기는 이슬……. 새벽 나와라……. 새벽 나와라……."

그녀는 목소리를 죽여 되풀이 말했다.

전화벨이 날카롭게 울렸다. 창가에 서서 초조하게 서성거리던 오명국은 전화기가 놓여 있는 쪽으로 부리나케 뛰어가 수화기를 움켜쥐었다.

"여보세요. 거기 오 사장님 댁인가요?"

숨 가쁜 여자의 목소리가 수화기를 울렸다.

"그렇소. 내가 오 사장이오."

"저…… 코스모스예요. 큰일 났어요!"

"허둥대지 말고 자세히 말해 봐!"

"그 계집애를 농장에 데려다 족쳤는데…… 바로 사장님 사위 되는 사람의 여동생이라는 거예요."

"뭐, 뭐가 어째?!"

코스모스의 한 마디는 날카로운 비수가 되어 그의 가슴을 찔러 왔다.

"맙소사!"

이야기를 듣고 난 그의 입에서는 절망적인 한숨 소리가 흘러 나왔다.

"경찰은?"

"아직 확인하지 못했어요. 아무래도 주위의 공기가 심상치 않아요."

"꾸물거릴 시간 없다! 빨리 튀어!"

"어, 어디로 가야 하나요?"

그는 거기에는 대답하지 않고 수화기를 내려놓았다. 뒤돌아서던 그는 멈칫하고 섰다. 늙은 가정부가 이층으로 통하는 계단 쪽에 서 있었던 것이다.

굳게 감겨 있던 노인의 두 눈이 번쩍 떠졌다. 이미 죽음을 앞둔 누르끼한 눈이었다.

 노인은 벽에 기대앉아 있었다. 숨이 가쁜지 호흡이 매우 거칠게 들려오고 있었다. 노인은 땟국이 흐르는 솜옷을 아무렇게나 입고 있었다. 고수머리에 얼굴은 무섭도록 말라 있었고 광대뼈가 툭 튀어나와 있었다. 노인이 있는 곳은 교외에 있는 양로원이었다. 노인 앞에 무릎을 꿇고 앉아 있는 사람은 최기봉이었다. 노인의 목에서 가래 끓는 소리가 골골골 들려왔다. 기봉은 안타깝게 노인의 입을 바라보았다.

 노인은 묘화의 죽은 아버지 오시헌의 아버지였다. 그러니까 묘화의 친할아버지가 된다. 노인은 묘화가 행방불명되었다는 것도 모르고 있었다. 노인은 마침내 무겁게 입을 열었다.

 "내 아들은 갑자기 죽었어. 암으로 죽었다지만 나는 그 말을 믿지 않아. 우리 아들은 며느리가 죽였어. 아니, 그렇지 않아. 그 오명국이라는 놈이 미국에 데려갔으니까 그놈이 죽였을 거야. 병을 고친다고 미국에 간 사람이 다 죽어서 돌아왔으니까. 아니, 아니야. 확실하지 않아. 하여간 누군가가 죽였어. 내 아들은 죽으면서 내 손을 꽉 잡았어. 그리고 무슨 말을 하려 했지만 혀가 말을 듣지 않았어. 원통한 눈으로 나를 바라보다가 숨을 거두었어. 이 애비를 보는 눈이 그렇게 원통해 보일 수가 없었어. 내 아들이 죽자 나는 중풍에 걸렸어. 며느리가 나를 여기에 갖다 맡겼어. 그리고 한 번도 찾아오지 않았어. 묘화는 내가 여기 있는지도 모르고 있을 거야. 제 어미가 가르쳐 주지 않았을 테니까. 그 망할 년 같으니! 그년은 사람도 아니야!"

옆에 누워 있는 노인들이 투덜거리기 시작했다.

"또 저놈의 소리……. 노망 좀 작작하고 잠 좀 자게 조용히 하라구. 누구는 옛날에 못 산 사람 있나."

"지랄들 하지 말고 가만 자빠져 잠이나 자."

묘화의 할아버지는 누워 있는 노인들에게 이렇게 쏘아붙이고 나서 다시 기봉을 향해 입을 열었다. 일단 입을 열자 마치 둑이 터지듯 말이 쏟아져 나왔다.

"사람이 아닌 것은 그 오명국이라는 놈도 마찬가지야. 그놈은 내 사촌 형님이 주어다 기른 놈인데…… 결국은 배은망덕하고 말았지. 천하에 죽일 놈 같으니!"

노인은 갑자기 기봉에게 손짓으로 가까이 다가오라고 일렀다. 기봉이 머뭇거리며 다가앉자 그의 귀에다 입을 대고 이렇게 속삭이는 것이었다.

"이건 아무한테도 하지 않은 이야기야. 내 손주사위니까 하는 말이야."

"고맙습니다. 새겨듣겠습니다."

"그놈은 두 여자를 데리고 살고 있어. 그것도 자매란 말이야. 알고 있었나? 모르고 있었지?"

"무슨 말씀인지……."

"그러니까 제 본래 마누라하고 묘화 엄마하고 같은 자매란 말이야."

"네에?!"

"쉿! 조용히! 그것도 쌍둥이야!"

기봉은 어리벙벙했다. 노인의 두 눈이 번득이고 있었다. 기봉의 반응을 살피고 있었다.

"내, 내 말 못 알아듣겠어?!"

"아, 알아듣겠습니다. 무슨 말씀인지 알겠습니다."

"사람의 탈을 쓰고 나왔다면 어찌 자매를 함께 여편네로 삼을 수 있겠느냐 말이야! 그러니까 그놈은 사람이 아니야! 사람이 아니고말고!"

"오명국 씨의 본 부인은 정신병에 걸려서 병원에 입원해 있다가 죽은 걸로 알고 있습니다만……."

"그러니까 그게 묘화 이모란 말이야! 쌍둥이야! 그놈은 제 마누라가 정신병에 걸리니까 병원에 가둬 놓고 이번에는 묘화의 엄마를 건드린 거야. 과부가 됐으니 건드리기 쉬웠겠지. 망할 놈 같으니! 묘화 에미란 년도 사람이 아니야. 그 두 것들이 그전부터 꿍꿍이속이 있었던 게 분명해."

기봉은 머리가 어지러웠다. 노인의 말이 어디까지 진담이고 어디까지가 거짓말인지 지금 당장은 알 수가 없었다.

"내 말 알아듣겠어?"

노인은 눈을 부릅뜨고 기봉을 노려본다.

"네, 충분히 알아듣겠습니다."

"듣기에 따라서는 아주 복잡한 이야기야. 복잡한 이야기란 말야. 하지만 이건 정말이야. 내가 이런 말을 하는 건 네가 묘화와 함께 내막을 알고 내 아들이 쌓아올린 회사를 앞으로 맡아야 하기 때문이야. 그 잡것들한테서 빨리 회사를 빼앗지 않으면 우리 아들이 쌓아올린 회사는 망하고 말 거야. 그러니까 너는 이 할아버지의 말을 명심하고 반드시 그 회사를 그 년놈들한테서 빼앗으란 말이야. 알겠어?"

"네, 알겠습니다."

"내 말은 정말이야!"

"네, 알고 있습니다."

기봉은 일어섰다.

"기다릴 수 있는 한 기다려 봐요!"

그렇게 말한 다음 서 형사는 워키토키를 켰다. 그들은 캡 일당이 들어간 농장 건물 가까이까지 접근해 있었다. 개가 없어 다행이었다. 건물 주위에는 철조망이 이중으로 쳐져 있었고 출입구에는 경비 초소가 세워져 있었다. 초소에는 불이 밝혀져 있었고 그 안에는 경비원으로 보이는 남자가 한 명 앉아 있었다. 철제로 만들어진 출입문은 굳게 잠겨 있었다.

서 형사는 시계를 들여다보았다. 벌써 한 시간이 지났는데도 지원 병력을 데리러 간 하 반장은 아직 나타나지 않고 있었다. 다른 형사들은 그대로 밀고 들어가자고 했지만 서 형사는 지원 병력이 도착하기 전에는 더 이상 움직여서는 안 된다고 신신당부했다.

　그 때 갑자기 어둠 속에서 승용차가 나타났다. 아까 캡 일당이 타고 들어갔던 차였다. 차 속에는 불이 켜져 있지 않았기 때문에 누가 타고 있는지 분간하기가 어려웠다. 그러나 운전대를 잡은 사람의 모습만은 어둠 속에서도 어렴풋이 보이고 있었다. 바로 캡이었다.

　초소에서 경비원이 급히 뛰어나와 문을 열어젖혔다. 차가 출구 쪽으로 움직였다. 서 형사는 제지하지 않으면 안 되겠다고 생각했다.

　"나오지 못하게 타이어를 집중적으로 쏴!"

　권총을 가지고 있는 형사는 세 명뿐이었다. 그들은 승용차 밑부분을 향해 일제히 방아쇠를 당겼다. 총 소리는 적막에 싸여 있는 밤공기를 찢으며 멀리까지 울려 퍼졌다. 차가 주춤하는 것 같더니 이윽고 앞부분이 서서히 내려앉는 것이 보였다. 서 형사가 고함을 질렀다. 이쪽은 경찰이라는 것, 그리고 포위됐으니 꼼짝하지 말라고 소리 질렀다. 차에서 캡과 함께 몇 사람이 뛰어내리더니 건물 쪽으로 뛰어가는 것이 보였다.

　그 때 워키토키에 신호가 왔다. 서 형사는 재빨리 그것을 빼들고 귀에다 갖다 댔다.

　"무슨 일이야?! 시작됐나?!"

　하 반장의 목소리였다. 서 형사는 상황을 보고한 다음 빨리 와달라고 재촉했다.

"농장 외곽을 완전히 포위하느라고 늦었어. 들어갈 테니까 기다리고 있어."

10분쯤 기다리고 있자 하 반장이 전투복 차림의 무장 병력을 이끌고 나타났다. 외곽지역은 포위망을 펼친 채 농장 건물 안으로 들어갈 특공대 병력이었다.

"불을 켜라! 너희들은 경찰에 완전히 포위됐다! 5분 여유를 주겠다! 5분 안에 모두 손을 들고 나와라!"

하 반장은 휴대용 마이크에 입을 대고 세 번 되풀이해서 소리쳤다. 거기에 대한 대답은 총 소리였다. 건물 쪽에서 몇 발의 총성이 들려왔다. 그들이 총을 가지고 있다는 사실이 경찰을 부담스럽게 만들었다.

농장 건물 위로 조명탄이 날아올랐다. 여기저기서 조명탄이 터지면서 주위가 대낮같이 밝아졌다. 건물은 어둠을 안고 있었다. 불을 모두 꺼 버렸기 때문에 안에서의 움직임이 전혀 보이지가 않았다. 안에서는 가끔씩 산발적인 총 소리와 함께 비명과 울부짖는 소리가 들려오곤 했다.

모든 소리들을 종합해서 판단해 보건대 건물 안에는 사람들이 꽤 많은 것 같았고 그들은 거의 억류 상태에 놓여 있는 것 같았다. 밀고 들어가자는 말에 하 반장은 선뜻 대답을 못하고 신중한 태도를 보였다.

"안에 있는 사람들이 희생될지 몰라."

실제로 범인들은 경찰이 더 이상 가까이 접근해 오면 안에 갇

혀 있는 사람들을 죽이겠다고 협박해 오고 있었다. 생각 끝에 건물 가까이 접근은 하되 안에는 들어가지 말라고 하 반장은 지시를 내렸다.

명령이 떨어지자 조명탄과 함께 연막탄이 터졌다. 특공대원들은 연막 속으로 뛰어들었다. 한동안 총 소리가 요란스럽게 나더니 이윽고 잠잠해지면서 바람 소리만이 가끔씩 날카롭게 들려왔다.

연막이 걷히면서 건물 벽에 찰싹 달라붙은 특공대원들의 모습이 드러났다. 서 형사도 벽에 몸을 밀착시킨 채 공격 자세를 취하고 있었다.

그는 창문 밑에 서서 건물 안에다 귀를 기울이고 있었다. 안에서는 흡사 짐승의 울부짖음 같은 소리가 계속 들려오고 있었다. 그것은 한 사람의 소리가 아닌 다수의 소리로 한데 어우러진 것이었다.

"김미령! 나하고 이야기 좀 하자!"

서 형사는 창문을 깬 다음 안에다 대고 소리쳤다. 총 소리와 함께 창틀의 시멘트 조각이 떨어져 나갔다. 그의 머리 위로 시멘트 조각들이 날아왔다. 그는 옆으로 비켜섰다가 다시 창문에다 대고 소리쳤다.

"김미령! 나하고 이야기 좀 하자! 너에 대한 것은 이미 다 알고 있으니까 순순히 나와라!"

안에서 공포에 떨고 있던 캡은 자기 이름을 부르는 소리를 듣

마지막 카드 · 355

고 그만 혼비백산했다. 경찰이 이미 자기 이름을 알 정도가 됐으니 일은 글렀다고 생각했다. 그녀는 부리나케 다시 오 사장 집으로 전화를 걸어 보았다. 그러나 신호는 가는데 전화를 받지 않는다. 그는 이미 피신한 모양이었다. 혼자서 도망치다니. 그녀는 입술을 깨물며 캡을 벗어던졌다.

일당은 그녀까지 포함해 모두 아홉 명이었다. 그 중 여자가 두 명이었고 나머지는 모두 남자들이었다. 안에 강제로 수용되어 있는, 사람 같지 않은 것들은 열두 명이었다. 그들은 모두 여자들이었다.

"어떡하면 좋지?"

김미령은 남자들을 돌아보았다. 평소에는 험악한 짓을 도맡아 하던 자들이 지금은 겁에 질려 제대로 말도 못한 채 서로 눈치만 보고 있었다. 그들의 표정에는 이미 경찰과 끝까지 싸우다가 마지막을 비참하게 마치겠다는 의지 같은 것은 전혀 보이지 않았다.

"말 좀 해 봐. 모두들 벙어리가 됐나? 입을 다물고 있게……."

그래도 그 중 김미령이 제일 강한 인상을 풍기고 있었다. 사내들은 머뭇거리며 여전히 서로 눈치들만 보았다.

"경찰에 완전히 포위된 것 같은데 뚫고 나갈 수 있는 방법을 생각해 봐요."

방법이 없다는 것을 알면서 하는 말이었다. 모두 입을 다물고 있었다.

"방법이 없으면 두 가지 길밖에 없어요. 모두 자폭하던가 아니면 자수하던가……."

그녀는 번득이는 눈으로 사내들을 돌아보았다.

"우리 모두 자폭할까요?"

아무도 대답이 없다. 그녀는 냉소를 지었다.

"그렇다면 자수하는 수밖에 없겠군. 그것이 최선의 방법이라면 그러기로 하지. 자수하는데 대해 이의는 없겠지?"

사내들은 하나같이 그녀의 날카로운 시선을 피했다. 김미령은 창가로 다가갔다. 그리고 밖에서 자수하라고 권유한 경찰을 향해 큰 소리로 말했다.

"자수할 테니까. 우선 한 사람만 안으로 들어와요."

"알았다. 곧 들어가겠다."

서 형사는 하 반장에게 그것을 보고했다.

"안 돼! 혼자 들어가면 위험해!"

"괜찮을 겁니다. 혼자 들어가 보겠습니다."

서 형사는 하 반장의 반대를 무릅쓰고 출입구 쪽으로 다가갔다. 안쪽으로부터 철문이 서서히 열리고 있었다. 문이 완전히 열리기를 기다려 서 형사는 안으로 들어갔다. 문간에 서 있던 자가 도로 철문을 닫아걸었다.

서 형사는 어두운 방으로 안내되어 들어갔다. 그가 안으로 들어서자 불이 켜졌다.

나무 의자들이 여기저기 흩어져 있고 중앙에는 거칠게 짜 맞춘 장방형의 긴 나무 탁자가 놓여 있었다. 사람들은 그 탁자를 둘러싸고 서 있었다. 그들은 단독으로 들어온 용감한 젊은 형사를 놀란 눈으로 쳐다보았다.

"우리는 자수하기로 결정을 봤어요. 쓸데없이 희생당하는 것은 싫으니까요."

캡이 서 형사를 쏘아보며 말했다.

"잘 생각했습니다. 서로 대결하면 결국 손해 보는 것은 이쪽입니다. 지금 이 농장 주위에는 일 개 중대 병력이 포위하고 있어서 빠져나가는 것은 불가능합니다."

"우리가 자수하면 어떤 혜택이 있나요?"

"검찰에 송치할 때까지 당신들을 신사적으로 대우할 것이고 재판에서도 참작이 될 겁니다."

그는 서 있는 사람들에게 담배를 모두 돌렸다. 그들은 순순히 담배를 받아 들고 피우기 시작했다.

"그런데 여기는 사실은 농장이 아닌 것 같은데……."

서 형사는 주위를 둘러보았다. 어디선가 여자들의 울부짖는 소리가 들려왔다.

"농장이 아니에요. 둘러보시면 아마 놀라실 거예요."

캡이 눈을 번득이며 말했다.

"놀랄 일이란 뭐요?"

"놀라지 마세요. 따라와 보세요."

건물 안에 일제히 불이 들어왔다. 캡은 앞장서서 걸어갔다. 서 형사는 그녀 뒤를 따라가면서 최수미 양을 먼저 만나고 싶다고 말했다.

그들은 지하실로 내려갔다. 음침한 분위기와 곰팡이 냄새에서 형사는 소름이 돋았다.

"저길 보세요."

서 형사는 캡이 가리키는 곳으로 다가가 보았다. 조그만 쇠창살문을 통해 방안을 들여다보니 수미 양이 갈가리 찢긴 옷을 몸에 걸친 채 바들바들 떨고 있었다. 캡이 열쇠로 자물통을 풀고 문을 열었다. 구석에 쪼그리고 앉아 오들오들 떨고 있던 수미는 믿을 수 없다는 듯 천천히 몸을 일으키더니 서 형사를 향해 돌진해 왔다. 서 형사는 팔을 벌려 그녀를 안았다. 수미는 그의 품안에서 격렬하게 울음을 터뜨렸다.

"자, 이젠 안심해도 돼요. 지금 밖에는 경찰이 대기하고 있고 여기 있는 사람들은 모두 자수하기로 합의를 봤으니까 겁낼 것 없어요."

캡이 어디서 가져왔는지 담요로 떨고 있는 수미의 몸을 감싸주었다.

"용서해요."

캡이 눈물을 글썽이며 말했다. 그녀는 다시 앞장서서 걸어갔다. 서 형사는 수미의 손을 잡고 그녀 뒤를 따라갔다. 촉수 약한 전등불이 복도를 희미하게 밝히고 있었다.

"으악!"

짐승 같은 울부짖음이 바로 옆에서 터져 나왔다. 대담한 서 형사도 소스라치게 놀라 수미를 움켜잡았다. 고개를 돌려 쳐다보니 머리를 산발한 여인이 쇠창살에 얼굴을 댄 채

"으악! 으악!"

하고 소리 지르고 있었다.

"여기는 온통 미친 여자뿐이에요!"

하고 수미가 말했다. 그 방을 지나쳐 다음 방문 앞에 캡은 멈추어 섰다.

"한 번 들여다보세요."

서 형사는 창살에 얼굴을 갖다 대고 안을 들여다보았다. 머리를 풀어헤친 여자가 방안을 왔다 갔다 하고 있었다. 여자가 이쪽을 보고 힘없이 미소를 던져 왔다. 서 형사는 자기 눈을 의심했다. 그녀는 묘화의 어머니인 민혜령이 아닌가!

"아니, 저 여자는 오 사장 부인인 민 여사 아니오?"

"네, 맞아요. 지금 약을 맞고 기분이 좋아서 조용한 거예요."

"헤로인 말이오?"

"네, 그래요."

"민 여사는 집에 있는 줄 알았는데 언제 여기에 왔지?"

"여기 수용된 지가 벌써 일주일도 넘었는걸요."

"뭐라고?!"

묘화의 어머니 민혜령은 지금 분명히 집에 있는 것으로 알고 있었다. 어젯밤 그녀가 집에 있는 것을 확인한 사람은 하 반장이

었다. 그런데 이 여자는 일주일 전에 여기에 수용됐다지 않은가! 이게 어떻게 된 일일까. 아무리 살펴보아도 히죽히죽 웃고 있는 여인은 분명히 민혜령이었다. 그렇다면 민혜령이 둘이란 말인가!

"왜 여기에 가둬 놨지?"

"오 사장님의 지시였어요."

그들은 맨 구석진 곳에 있는 방으로 가 보았다. 거기까지 가는 동안 이 방 저 방에서 여자들이 그들을 향해 아우성을 쳐 대는 바람에 서 형사와 수미는 깜짝깜짝 놀랐다.

이윽고 서 형사와 수미는 구석진 곳에 있는 방안을 조심스럽게 들여다보았다. 역시 머리를 산발한 여인 하나가 웅크리고 앉아 있었다. 얼굴은 무릎 위에 처박고 있었기 때문에 알아볼 수가 없었다. 더구나 그녀는 담요를 뒤집어쓰고 있었다.

"저 여자는 누구죠?"

"당신들이 찾고 있는 사람이에요."

"그렇다면……?"

의혹의 그림자가 서 형사의 얼굴을 서서히 일그러진 표정으로 바꿔 놓고 있었다.

"오묘화예요."

캡이 조그만 목소리로 말했다.

"그럴 리가……."

서 형사도 수미도 믿으려 들지 않았다.

"한 번 불러 보세요."

하고 캡이 서 형사에게 권했다. 서 형사는 수미를 한 번 쳐다보고 나서

"오묘화 씨!"

하고 불렀다.

그러나 방안의 여인은 미동도 하지 않고 앉아 있었다. 조금 더 큰 소리로 불러 보았다. 세 번째 불렀을 때 미미한 움직임이 있었다. 네 번째 부르자 마침내 그녀가 머리를 쳐들었다. 바짝 마른 흰 얼굴이 머리칼 사이로 드러나면서 초점 없는 두 눈이 허공을 더듬는다.

서 형사는 묘화의 모습을 직접 본 적이 없었다. 다만 사진을 통해 그녀를 보았기 때문에 지금 눈에 보이는 여인을 묘화라고 단정할 수가 없었다. 그 때였다. 수미가 울먹이는 소리로

"언니!"

하고 불렀다.

"묘화 언니가 맞아요?"

"네, 맞아요! 언니!"

그러나 방안의 여인은 무표정하게 허공만 바라보고 있었다.

"왜 여기다 여자들을 수용해 놨지요?"

서 형사는 분노를 누르고 김미령을 돌아보았다.

"오묘화와 민혜령은 오 사장의 특별 지시로 여기에다 가둬둔 거예요."

그들이 곁에 있는 한 자신의 계획을 달성할 수 없기 때문에 오 사장은 그들을 여기에다 수용해 둔 것이라고 했다. 나머지 여자들은 조직의 배신자들이라고 했다.

"배신자가 남자일 경우에는 가차 없이 죽였어요. 하지만 여자는 살려 뒀어요. 파티용으로요."

"피티용이라니?"

"여기서 가끔씩 헤로인 파티가 열리곤 했어요. 그러면 여기 있는 여자들이 남자들의 제물이 되는 거죠."

"조직의 두목은 누구요? 오 사장이오?"

"아니에요. 두목 얼굴은 지금까지 한 번도 보지 못했어요. 오 사장은 보좌역에 불과해요."

국내 최대의 마약 조직 이름은 실크로드, 그리고 국제적인 조직이라고 그녀는 덧붙여 말했다.

최기봉은 모험을 해 보기로 결심했다. 그는 지금 혼자였다. 그를 도와 줄 수 있는 사람은 지금 아무도 없었다. 위험하지만 결국 혼자 해 보는 수밖에 없었다.

그는 담을 쳐다보았다. 담은 꽤 높았고 그것도 모자라 철조망이 쳐져 있었다. 담을 넘어간다는 것이 쉬운 일이 아닐 것 같았다. 그러나 침투할 수 있는 방법은 그 길밖에 없었다.

그는 담 위로 손을 뻗어 몸을 끌어올려 보았다. 그러나 머리가 철조망에 걸리는 바람에 손을 도로 놓고 말았다. 그는 몇 번 더

시도해 보았다. 그러나 결과는 역시 마찬가지였다. 그는 혹시나 해서 차고로 접근해 보았다. 땅에까지 내려와 있는 철제 셔터를 붙잡고 위로 올려 보았다. 셔터가 위로 올라가 주었다. 셔터를 잠그지 않은 것 같았다. 위로 완전히 올리자 오 사장의 자가용이 보였다. 차고는 안쪽으로 깊숙이 나 있었다. 여러 대의 차를 주차시킬 수 있을 만큼 차고는 의외로 넓었다.

　차고의 끝에 이르자 위로 올라가는 계단이 있었다. 몹시 어두웠다. 라이터 불로 벽을 비춰 스위치를 찾아냈다. 스위치를 올리자 차고에 불이 들어왔다. 계단을 조심스럽게 올라가자 문이 앞을 가로막았다. 문을 조금 밀어 보았다. 문은 잠겨 있지 않았다. 미는 대로 열리고 있었다. 말소리가 들려왔다. 문을 닫았다가 도로 밀었다. 불빛이 흘러나왔다. 오 사장의 목소리가 쩌렁쩌렁 울리고 있었다.

　"……뭐, 뭐가 어째? ……맙소사! 경찰은? ……꾸물거릴 시간 없다! 빨리 튀어! ……."

　수화기를 탕 하고 놓는 소리가 들려왔다.

　"큰일 났습니다! 경찰이 냄새를 맡고 농장을 덮친 모양인데 빨리 피하는 게 좋겠습니다!"

　철썩 하고 따귀를 후려갈기는 소리가 들려왔다.

　"바보 같은 자식! 어떻게 했기에 이 지경으로 만들어 놨어?"

　노한 목소리는 의외로 여자 목소리였다. 누굴까? 철썩철썩 하는 소리가 계속 들리는 것으로 보아 여자는 사정없이 오 사장의 따귀를 갈기는 것 같았다. 오 사장의 뺨을 저처럼 갈길 수 있는 사람은 도대체 누구일까? 더구나 여자가 아닌가!

"너 같은 건 이제 필요 없어!"

"죄송합니다!"

"이거 놔! 필요 없어!"

여자는 길길이 뛰고 있었고 오 사장은 살려 달라고 애걸하고 있었다. 전화벨이 계속 울려 댔지만 그들은 전화를 받으려고도 하지 않았다.

기봉은 더 이상 듣고만 있을 수가 없었다. 위험하지만 여자의 얼굴을 보고 싶었다. 몸이 빠져나갈 수 있을 정도로 문을 민 다음 고개를 먼저 디밀고 동정을 살폈다. 거기는 바로 거실이었다. 그들은 거실에 앉아 있었는데 이쪽에서는 보이지가 않았다. 그는 숨을 죽인 채 거실로 몸을 디밀었다. 그쪽은 벽이 불빛을 차단하고 있어서 그늘이 져 있었다. 좁은 복도를 사이에 두고 맞은편에 방이 있었다. 방문은 반쯤 열려 있었고 방안의 불은 꺼져 있었다. 그 방에서는 두 사람의 모습을 잘 볼 수 있을 것 같았다.

마침내 그는 완전히 몸을 빼냈다. 말다툼하는 소리가 계속되는 것으로 보아 그들한테 들키지 않은 것 같았다. 반쯤 문이 열려 있는 맞은편 방으로 가만히 들어갔다. 순간 그는 주춤했다. 시커먼 그림자가 앞으로 확 달려든 것이다.

"히히히히……."

음산한 웃음소리를 흘리며 검은 그림자는 뒤로 물러섰다. 기봉은 식은땀을 흘리며 문을 가만히 닫은 다음 방안의 불을 켰다. 묘화의 어머니 민혜령이 웃고 있었다. 머리칼은 뒤엉켜 있었으며 옷은 아무렇게나 입고 있었다. 눈빛이 정상이 아니었다. 너무 앙상하게 마른 나머지 얼굴에는 가죽만 덮어쓰고 있는 것 같았다. 불과 한 달도 못 된 사이에 몰라보도록 변한 그 모습에 기봉은 잠시 넋을 잃고 그녀를 바라보았다. 첫눈에 보기에도 그녀가 완전히 돌아 버렸다는 것을 알 수 있었다.

"어머니……."

그는 낮은 소리로 상대방을 불러 보았다. 그래도 그에게는 아직 장모인 셈이었다. 상대방은 어떻게 생각하고 있는지 몰라도 적어도 그는 그렇게 생각하고 있었던 것이다.

그녀는 아무 대답도 하지 않은 채 웃고만 있었다. 기봉이 손을 뻗어 몸에 대려고 하자 그녀는 갑자기 공포 어린 표정이 되어 뒤로 주춤주춤 물러가더니 구석에 쭈그리고 앉아 무섭게 떨어 대기 시작했다. 기봉은 그러한 그녀를 바라보고 있다가 방안의 불을 끈 다음 다시 문을 열었다. 거실의 불빛이 방안으로 흘러 들어왔다.

두 사람의 모습이 보였다. 여자는 놀랍게도 지금까지 가정부로 일하던 여인이었다. 그녀 앞에서 오 사장은 두 손을 모아 쥐고 비굴한 태도로 쩔쩔 매고 있었다.

"다 된 밥에 재나 뿌리는 놈은 필요 없어!"

가정부가 오 사장을 향해 서슬 푸르게 쏘아붙였다.

"면목 없습니다."

앞으로 숙여진 대머리가 불빛을 받아 번들거리고 있었다.

"너는 쌀을 가지고 죽도 못 끓여 먹을 놈이야! 굴러 들어온 회장 자리를 놓치다니 그래 가지고 얼굴을 들고 다닐 수가 있겠어? 현명한 방법이 하나 있어."

"그, 그게 뭡니까?"

지푸라기라도 붙잡을 것처럼 오 사장이 물었다.

"자결하는 거야. 이래 죽으나 저래 죽으나 마찬가지야. 넌 어차피 죽을 몸이야. 재판을 받고 죽던가, 아니면 우리 손에 죽던가. 그럴 바엔 차라리 자결하는 게 낫지 않겠어?"

"그, 그럴 수는 없습니다! 그럴 수는 없어!"

그 때까지 쩔쩔 매기만 하던 오 사장이 갑자기 발악하듯 소리 질렀다.

"그럴 수는 없다고?"

"그럴 수 없어! 난 죽지 않아! 이렇게 된 바에는 난 조직에서 이탈해서 독립하겠어!"

"흥, 누구 맘대로 배반하겠다는 거지. 배반자에 대한 벌칙이 어떤 건지는 잘 알 텐데······."

"그런 거 이제 필요 없어! 해 볼 테면 해 봐."

표변한 오 사장은 기세 좋게 나가고 있었다. 가정부의 몸이 분노로 떨리고 있었다.

"나는 이 일을 위해 내 아들까지 바쳤어! 네 놈이 요구한 대로 묘화의 아버지도 죽여주고 대학생도 죽여주고 그 술집 계집애도 없애 주었어."

"하지만 당신도 실패했어. 최기봉을 죽이는 것만은 실패했어. 이번 일이 이렇게 꼬인 것은 최기봉을 처치하지 못했기 때문이야! 내 실수보다도 당신 실수가 더 커!"

"덮어씌우지 마! 애초에 일을 이렇게 크게 벌여 놓은 것부터가 잘못이야! 간단하게 끝낼 수 있는 일이었는데 네 놈 말만 믿고 이렇게 크게 벌여 놓았던 게 잘못이었어."

"일을 크게 벌인 것은 잘한 것이었어. 그렇게 일을 크게 벌려 놓았기 때문에 경찰이 갈피를 못 잡고 지금까지 허둥대 온 거야. 그렇지 않고 곧장 목적을 노렸다면 금방 우리의 계획이 탄로 났을 거야."

"책임을 회피하지 마! 조직은 너를 용서하지 않는다!"

"조직 조직 하지 마! 이 판에 무슨 말라빠진 조직이야!"

"조직을 모욕하지 마! 본부에서 알면 너를 가만 두지 않을 거야. 사실대로 본부에 보고하겠어."

"흥, 본부는 태평양 저쪽에 있어. 그리고 여기는 한국이야!"

"여기 책임자는 나야! 여자라고 깔보지 마!"

"노신자! 너는 한국에 있어! 그리고 우리 집에 있어! 너는 여기서 한 발짝도 나갈 수 없어!"

오 사장이 품속에서 갑자기 권총을 뽑아 들었다.

두 사람은 서서히 몸을 일으켰다. 총구는 똑바로 가정부의 가슴에 겨누어져 있었다.

　총구에서 금방이라도 불이 뿜어져 나올 것만 같았다. 기봉은 손에 땀을 쥐고 그들을 바라보고 있었다. 총구 앞에서 노신자는 부들부들 떨고 있었다.

　"나를 죽이고 네 놈이 온전할 줄 아냐?"

　"너만 죽이면 온전하고말고. 미국에 건너가 보고하는 사람은 네가 아니고 내가 되는 거야. 너는 경찰과 대치중에 사살되었다고 하면 되는 거야! 아니, 그럴 필요도 없어. 굳이 미국에 가지 않아도 돼. 다른 나라로 잠적해 버리면 되는 거야. 이미 준비는 해 놨으니까 한국만 탈출하면 돼."

　"네 놈이 어디 숨어 있건 마피아는 지구 끝까지 네 놈을 찾아가 죽이고 말 걸. 배신자가 그렇게 호락호락 도망칠 수 있게 내버려 둘 줄 아니?!"

　"마피아 아니라 제 할아비라도 나를 찾지는 못해."

　"흥, 너는 한국에서 탈출할 수 없어. 너는 출발에서부터 발이 묶였다는 걸 알아야 해. 너를 잡으러 죽음의 사자가 뒤에 다가오는 것도 너는 모르고 있어. 그만큼 너는 바보 같은 놈이야."

　그러면서 그녀는 턱으로 뒤를 가리켰다. 오 사장은 뒤를 힐끗 돌아보았다. 저만치 떨어진 곳에 놀랍게도 최기봉이 우뚝 서 있는 것이 보였다.

　그는 맥 풀린 듯한 모습으로 서 있었다. 마치 오랜 여행에서 돌아온 듯한 그런 표정이었다. 이쪽을 경계한다거나 겁을 집어

먹은 것 같은 기미는 조금도 보이지 않았다.

"네 놈이 여기 웬일이지?"

총구가 이번에는 기봉 쪽으로 향했다. 놀란 것은 오히려 오 사장 쪽이었다. 그가 얼마나 놀랐는가는 총구가 떨리고 있는 것만 보아도 알 수 있었다.

"손을 들어! 두 손을 높이 들어!"

오 사장이 소리쳤지만 기봉은 멀거니 그를 쳐다본 채 그 자리에 못 박힌 듯 서 있었다.

"손들지 않으면 쏜다!"

"묘화는 어디 있어?"

기봉이 입을 열었다.

"이놈아, 손을 들란 말이야!"

"묘화는 어디 있어? 당신 같은 인간한테는 관심 없어. 난 묘화만 찾으면 돼. 묘화는 죽었나 살았나?"

"묘화는 죽지 않았어! 살아 있어!"

하고 노신자가 소리쳤다.

"어디에 있어?"

"산 속에 있는 농장에 수용되어 있어. 경찰이 이미 거기를 덮쳤어! 지금쯤 앰뷸런스에 실려 병원에 가고 있을 걸. 민혜령도 말이야."

"그럼 저 여자는 누구지?"

그 미친 여자도 거실에 나와 있었다. 그녀는 거실을 왔다 갔다

하고 있었다.

"저 여자는 민혜령이 아니야. 민혜령을 닮았을 뿐이지 민혜령은 아니야. 쌍둥이 자매니까 닮을 수밖에 없지."

그녀는 턱으로 오 사장을 가리켰다.

"이 돼지 새끼의 전처였지. 그런데 지금까지 농장에 수용되어 있었어. 그러다가 얼마 전에 민혜령과 바꿔지게 된 거야. 저 여자는 당신의 장모가 아니야. 당신 장모는 묘화와 함께 농장에 수용되어 있어. 마약 환자가 돼서 수용되어 있어. 지금쯤은 경찰에 의해 구조되었을 거야."

"닥쳐! 이년아!"

욕설과 함께

"슉!"

하는 소리가 났다. 총구에서 불이 뿜어져 나왔다. 소음장치를 달았기 때문에 총에서는 바람 빠지는 소리가 났다. 노신자는 한쪽 팔을 손으로 가리면서 비틀거리더니 벽에 기대섰다.

"너 같은 건 죽어야 해!"

오 사장은 그녀의 머리를 향해 다시 한 번 방아쇠를 당겼다. 그녀는 앞으로 고꾸라졌다. 그러나 그녀가 순간적으로 고개를 돌렸기 때문에 총알은 빗나갔다. 오 사장은 그녀를 잠시 내려다보다가 총구를 기봉 쪽으로 향했다.

"이번에는 네 놈 차례야."

기봉은 창백한 얼굴로 우두커니 서 있었다. 피하려는 기색도,

그렇다고 절망적인 기색도 전혀 보이지 않았다. 죽음 같은 것을 의식하지 않은 그런 표정으로 그는 서 있었다. 마치 소가 총을 겨누고 있는 사람을 의아한 듯 쳐다보는 것처럼.

오 사장은 숨을 멈췄다. 그리고 방아쇠에 걸고 있는 손가락에 힘을 가했다고 생각하는 순간 요란스런 총 소리가 들려왔다. 대형 유리창이 와장창 깨지는 소리를 들으며 그는 손에서 권총을 떨어뜨렸다. 오른쪽 어깨를 뒤에서 관통 당한 그는 왼손을 뻗어 권총을 집으려고 했다. 그 때 뒤에서 고함 소리가 들려왔다.

"움직이지 마라!"

오 사장은 주춤하고 몸을 일으켰다.

집안으로 뛰어드는 발짝 소리가 꽤나 요란스러웠다. 구둣발 밑에서 유리 조각이 으깨지는 소리가 쩌걱쩌걱 들려왔다.

총구가 오 사장의 턱 밑으로 바싹 디밀어졌다. 하 반장은 무서운 눈으로 그를 쏘아보면서 총구로 그의 턱을 건드렸다.

"너를 체포한다!"

서 형사는 오 사장의 팔을 뒤로 꺾어 수갑을 채웠다. 오 사장은 비틀거리다가 소파에 털썩 주저앉았다. 그의 어깨는 검붉은 피로 흥건히 젖어 있었다.

실내는 순식간에 수사관들로 가득 들어찼다. 그들은 하나같이 놀란 눈으로 최기봉과 미친 여인, 그리고 가정부를 번갈아 쳐다보고 있었다.

"당신이 여기에 어쩐 일이지?"

하 반장이 당혹한 표정으로 물었다.

"당신들보다 한 발 일찍 도착한 것뿐입니다. 묘화는 어떻게 됐습니까?"

"병원으로 보냈소."

경찰보다 한 발 앞서 기봉이 거기에 나타났다는 사실에 대해 하 반장은 꽤 자존심이 상한 것 같았다. 그는 시선을 돌려 미친 여인을 바라보았다.

"민 여사는 묘화와 함께 분명히 병원에 보냈는데…… 이게 어떻게 된 일이지?"

"제가 설명해 드리죠. 이 여자는 민혜령 여사와 쌍둥이 자매 지간입니다. 이 여자는 오 사장의 전처였는데 정신병으로 오랫동안 농장에 수용되어 있었기 때문에 폐인이 되다시피 했습니다. 오 사장은 가정부와 함께 오시헌을 살해하고 마침내 민혜령 여사와 재혼했습니다. 그리고 회장 자리를 차지하기 위해 민 여사를 농장에 가두고 대신 이 여자를 데려다 놓은 겁니다."

"가정부라니?!"

"바로 저 여잡니다."

기봉은 팔을 붙들고 쓰러져 있는 늙은 가정부를 가리켰다.

"저 여자는 가정부 아니오?"

"사실은 가정부가 아니라 노신자라는 여자입니다. 저들의 조직 책임자입니다. 한국 측 조직 책임자란 말입니다. 이들의 배후에는 마피아가 있습니다. 이들이 마피아의 조종을 받고 있다는 것을 조금 전에 알았습니다. 이들이 나누는 대화를 엿듣고 말입니다."

"가능성이 있는 이야기입니다. 헤로인이 그것을 말해 주고 있습니다."

서 형사가 고개를 끄덕거리며 말했다. 하 반장이 노신자 앞으로 다가섰다.

"당신 정말 노신자가 맞소?"

"맞아요. 내가 노신자예요."

그녀는 두 손을 앞으로 내밀었다. 조금도 머뭇거리거나 두려워하는 기색이 아니었다. 형사 한 명이 그녀의 손목에 수갑을 철컥 채웠다. 그녀의 한쪽 팔은 피에 젖어 있었다.

"등잔 밑이 어둡다더니 바로 이 여자를 두고 한 말이었군 그래. 노신자가 이 집에 가정부로 숨어 있을 줄이야 세상에 누가 알았나."

하 반장은 낭패한 표정으로 형사들을 둘러보다가 오 사장이 출혈이 심한 것을 보고는 그를 빨리 병원으로 데리고 가라고 지시했다. 그런 다음 다시 기봉을 쳐다보았다.

"최 교수의 공이 정말 큽니다. 최 교수께서는 결정적인 도움을 주셨습니다. 정말 고맙습니다. 나중에 공식적으로 인사를 드리도록 하겠습니다."

"그런 건 필요 없습니다."

기봉은 내뱉듯이 말했다. 그리고 물었다.

"내 동생은 지금 어디 있습니까?"

"오묘화 씨와 함께 병원에 갔습니다. 제가 병원에 안내해 드리죠. 지금 가시겠습니까?"

서 형사의 말에 기봉은 고개를 끄덕였다.

밖으로 나온 그들은 경찰 패트롤카를 타고 병원으로 향했다.

차가 달리는 동안 기봉은 눈발이 날리는 어두운 밤하늘을 줄곧 내다보고 있었다. 그는 기쁨보다는 오히려 그 반대의 감정에 쌓여 있었다. 인간의 사악함에 그는 가늘 수 없는 슬픔을 느끼고 있었다.

"이 이상의 악의 드라마가 과연 있을 수 있을까요?"

그는 갑자기 무슨 말인가 하고 싶어졌다. 그래서 서 형사를 향해 말문을 열었다. 서 형사 역시 그와 같은 생각을 하고 있었던 것 같았다. 그의 말에 수긍이 간다는 듯 고개를 끄덕였다.

"상상할 수 없는 일이었습니다. 자세한 것은 그들을 신문해 봐야겠지만…… 아무튼 수사의 한계를 느끼게 한 사건이었습니다. 우리 경찰로서는 오묘화 씨를 구해 냈다는 것에 가까스로 보람을 느끼고 있습니다. 가보시면 알겠지만 아무래도 장기간 치료를 요할 것 같습니다."

오묘화는 정신 신경과 병동에 입원해 있었다. 수미가 자청해서 그녀와 함께 같은 병실에 있겠다고 해서 두 사람을 한 방에 넣었다고 간호원이 알려 주었다.

먼저 병실에 들어가기 전에 기봉은 의사를 만나 보았다. 의사는 자다 말고 일어나 친절히 병세를 이야기해 주었다.

"지금 심한 마약 중독에 걸려 있습니다. 조금만 더 늦었어도 생명을 잃을 뻔했습니다. 정신분열 증세가 좀 있는데 얼마간 치료하면 괜찮아질 겁니다. 하지만 중독에서 벗어나려면 상당한 기간이 소요될 겁니다. 우선 안정이 필요합니다. 그리고 옆에서 누군가가 정성스런 간호를 해 줄 필요가 있습니다. 의사의 처방은 치료에 결코 절대적이 못 됩니다."

민혜령은 다른 방에 따로 혼자 입원해 있었다. 그녀는 묘화보다는 증상이 다소 가벼운 편이었지만 그래도 상당 기간 입원해 있지 않으면 안 된다고 의사는 말했다.

마침내 기봉은 병실로 향했다. 걸음을 옮길 때마다 몇 번이고 발길을 돌리고 싶은 충동을 느끼면서 그는 힘들게 계단을 밟고 올라갔다.

묘화가 입원해 있는 병실은 3층에 있었다. 이윽고 병실 앞에 이른 그는 잠시 머뭇거렸다. 그것을 보고 서 형사가 대신 문을 노크했다. 안에서 들어오라는 수미의 목소리가 들려왔다. 먼저 서 형사가 문을 열고 안으로 들어갔다. 수미가 열린 문 사이로 기봉을 발견하고는 침대에서 뛰어내려 달려 나왔다. 그녀는 오빠에게 달려들 듯 하다가 금방 생각이 달라진 듯 뒤로 물러서면서 안쪽을 돌아보았다. 기봉의 시선이 안쪽으로 향했다.

침대 위에 푸른 환자복을 입은 여인이 무릎을 꿇고 앉아 있었다. 고개를 돌려 어두운 창밖을 응시하고 있었는데, 미동도 하지 않고 그렇게 앉아 있었다.

　창문에는 견고한 쇠창살이 여러 개 부착되어 있었다.

　그녀는 깨끗한 모습이었다. 머리는 빗질이 된 채 뒤로 묶여 있었고 입고 있는 환자복도 새것 같았다.

　"조금 전에 제가 목욕을 시켜 드렸어요."

　수미가 낮은 소리로 속삭였다.

　"사람을 알아보는 것도 같고 그렇지 못한 것 같기도 해요."

　기봉은 조심스럽게 안으로 들어섰다. 그의 얼굴은 몹시 창백했다.

　서 형사가 먼저 자리를 비켜 주었다. 수미도 병실 밖으로 나가 문을 닫아 주었다.

　이제 방안에는 두 사람만 남아 있었다.

　기봉은 한참 동안 그 자리에 못 박힌 듯 서 있었다. 이게 얼마만인가. 신혼 여행지에서 행방불명되어 죽은 줄로만 알았던 신부가 지금 눈앞에 정신 이상이 된 채 앉아 있다. 어떻게 불러야 할까. 지금도 이 여자는 내 아내일 수 있을까.

　"묘화……."

　그는 마침내 떨리는 소리로 가만히 그녀의 이름을 불러 보았다. 오랫동안 불러 보지 못한 정다운 이름이었다. 그렇지만 마음속으로는 얼마나 많이 불렀던 이름인가. 그러나 그녀는 여전히 미동도 하지 않고 앉아 있었다.

　"묘화……."

그의 목소리는 떨리고 있었다. 그는 더 이상 큰 소리로 그녀의 이름을 부를 수가 없었다. 그녀의 어깨가 조금 흔들리는 것 같았다. 그는 침대 옆으로 다가섰다. 그리고 손을 뻗어 그녀의 어깨 위에 가만히 손을 올려놓았다.

"묘화……. 나야……. 최기봉이야……."

묘화의 얼굴이 천천히 그쪽으로 돌아왔다. 몰라보게 변해 버린 앙상한 얼굴이 거기에 있었다. 두 개의 큰 눈에는 움직임이 없었다. 무표정하게 그를 쳐다볼 뿐이었다. 그 무표정한 얼굴에서 곧 변화가 일어날지도 모른다고 생각하면서 그는 기대를 가지고 눈동자의 움직임을 관찰해 보았다. 일순 눈동자에 변화가 이는 것 같았다. 그러나 그것은 순간적으로 스쳐지나 간 것에 불과했다. 여전히 죽은 호수처럼 그녀의 두 눈동자는 깊고 어둡게 잠겨 있었다. 그녀가 다시 창 쪽으로 얼굴을 돌렸다.

"묘화……. 묘화……."

그는 더 이상 참을 수가 없었다. 묘화를 부르면서 그는 그녀를 와락 끌어안았다. 그의 입에서는 비통한 신음 소리가 흘러나오고 있었다. 두 눈에서는 걷잡을 수 없이 눈물이 흘러내리고 있었다. 그는 묘화의 이름을 부르면서 그녀를 끌어안고 흔들었다. 그러나 그녀는 흡사 나무토막처럼 아무 반응도 보이지 않은 채 그가 잡아 흔드는 대로 이리저리 흔들릴 뿐이었다.

"이럴 수가……."

한동안 주체할 수 없는 비통한 감정에 휩싸였던 그는 이윽고 그녀를 놓고 물러섰다. 이윽고 그녀를 물끄러미 바라보다가 머리를 흔들며 밖으로 나왔다.

밖에서는 수미와 서 형사가 그 때까지 기다리고 있다가 밖으로 나오는 그를 보고 그의 표정을 살피기에 바빴다. 수미는 오빠에게 무슨 말인가 물을 듯 하다가 오빠의 침통한 표정을 보고는 그만 입을 다물고 말았다.

서 형사가 어디 가느냐고 물었지만 기봉은 혼자 있고 싶다고만 말한 채 혼자 병원을 나서서 어둠 속으로 사라졌다.

한편 수사본부에서는 밤새워 오명국과 노신자를 상대로 한 심문이 벌어지고 있었다. 오명국과 노신자는 상처가 치명적이 아니었기 때문에 응급 처치를 받은 다음 병실에서 따로 심문을 받았다.

그들은 가능한 한 자기들한테 유리한 쪽으로 답변을 했다. 그러나 사건의 전모를 숨길 수는 없었다. 그들은 오래 버티지 못하고 밤새 전부 털어놓았다.

날이 밝자 잠시 휴식을 취한 다음 수사 요원들은 이번 사건에 대한 최종적인 검토에 들어갔다. 그러니까 마지막 수사 회의를 연 셈이었다.

"그 동안 모두 수고가 많았어요. 사건의 규모가 컸고 또한 엉뚱한 방향으로 흘러갔기 때문에 수사를 하는데 몹시 애를 먹었다고 봐요. 이 사건을 해결하는데 공이 큰 최기봉 씨와 최수미 양은 지금 이 자리에 없지만 우리 경찰은 그 두 사람에게 감사해야 할 줄로 압니다."

말을 마치고 하 반장은 수사 본부장을 쳐다보았다. 본부장은 고개를 끄덕이고 나서 뒤로 상체를 젖힌 다음

"정말 모두 수고가 많았는데……. 에또, 누가 다시 한 번 사건을 정리해서 이야기해 봐요."

하고 말했다.

"서 형사가 정리해서 이야기해 보지."

하 반장이 서 형사를 돌아보며 말했다.

서 형사는 두 손을 탁자 위에 올려놓고, 둘러앉아 있는 사람들을 쳐다보았다.

"그럼 간략하게 말씀드리겠습니다. 노신자는 마피아의 사주를 받는 인물이었습니다. 그녀는 처음에는 마약 거래에 관계하다가 마피아의 끄나풀이 되었습니다. 수 년 전 그녀는 민혜령 여사의 남편이었던 오시헌 씨를 살해했습니다. 오명국과 공모해서 말입니다. 당시 노신자는 미국에 있었습니다. 오시헌이 미국에 간 것은 병 치료를 위해서였습니다. 그런데 그 기회를 그들은 이용한 것입니다. 노신자와 오명국은 과거 애인 사이였습니다. 그것을 이용해서 오명국은 미국에 가는 길에 노신자를 만나 오시헌을 살해해 줄 것을 부탁한 것입니다. 그 대가로 그녀는 두 사람의 재결합을 들고 나왔습니다. 오시헌은 신임하는 부하 직원인 오명국이 권하는 대로 호텔 아닌 노신자의 집에서 기거하

게 됐습니다. 그 집에서 오시헌은 통원 치료를 받는 동안 노신자가 음식물에 투여한 약물에 의해 폐인이 되고, 한국에 후송된 지 이틀 만에 죽고 말았습니다. 다행히 그들의 음모는 발각되지 않은 채 그대로 지나갔습니다. 오시헌을 제거하는데 성공한 오명국은 노신자와의 약속을 지키지 않고 민혜령과 결혼했습니다. 화가 난 노신자는 마피아 조직에 하소연했고, 그래서 결국 노신자는 마피아의 지원 아래 한국으로 들어와 사실을 폭로하겠다고 오명국을 위협했습니다. 오명국은 민혜령과 묘화를 제거하여 S그룹을 차지한 뒤 결혼하자고 노신자를 달랬습니다. 그리고 이 드라마를 꾸몄던 것입니다. 노신자는 최기봉에게 전화를 걸어 묘화의 부정을 알려 주었고, 아들 변효식과 함께 손창시와 김옥자를 살해하고 묘화를 납치했습니다······.”

서 형사의 이야기는 한참 동안 계속되었고, 둘러앉은 사람들은 기침 소리 하나 없이 그의 이야기에 귀를 기울이고 있었다.

〈 끝 〉

김성종

1941년 중국 제남시 출생. 전남 구례에서 성장기를 보냈다.
구례 농고와 연세대학교 정외과 졸업한 후 언론매체에 종사하다가
전업 작가로 전업.
1969년 조선일보 신춘문예 단편소설 당선
1971년 현대문학 소설추천 완료
1974년 한국일보 장편소설 공모에 「최후의 증인」 당선
장편 대하소설 「여명의 눈동자」(전10권)는 TV드라마로 방영
장편 추리소설 「제5열」, 「부랑의 강」 등 50여 편의 작품을 발표하였다.

아름다운 밀회 · 2
김성종 장편추리소설

초판발행	1984년 12월 1일
3판 발행	2007년 6월 25일
저자	金 聖 鍾
발행인	金 仁 鍾
발행처	도서출판 남도
등록일자	서기 1978년 6월 26일(제1-73호)
주소	(134-023) 서울 강동구 천호동 451
	산경빌딩 B동 5층 3-1호
전화	02-488-2923.
팩스	02-473-0481
E.mail.	namdoco@hanafos.com

ⓒ 2007 Kim Sung Jong. Printed in Korea
저자와의 합의로 인지를 붙이지 않습니다.

정가: 11,000원

ISBN 89-7265-553-4   03810
파본이나 잘못된 책은 교환하여 드립니다.